THE KILL-OFF

JIM THOMPSON

殺意

ジム・トンプスン

田村義進 訳

文遊社

殺意

殺意　登場人物

ルアン・デヴォア　ゴシップ好きな女
ラルフ・デヴォア　ルアン・デヴォアの夫
コスメイヤー　弁護士。ルアン・デヴォアの顧問弁護士
ラグズ・マグワイア　ミュージシャン
ピート・パヴロフ　実業家。ダンスホール、ホテルなどを経営
マイラ・パヴロフ　ピート・パヴロフの娘
ダニー・リー　ラグズ・マグワイア楽団のボーカリスト
ジェームズ（ジム）・アシュトン　医師
ボビー・アシュトン　ジム・アシュトンの息子
ハティ　アシュトン家の家政婦
ヘンリー・クレイ・ウィリアムズ　郡検事

1　コスメイヤー

ざっくり言うなら、ゴシップを愛し、ゴシップを生きがいにしている女。名前はルアン・デヴォアといって、気短かで、ド厚かましく、身勝手で、本人に言わせると、色っぽい。

ざっくり言うとそういうことなのだが……日曜日、シーズンが始まったわずか二日後に、そのルアン・デヴォアから電話がかかってきた。いつものように、興奮ぎみだった。いつものように、わたしにしか解決できない緊急の要件だという。なにやら訳ありらしく（少なくとも、わたしにはそう思えた）、〝知ったことじゃない。分別をわきまえろ〟と言っても、引きさがる気配はなかった。

「お願い、コシー。来てもらわなきゃ困るのよ。とても大事なことなの。電話じゃちょっと話せないので――」

「電話で話せないってどういうことなんだい。どんなことでも、誰のことでも、電話でしゃべりまくってるじゃないか。いい加減にしてくれ。わたしは弁護士なんだ。子守じゃない。ここには休暇で来ているんだ。訳のわからない世迷いごとに付きあっている時間はない」

すすり泣きが聞こえてきた。良心がほんの少しだけうずく。デヴォア家の土地建物の資産価値はもういくらのものでもない。たとえわずかでも報酬を受けとったのは何年もまえのことだ。

だから……どういう意味かもうおわかりだろう。何も持たず、なんの役にも立たない者に、そうそう甘い顔はできない。

「さあさあ、落ち着いて。いい子だから。わたしがいますぐ駆けつけないからといって、世界が終わりになるわけじゃない。死んでしまうわけでもない」

「そうなのよ。死んでしまうのよ！」そして、ひときわ激しくすすりあげながら電話を切った。

わたしも電話を切った。寝室から出て、居間を横ぎり、台所に戻ると、ローザは調理台の前にいた。わたしに背中を向けて立ち、何か言っている。独り言のようだが、実際はわたしに向かって言っているのだ。それは二十数年の結婚生活で身につけた癖で、だんだんひどくなってきている。耳慣れた言葉が聞こえてくる。ろくでなし……役立たず……ごくつぶし……女房のことなんてこれっぽっちも考えていない……これまで一度もなかったことだが、このときは癇にさわった。むっとなった。腹が立ち、怒りと情けなさがこみあげてきた。胃が痛い。

「悪いね。クライアントなんだ。困っているらしい。話を聞きにいってやらなきゃ」

「クライアントですって。だから、何をさしおいてもというわけ？　ほかにクライアントはひとりもいないってこと？　これが初仕事だってこと？」

「まっとうな弁護士なら、いつだって初仕事と同じだよ。頼むからそんなに騒ぎたてないでくれ。すぐに戻ってくるから」

「すぐに戻ってくる？　すぐに戻ってきて、荷ほどきを手伝ってくれるの？　コテージの掃除をして、それからわたしを海に連れていって、それから――」

「約束するよ。やれやれ。なんなら一筆したためてもいい」

「なんという言い方なの。ご立派な弁護士先生も、女房にはこんな物言いをするのね。ご立派な弁護士先生も、女房が相手だと、こんな態度をとるのね」

「きみがどんな物言いをしていて、どんな態度をとっているか見せてやろう」

ローザは渋々振りかえった。わたしはすわっていた椅子から立ちあがり、ついさっきまでの妻の真似をしてみせた。彼女の顔が徐々に赤くなり、それから白くなっていく。こういった物まねはお手のものだ。怖いくらいよく似ている。それがわたしの才能なのだ。身長が五フィートしかなく、正式に法律の勉強をしたこともないとすれば、さらに言うなら、法律にかぎらず、正式な教育を受けたことなどほとんどないとすれば、これはもう天賦の才に精いっぱい磨きをかけるしかない。

「これがきみだよ、ミセス・エイビー。どうしてテレビに出ないんだい。どうしてボードビルの舞台に立たないんだい。そういうキャラクターはきっと受けるよ」

「あら、そうかしら」ローザは苦笑いした。「そこまでひどくないと思うけど、ミスター・スマーティー」

「ミスター・スマーティー――映画のタイトル合戦だな。おそれいったよ。その調子だ。その調子でずっと続ければいい。そうすれば、何もかもうまくいくようになる。家を高値で買ってくれる者が現われるかもしれない」

「かもしれない。でも、そんなものを待つ必要はないわ。あなたがわたしのことを恥ずかしいと思ってるのなら、あなたの友だちがわたしのことをどう思っているかそんなに気になるのなら……」

「なにも自分の女房を恥ずかしく思ってるわけじゃない。わたしが恥ずかしく思ってるのは、きみが演じているそのキャラクターなんだよ。やれやれ。きみはそんな人間じゃないはずなのに、いつだって……」

わたしは言葉を途切らせた。

「よく言うわね。さすがにご立派な弁護士先生のお言葉は……」そこで我にかえったみたいだった。われわれはおたがいを見つめあった。しばらくしてから、わたしは沈黙を破った。最初に口をついて出てきたのはバチ当たりな悪態で、次に出てきたのは文法無視の卑語だった。わたしはまた言葉を途切らせた。「われながら、ひどい言葉づかいだと思うよ。なのに、お行儀よくしろときみに説教を垂れてるんだからね」

ローザは笑いだし、抱きついてきたので、わたしも抱きかえした。

「でも、あなたの言ったとおりよ。どうしてこんな癖がついたのかわからないわ。今度またやったらとめてね」

「きみもわたしをとめてくれ」

ローザは朝のコーヒーを温めなおし、ふたりで飲んだ。飲みながら、おしゃべりをし、煙草を喫った。そのあと、わたしは車をガレージから出し、海岸ぞいの道を町へ向かった。

マンドゥウォクは海辺の町で、ニューヨークから電車で数時間のところにある。通勤には遠すぎるし、地元の産業はない。前回の国勢調査によると、人口は千二百八十人で、それ以降、増えているとは思えない。

戦前はリゾート地としてそれなりの賑わいを見せていたが、夏の訪問者の数はこのところ確実に減ってきている。これまで地元住民はよそ者と交わろうとせず、金をくすねることしか考えていなかった。しかも、ニューヨークにはより近いところに多くの町がある。とすれば、マンドゥウォクはさびれていくしかない。

町でいちばん大きなホテルは、二年前の夏から閉鎖されている。多くの店が廃業を余儀なくされていて、海べの貸しコテージの少なくとも三分の一はこのところずっと使われていない。夏ここで休暇をとる者はまだいるが、かつての賑わいはもうない。実際のところ、いまここに来るのは別荘所有者だけだ。一般的にいって、彼らが別荘に来るのは、出費を切りつめるためであり、金を使うためではない。

町の中心は海岸から数百ヤード陸側に入ったところにあり、郡庁舎前の広場のまわりを民家が取り囲んでいる。その向こうには別荘地がある。逆に海側はありふれた行楽地になっていて、前述したホテルやコテージ、数軒のシーフード・レストラン、釣り舟屋、ダンスホールなどが軒を連ねている。

われわれが所有しているコテージはそこから三マイルほど離れているが、貸しコテージはみなもっと町に近いところにある。どれも似たような板張りの建物で、車がその一角にさしかかったとき、ひとりの男が道路に出てきて、町なかのほうへ重い足取りで歩きはじめた。背が高く、猫背で、がりがりといっていいくらいに痩せている。もじゃもじゃのゴマ塩頭で、骨ばった思慮深げな顔は蒼白に近い。

わたしはその横に車をとめた。だが、男の顔は前を向いたままで、立ちどまりもしない。「ラグズ！　ラグズ・マグワイア！」と、わたしは声をかけた。さらに何度か声をかけ、それでようやく振り向いた。

心ここにあらずといった感じで眉を寄せている。ゆっくり近づいてくるが、その表情は暗く、苦々しげに歪んでいる。と次の瞬間、ふと気がついたように、とつぜん口もとがほころび、親しげな表情になった。

「コシー！　元気にしてるかい」と言って、助手席に乗りこんできた。「いったいどこに雲隠れしていたんだい」

ローザといっしょについ先ほど着いたばかりで、荷ほどきが終わり次第、ダンスホールに寄るつもりだと答えると、ラグズはにこっと笑って、わたしの背中を叩き、そうこなくっちゃと言った。

だが、そのあとはすっかり黙りこんでしまった。気まずい沈黙ではなかった。少なくとも、ラグズにとっては。それでも、何かがひっかかった。その笑みや目には、これまで感じたことがないような不安な気持ちにさせる何かがあった。

「ジェイニーのことだけど……」わたしは少し言いよどんだ。「この夏はバンドといっしょじゃないんだね」

数秒間の沈黙のあと、ラグズは言った。いいや、ジェイニーはいっしょじゃない。新しい歌手が入ったんだ。ジェイニーは子供たちといっしょにニューヨークにいる。

「しなきゃいけないことは山ほどある。子育てだけで手いっぱいなんだよ。ああいった年のガキがふたりもいれば、いくら時間があっても――ん？　何か言いたそうだな、コシー」

「べつに。じゃ、子供たちは無事だったんだな」

「無事だった？」一瞬きょとんとした顔をしていたが、すぐに愉快そうに笑いだした。「ははーん。あの新聞記事を読んだってことだな。いいや、あれはジェイニーじゃない。おれの家族じゃないんだ」

「なるほど。それを聞いてほっとしたよ、ラグズ」

「ふざけた話さ」ラグズは思案顔で言った。「名前を売りたいときには、どんな算段をしても、取りあげてもらえないのに、人違いで、なんの得にもならないときには、バカみたいに大きな記事になる」

「ああ。世のなか、そういうもんだ」

「訴えることも考えたんだが、それもどうかと思ってな。新聞が間違えるのも無理はない。名前が——全員の名前が同じだったんだから。それに、ジェイニーの酒好きも有名な話だ」

もう少しで信じそうになった。実際のところ、信じられないとは言いきれなかった。マグワイアという名の三流のバンド・リーダーはほかに何人もいるだろう。記事がニュースの配信会社の受け売りだとしたら、人違いをしたとしても不思議ではない。今回もそうだったのだろう。ふたりの子供が自動車事故で死んだ。ジェイニーは（それがジェイニーだったとしたら）一命をとりとめたが、何日ものあいだ昏睡状態に陥っていた。

ラグズはバーの前で車を降りた。わたしは車を運転しながら思案をめぐらし、心配し、それから心のなかで肩をすくめた。ラグズは親しい友人ではない。そもそも友人ですらない。夏にここでたまたま知りあい、口をきくようになっただけだ。気はあう。ほかの多くの者と同程度には。でも、クライアントではない。ルアン・デヴォアはそうだ。面倒だが、相談に乗ってやらなければならない。面倒なことは一日にひとつでいい。

ルアンの家は煉瓦づくりの四角い二階建てで、山側の町はずれにある。道路からは数百フィート離れていて、そこへ行くには木々が生い茂る斜面をあがりきらなければならない。私道は斜面に緩やかな弧を描き、その両脇には丹念に刈りこまれた緑の芝生が一面に広がっている。家の裏手にも扇状の芝地があり、その向こうには、白漆喰塗りのゲートがあり、フェンスに囲まれた果樹園と納屋と牧場がある。わたしは玄関の庇《ひさし》の下に車をとめて、まわりを見まわした。

牧場では、毛並みのいいジャージー牛が草を食んでいる。納屋の前では、数十羽のレグホン種のニワトリがせわしなげに餌をついばんでいる。果樹園では、一匹の雌ブタと六匹の子ブタが、地面に落ちた果物をむさぼり食いながら満足げに鼻を鳴らしている。覚えているかぎり、去年とどこも変わっていない。そこには、のどかさとゆとりがあり、愛しみと丹精の証しがあり、そして自分たちの住まいに対してこれだけのことをやりとげたのだという静かな誇りがある。

いまではほとんど見なくなってしまった類いの誇りだ。どんなにありふれた地味な仕事にでも全力で取り組もうとする者は、もういくらもいない。社員はみな社長になりたがり、店員はみな店長になりたがっている。ウェイターやウェイトレスはなんでもいいからそれ以外の仕事に就きたがっている。そして、そのことを隠そうともしない。無能で、怠惰で、無気力で、小生意気なだけで、自分に与えられた仕事をまともにこなせもしないくせに。というか、こなそうともしないくせに。なのに、やれやれ、みんな高望みしている。いちばん上のものを求めている。それ以外のものは眼中にない。できるだけ少ない労で、できるだけ多くの功を得ようとしている。

そんなわけで、私道に立って、まわりを見まわしているうちに、なんとなく清々しい気分になってきた。とそのとき、二階の窓からルアン・デヴォアのいらだたしげな声が聞こえた。

「コシー？　コシーなのね。そこで何をしてるの」

「いまからそっちへ行く。ドアの鍵はかかってないね」

「もちろんかかってないわ。いつもかかってない。知ってるでしょうが。まったくもう――」

「わかった。落ち着いて。すぐに行く」

わたしは正面のドアからなかに入った。玄関の間の床はワックスがけされ、鏡面のようにぴかぴかに磨きあげられている。その先の階段も同様で、そこに敷かれたカーペットの外側の木の部分を踏んだとき、あやうく滑りそうになったくらいだった。これまで何度となく思ったことだが、ラルフ・デヴォアはここまで丁寧に家や庭の手入れをする時間をどうやってつくっているのだろう。何もかもひとりでやっているのだ。ここだけでなく、ほかでもやることは山ほどある。ルアンは何年もまえから指一本動かしていない。何年もまえから、家の維持費は一ペニーも出していない。

階段の途中の壁には、夫婦の写真が飾ってある。引きのばして修整を加え、楕円形の金メッキの額に入れている。二十二年前、結婚したときに撮ったものだ。当時のルアンはサイレント映画の女優セダ・バラを髣髴させるし、ラルフはスペイン系の男優ラモン・ノヴァロによく似ている。ラルフは当時とあまり変わっていないが、ルアンはちがう。もう六十二歳になっている。ラルフは四十歳だ。

ルアンの寝室は道路側にあり、町に面している。一枚ガラスの大きな窓ごしに、町で起きることのほとんどすべてを見ることができる。わたしが聞いた、というか聞かされたゴシップから判断すると、そこから見たという出来事のなかには、実際起きたことだけでなく、起きていないことも数多く含まれている。

部屋のドアは開いていた。なかに入ると、ベッドのまわりの臭いがあまりにひどいので、顔をしかめないようにするのは容易ではなかった。汗、傷んだ食べ物、消毒用アルコール、ベビーパウダー、殺菌剤。ここばかりはラルフも手をつけられない。部屋は身動きがとれないくらい多くのモノであふれている。いつからこのような状態が続いているかは神のみぞ知る。

部屋の片側には大きなテレビ。その反対側には大きなラジオ。その横には凝った造りのハイファイ・レコードプレーヤー。いずれも枕もとのテーブルの上のリモコン・パネルで操作できるようになっている。ベッドのまわりにはいくつものテーブルや長椅子が並び、その上には、雑誌、本、キャンディの箱、煙草、水さし、トースター、コーヒーポット、卓上鍋、箱や缶に入った食べ物などが置かれている。こんなふうに、考えうるありとあらゆるものが手の届くところにあるので、ラルフが出かけている長い時間をルアンは介護なしにひとりで過ごすことができる。が、たとえそうでなかったとしても、ひとりで過ごすことは可能なはずだ。身体の具合の悪いところはひとつもない、と地元の医者は太鼓判をおしている。わたしがニューヨークから連れてきた医師の見立ても同じだった。なのに、地元の医師が〝加療〟しているのは、ルアンになかば強要されてのことだ。実際に悪いところはひとつもない。何か問題があるとすれば、自己憐憫、身勝手さ、意地の悪さ、臆病さ、そして、〝病床〟という聖地から他人の陰口をきくという性癖くらいなものだろう。

わたしは窓のそばの椅子にすわり、葉巻に火をつけた。ルアンがいやみたらしく鼻をひくひくさせるので、わたしも同じように鼻をひくひくさせてみせた。「さて、さっそくだが、いったい何がどうしたと言うんだね」

ルアンは口をもごもごと動かした。そして、枕の下から薄汚いハンカチを取りだして、鼻をかんだ。「ええっと、その、つまりラルフのことなんだけど、コシー……ラルフはわたしを殺すつもりなのよ」

「ほう。それがどうかしたのかい」

「本当なのよ。コシー。信じないかもしれないけど、本当なのよ」

「そりゃいい。もし何か手助けが必要なときはいつでも電話するようにと伝えておいてくれ」

ルアンの目に絶望の色が浮かび、大粒の涙があふれでた。わたしはにやりと笑って、ウィンクをした。

「いいかい。きみがふざけたことを言うなら、わたしも同じようにふざけたことを言う。そんなことをしあってもなんの意味もないと思うがね」

「ちがうの。そうじゃないの。本当なのよ、コシー。どうしてわたしがそんな嘘をつかなきゃいけないの」

「注目されたいから。刺激がほしいから。ほかの者たちのように自分の言ったことに責任をとるつもりがないから」ことさらに強くあたるつもりはなかった。だが、仕方がない。それに、正直言って、このときは自分を抑えられなかった。少しは分別をわきまえさせなければならない。わたしはめったに我を忘れて怒ったりしない。そのようなふりをすることはあっても、本気で怒ることはまずない。だが、このときは演技ではなかった。「どうしてこんなことができるんだ。まだラルフをいじめ足りないのか。きみたちが結婚したとき、ラルフはまだ十八歳だったんだ。きみは彼の父親や後見人を丸めこんで結婚を――」

「そんなことはしてないわ！　わたしは……わたしは――」

「そうだろうとも！　彼の父親は無知だった。それが息子のためだと思っていた。きみと結婚すれば、きちんと教育を受けることができて、ひとかどの人物になれると思っていた。でも、結果はどうだ。実際のところ――」

「ラルフには幸せな家庭をあげたわ。与えることができるものは全部あげた。わたしを責めるのは――」

「いいや、きみは何も与えちゃいない。いまあるものは全部ラルフが自分で手に入れたんだ。ラルフはいまだに毎日十時間から二十四時間働いている。きみの面倒をみながら。もちろん、きみはあちこちに金をばらまいてきた。それで、身代を持ち崩した。でも、ラルフの手には何ひとつ渡っていない。すべて自分のために使ったんだ。ラルフのことなど何もかまっちゃいなかった」

ルアンはまた泣いた。そして、膨れっつらになった。それから、尊厳を傷つけられたという顔をして、こう言った。ラルフは少しもぞんざいに扱われているとは思っていない。結婚したのはおたがいに愛しあっていたからだ。学校は好きじゃなかった。働いているときがいちばん幸せだと言っていた。だから……

声が尻すぼみになり、ばつの悪そうな間抜けな表情が、たるんだ肌にベビーパウダーを塗りたくった顔に広がっていく。わたしはゆっくりとうなずいた。

「そういうことだ、ルアン。きみは自分でそう言っている」

「ええ、まあ……」少しためらいがあった。「もしかしたら気のせいかもしれない。考えすぎかもしれない。でも――」

「この際だから、はっきりさせておこう。これで全部終わりにしよう。ラルフはいったいどんな理由があってきみを殺さなきゃならないんだ。この家のため？　残った財産のため？　いいや、そんなはずはない。実質的にここはすでに彼のものだ。きみが死ねば、法的にも彼のものになる。この家のために長いこと奴隷のように働いてきたんだ。それをほかの者に相続させるなんてことはできない。どうしてもというなら、やってみればいいが、裁判になれば勝ち目はないと思うよ」

「そうじゃなくて……」またためらいがあった。「いいえ、あの女が理由のはずはないわ。知りあってまだ何日もたっていないのだから」

「誰のことを言ってるんだい」

「ダンスホールの女よ。今年バンドに入った歌手で、ラルフがよく車に乗せてやってるらしいの。だからといって、もちろん――」

「べつに珍しいことじゃない。そうやって小銭を稼いでるんだから」

ルアンはうなずいた。ラルフが車に乗せる客のほとんどは女だ。少しの距離なら、男は歩くが、女は歩かない。

ルアンは思案顔で続けた。「いずれにせよ、女が理由になるってことはないわね。駆け落ちすればいいだけの話だもの。わたしと離婚すればいいだけの話だもの。わざわざ殺さなくても――」

「もちろん、そんなことはしない。そんなことは思っていないし、するつもりもない。いったい全体どこからそんなことを思いついたんだ。何か変わったことをしたり、言ったりしたのか」

ルアンは首を振りながら言った。ここのところラルフの態度が少しおかしいと思っていたところに、その女の話を聞いたので、とても惨めな気持ちになり、胃がきりきり痛み、夜もろくに眠れず――

電話が鳴った。ルアンは身体のさまざまな不調を訴えるのをやめて、受話器をひったくるように取った。話はすぐにすんだが、できることならもっと長く話していたかったにちがいない。遠まわしな言い方をしていたが、町ですでにいろいろ聞いていたので、話の内容はおおよそ察しがついた。

ルアンは受話器を置くと、目をそらしたまま、来てくれてありがとうと言った。「手間をとらせて悪かったわね、コシー。不安で不安で仕方がなくて、それで気が立ってしまって――」

「でも、もうだいじょうぶだ。ラルフはきみを殺そうとしていない。いまも、これからも。それでいいね」

「ええ、コシー。あなたには心から――」

「そこまでだ。もう何も言わなくていい。だから、二度と電話をしないでくれ。これ以上きみとかかわりになるつもりはない。もうたくさんだ」

「どうして――どうしてなの、コシー」口に手をやって、「何をそんなに怒ってるの。もしかしたら……」

「きみにはうんざりなんだ。反吐が出そうだ」

「でも、どうして。わたしが何をしたっていうの」下唇が哀れっぽく下にさがる。「わたしは一日中ずっとここに横たわっているだけなのよ。することもなければ、話し相手もいない……病気で、孤独で、年をとっていて……」

その手は通用しない、とルアンは悟ったみたいだった。何をどんなふうに言っても取り繕うことはできない。その目にとつぜん毒々しい光が宿り、泣き言はいきなり悪態に変わった。

「わかったわ。だったら、帰ってちょうだい！　出ていって、二度と来ないで！　あんたみたいなユダヤのいかさま弁護士は、こっちから願いさげよ！」

「帰るまえにひとつ忠告しておく。他人のことを悪しざまに言うのはやめたほうがいい。でないと、いつか誰かに口をふさがれることになる。永遠に。どういう意味かわかるな」

「やれるものならやればいい。望むところよ。そうしたら、もっとひどい目にあわせてやる」

わたしは部屋を出た。ルアンの金切り声と怒鳴り声が階段や家の外まで追いかけてくる。

コテージに戻ると、わたしはローザにことの次第を話した。ローザは眉間に皺を寄せて話を聞いていた。

「でも、そんなこと言ってよかったのかしら。言わずもがなのことじゃなかったのかしら。本当に誰かに殺されたら——」

「殺す者なんかいないさ。ちょっと脅かしただけだよ。殺したいと思っている者がいるなら、とっくに殺している」

ローザは首を振った。「でも、今日のような話をしたことは、これまで一度もなかったんでしょ。ちょっとまずかったんじゃないの。怒らないでほしいんだけど、あなたらしくないわ。彼女はあなたを必要としてるのよ。なのにあなたは……」

ローザはいらだたしげに口もとを歪め、頑なで気むずかしげな微笑を浮かべた。それを見て、喉を紐で締めつけられるような気がしたが、わたしは譲らなかった。ルアン・デヴォアに必要なのは隔離病室だ。そこで頭を冷やさせたほうがいい。必要なのは精神科医であって、弁護士ではない。

「冗談じゃないよ。わたしは休暇すらとれないのかい。この夏中、イカれたバアさんの悪口雑言を聞いてやらなくちゃいけないのかい。勘弁してもらいたいね。きみは喜んでくれるものとばかり思っていたのに。さっきは彼女のところへ行くと言ったことに怒り、いまは行かないと言ったことに怒ってる」

ローザは肩をすくめた。「話くらいしたっていいでしょ。わたしだって女なんだから。なにもわたしの言うとおりにしろと言ってるわけじゃないのよ」

わたしはいきなり立ちあがって、踊りはじめた。頰を膨らませ、目をむき、両手をひらひらさせる。「これがきみだよ。イカれたナンセンス夫人。そんなになんでもわかっているのなら、きみが弁護士になればいい」

「さすがだわ。ご立派な弁護士先生の言うことは……あら、また言っちゃった。ごめんなさい。もちろん、あなたがいいと思うようにすればいいのよ」

「わたしも謝らなきゃいけない。たぶん年をとったせいだろう。だんだんこらえ性がなくなってきている。もしかしたら――」

ルアンに対しても、少し早まったことをしたかもしれない。

「わたしが言ったことは気にしないでね」ローザは言った。「わたしの鼻息をうかがう必要はまったくないのよ。いつだってそれが揉め事の原因になるんだから」

2　ラルフ・デヴォア

ルアンを殺すって考えが芽生えたのは、シーズンが始まった日のことだった。それはダンスホールがオープンした日で、ラグズ・マグワイア楽団のボーカリストのダニー・リーにはじめて会った日でもあった。名前はダニーだけど、もちろん女だ。男の名前でステージに立つ女性歌手はいくらだっている。ラグズの奥さんのジェイニーもそうだ。ずっとバンドの一員だった。事故にあうまでは——というか、今年までは。ラグズの話だと、じつは事故にあってなかったらしい。事故にあったのは同じ名前の別の家族で、ジェイニーはいま家にいて、子供たち（やはり事故にあってもいないし、死んでもいない）の世話をしているんだって。ジェイニーはいつもジャン・マグワイアという名前でステージに立っていた。どうしてそんな男みたいな名前を使うのかはわからない。女だってことは、見たらすぐにわかる。ジェイニーの場合は、見なくてもわかる。感覚でわかる。同じ建物のなかにいたら、目をあけてる必要さえない。そうとも。声でわかるんじゃない。ジェイニーの声は女というより男の声に近い。ジェイニーがポップシンガーでなかったら、その声はコントラルトと呼ばれていただろう。クラシックの歌手とちがい、ポップシンガーがそのように分類されることはない。ていうのはラグズが言ったことだが、もちろん口から出まかせだ。ラグズはいつも冗談ばかり言っている。なんでも、この国の女性歌手で、コロラトゥーラじゃないのは、少なくともリリックソプラノで通るのは、ジェイニーひとりだとかなんとか。少しまえまで、コロラトゥーラは十年にひとり出るか出ないかだったけど、いまでは掃いて捨てるほどいるんだって。でも、もうそんなふうには言えない。コロラトゥーラでないのは、ジェイニーひとりじゃない。ダニー・リーもちがう。ふたりは同じような声をしていて、見た目もよく似ている。でも、そういう話をすると、ラグズが嫌そうな顔をするので、一度言ったきりで、それ以降は口にチャックをしている。

ラグズは変わり者だ。悪い人間じゃないんだけど、とにかく変わっている。これはぼくひとりの考えだけど、誰かに好意を持っていて、強い想いを抱いているときには、それを態度で示さないといけないと思う。ぼくなら、そうする。自分の気持ちに反するようなことはしない。相手を傷つけるようなことをしたり言ったりしちゃ駄目だと思っている。でも、そう思わない者は大勢いる。ラグズもそのひとりで、相手はジェイニーだ。大好きなのに、いつもつらくあたっていた。いつも口汚く罵っていた。誰かにちょっとでも愛想よくしたら、男に色目を使っているとかなんとか言って。でも、それはちがう。ジェイニーはどこにも非のうちどころのない女性だ。そりゃいくらか酒を飲むくらいのことはする。ここ数年はけっこう飲んでいたようだ。だけど、そのことについてはここでは触れないでおこう。

さて、さっきも言ったとおり、シーズンの最初の日に、ぼくはルアンを殺すことを考えた。でも、正確に言うと、ちょっとちがう。実際に殺そうと思ったわけじゃない。そのとき思ったのは、もしルアンがいなくなったらどうなるだろうといったことだ。実際にいなくなればいいとか、死んでしまえばいいとかと思ったわけじゃない。それでも……まあ、そのへんのことはわかってもらえるだろう。もしルアンがいなくなったらどうなるだろうと考え、それからしばらくしていなくなったらいいんだがと思うようになり、そして最後には別の見方をするようになったってわけだ。もしルアンが……ルアンが死ななかったら、どうすりゃいいのか。そんなことはわからない。たぶん、誰にだってわからないと思う。

冬のあいだ、ぼくはたいてい朝の五時半か六時くらいまでベッドのなかにいる。でも、あの日はシーズンの初日だったから、四時に起き、暗がりのなかで服を着て、星明りの下へ出ていった。クリスマスの朝の子供のように浮かれ、にやにや笑いながら、鼻歌まじりで出かける準備にとりかかった。いい気分だったよ、ほんと。空は暗く、朝のその時間の空気は肌を刺すように冷たかったけど、ぼくにはすべてがまぶしく感じられ、身体のなかは程よく温かかった。洞窟のなかに長く閉じこめられていて、やっと外に出られたような感じといったところかな。いや。ある意味では、実際にそうだった。この冬は本当にさんざんだった。たとえば、これまでは役場でボイラーに火を入れる仕事をずっとやっていた。午前と午後にそれぞれ一時間、それから土曜日の朝にも一時間。けれども、この冬からはそうでなくなった。学校の用務員の仕事もそうだ。これまでは一日に四時間、一カ月に二日は終日働いていた。でも、いまはお払い箱だ。郡政委員会の理事にかけあいにいくと、郡検事のところへまわされ、そこで聞かされた話によると、不必要な出費を抑えるため自動式のボイラーを導入することになったので、いかんともしがたいとのことだった。そこを曲げてとどんなに頼んでも聞きいれてはもらえなかった。教育委員会のドクター・アシュトンとも話をしたけど、やはり無駄骨に終わった。これまでの仕事は職業学校の生徒たちに割り振られることになったので、ぼくにお呼びがかかることはいまもこれからもないんだって。郡検事もそうだったけど、その目の冷たさといったら……

というわけだ。一カ月あたり百五十ドルの稼ぎが吹っ飛び、冬のあいだの収入源は植え木の剪定やら何やらといった片手間の仕事だけになってしまった。幸いなことにうちには広い庭があるので、食べものには不自由しない。一部は瓶詰めにしたり、乾燥させたりして保存している。ブタも飼っているし、卵や牛乳もとれる。そしてもちろん、貯えも少しはある。でも、そんなものは当てにできない。崖っぷちに立たされたら、多少の貯えなど屁のつっぱりにもなりゃしない。もし風向きがいま以上に悪くなったらどうなるか。雨の日が続いて、顎までだった水が鼻まで来たらどうなるか。収入が完全に途絶えたら、貯金は見る見る減っていく。毎日五ドルずつ使ったとしても、一年後には二千ドル近くになる。自分はいま四十歳だから、あと二十五年は生きる勘定になる。餓え死にでもしないかぎり。不安のあまり頭がどうかなりそうだ。こんな状況に追いこまれたら、誰だってそうなるさ。でも、今日はシーズン初日だから、金のことはしばらく心配しなくてもすむ。そう思っていた。少し余分に働いて、冬のあいだ稼げなかった分の埋めあわせをしよう。そうすれば、問題はなくなる。そうタカをくくっていた。

出かける準備が整うと、メルセデスの後部座席に大きな防水シートを敷き、芝刈り機やら何やらの仕事道具を積みこんだ。ぼくのような人間がなぜそのような高級車を持っているのか不思議に思うかもしれない。キモは、値が張るのは買うときだけだってことで、売るときはまた別の話になるってことだ。二年前に手に入れ、すぐ売ろうとしたときには、それなりの値がついたんだけど、もっといい買い手が現われるにちがいないと思って、手離さなかったんだよ。もちろん、メルセデスが嫌いなわけではない。移動したり、仕事道具を運んだり、シーズン中に客を乗せたりするために大いに役立ってくれる。だから、分不相応かもしれないが、ずっと乗りつづけている。どのみち、ただで手に入れたものだ。だから、いまもまだ手離さずにいる。

元の持ち主は映画の脚本家で、シーズンごとにこの町に来ていたんだが、ぼくがそこの家で働きだしてまもなく、車の調子がおかしくなった。それで、ぼくが修理してやった。でも、しばらくして今度は別の箇所が故障しやがった。このときは本当に頭にきたみたいで、脚本家は車に八つ当たりした。斧で車を叩きつぶそうとさえしたくらいだ。とめなかったら、本当に叩きつぶしていただろうね。当時は夏になると、ロールスロイスがアトランティック・センター(途轍もなく広く、たぶんマンドゥウォクの町の十倍くらいはある)に営業所を出していた。それで、ぼくは提案した。メルセデスにはうんざりしているかもしれないが、車は必要だろうから、ロールスロイスの営業所に行って、下取りの値段を訊いてみたらどうだろうって。

結果はお察しのとおり。自動車のディーラーは商品に好きな数字をつけることができる。このときは、メルセデスに六千ドルという値段をつけ、ロールスロイスに六千ドルを上乗せした。

商談が成立し、脚本家がロールスロイスに乗って走り去ると、ディーラーはぼくにメルセデスをただで持っていっていいと言ってくれた。どうせ不動車だからってことだったが、故障したところはエンジンを少しいじっただけで直り、それ以来、不具合は一度も発生していない。

そのことを知った脚本家は、当然ながら激怒した。ぼくがわざとメルセデスを故障させたと言って、ぼくとディーラーを訴えると息巻いた。でも、そんな言い分が通らないことはわかっていたので、こっちはどこ吹く風。一台の車に二万五千ドルとか三万ドルとかの大枚をはたける者は、ちゃちいことでガタガタ言うもんじゃない。そもそも金をだましとられるようなやつに、金を持つ資格なんかないんだっつうの。

車に荷物を積みおえると、家のなかに戻り、家事にとりかかった。おおよそのことはまえの晩にやってあったので、時間はいくらもかからなかった。自分の朝食を食べ、それからルアンの朝食をつくって、部屋に持っていった。それをルアンが食べているあいだ、無駄口を叩き、食べ終えると、スポンジで身体を拭いてやった。そのときにからかったり、くすぐったりしたので、ルアンは笑いすぎて泣きだしそうになった。実際に少し泣いていたが、いつもとちがって悲しかったからじゃない。どっちかというと、わけがわからなくなってといった感じ、本当だとわかっていても信じられないといった感じかな。

「わたしが好き?　本当に好き?」

「ああ、もちろんだよ。決まってるじゃないか。言わなくてもわかってるはずだよ」

「後悔してない？　こんな暮らしじゃなければいいのにと思ったりしない？」

「後悔するって何を？　どんな暮らしがいいと言うんだい」

「たとえば、旅行をするとか。世界を見てまわるとか。働いて、食べて、眠る以外にも何かあるでしょ」

「どうして？　それ以外にもいろんなことをしてるよ。ほしいものは全部ここにあるのに、どうして旅行をしなきゃならないんだい」

ルアンはぼくの頬を軽く叩いた。「本当に？　ほしいものは全部ここにあるの？」

ぼくはうなずいた。ほしいもののすべてがこの家のなかにあるというわけではない。そもそもルアンは年を食いすぎている。でも、ぼくのような仕事をしていると、ほしいものを追いかけまわす必要はない。たいていの場合は、向こうからやってくる。

まあいい。とにかく、ルアンがこの日必要になりそうなものをすべて準備すると、ぼくは家を出た。さっきも言ったように、気分は上々だった。心配ごとはすべて解決したと思っていた。でも、J・B・ブロックトンさんの家へ行って、そこで芝刈りを始めた五分後には——つまりブロックトンさんが家から出てきたときには、気分は上々などという晴れやかさは吹っ飛び、これまで経験したことがないような厄介な問題に直面させられることになった。

「すまない、ラルフ」ブロックトンさんは爪先で芝生を蹴りながら言った。「昨日、何度も電話したんだが、ずっと話し中だったものでね」

ぼくは首を振った。しばらく言葉が出てこなかった。ブロックトンさんは夏のあいだのほかの雇い主とちがって、人を人と思っていないような口調で命令したり、仲間うちで〝地元民〟をバカにする冗談を言ったりすることもなかった。どちらかというと、友人のような付きあいをしてくれていた。いいひとだとずっと思っていたし、向こうもぼくを気にいってくれているみたいだった。去年はスーツをもらった。二百五十ドルもするらしい。もちろん少しは盛ったのだろう。たかが一着の服が二百五十ドルもするわきゃない。でも、たとえ五十ドルか七十五ドルの服だとしても、ありがたいことだ。気にいられてなきゃ、そんなものをもらえるわけがないからね。

「ブロックトンさん」やっとのことで声が出た。「どうかしたんですか、ブロックトンさん」

「じつはね、ラルフ」ぼくのほうを見ずに、爪先で芝生を蹴りつづけている。「一週間ほどまえに、ドクター・アシュトンの息子さんから手紙が来たんだ。それで、この仕事は彼にやってもらうことになった」

そう。露が一滴したたり落ちただけで、ぼくは地面に引っくりかえっていたにちがいない。笑ったらいいのか、泣いたらいいのか、どっちかわからなかった。

「ボビー・アシュトンですか。どうして――どうしてボビーが庭仕事をするんです。からかわれてるんですよ、ブロックトンさん。ドクター・アシュトンは自分の家の庭の手入れもひとに頼んでいるんです。どうしてボビーが――」

「雇うと約束したんだ。もう決まったことだ。悪く思わないでくれよ、ラルフ」それから少し間をおいて付け加えた。「ドクター・アシュトンは立派な人物だ。その息子だから、悪い人間じゃないと思う」

「ぼくだってそう思います。そうじゃないってぼくが言いましたか」

「ドクター・アシュトンは好人物だ。それに、わたしはここに休暇のために来ている。楽しむために来ているんだ。地元のごたごたに巻きこまれるのは避けたい。そういうのは困るんだよ、ラルフ」

何が問題なのか、これでやっとわかった。そういうことなら仕方がない。自分にいまできるのは、なるだけ早く別の働き口を見つけだすことだけだ。だから……だから、ぼくは無理やり微笑み、事情はよくわかる、気にすることはないと言って、車に荷物を積み戻しはじめた。

「ラルフ、ちょっと」

ぼくは振り向いた。「なんでしょう」

「わたしの会社で働かないか。工場をいくつか持ってるんだ。そんなにむずかしい仕事じゃない。給料も悪くない」

「えっ？　それって、ニューヨークでってことですか、ブロックトンさん」

「ニュージャージーでもいいし、ニューアークでもいい。きっと気にいると思うよ、ラルフ。こんないい話はそうそうないはずだ」

「そうですね。そりゃそうだと思います、ブロックトンさん。声をかけてくださったことには心から感謝します。でも、やめときます」

「やめとく？　どうして」

「それはつまり……そのほうがいいと思うんです。ここ以外の場所に住んだことはこれまで一度もないんです。アトランティック・センターより遠いところに行ったこともないんです。町を離れていたのは数時間だけです。それだけでも、気持ちが落ち着かなくって、あたふたしちゃって。気持ちが落ち着くまでに何日もかかるくらいなんです」

ブロックトンさんは肩をすくめた。「ほう。だったとしても、たいていは慣れるもんだよ」

「どうでしょう。たぶん、ぼくには無理だと思います。この地に根が張ってるんです。そこいらの木の茂みみたいなものです。無理やりほかの場所に移すと――」

「誰もそんなことは言っていない。無理強いするつもりはないよ」

ブロックトンさんは気分を害したような顔で会釈をし、家のなかへ戻っていった。ぼくは車を出した。本当はブロックトンさんの言うとおりなんだろう。実際のところ、マンドゥウォクを出ることができたらと思うこともある。いまのような状態になるまえは、本気でそう思っていた。でも、そんなことはできっこない。

ルアンは決してこの町を出ないだろう。たとえ出たとしても、どんないいことがあるというのか。どこに行っても、ここと同じように、人々はぼくたちを物笑いの種にするだろう。何も変わりはしない。いや、〝何も〟というと、言いすぎかもしれない。外部の人間は父さんのことを知らない。だから、その点についてとやかく言われることはない。父さんとルアンのこととか。じつのところ、ぼくはルアンの夫ではなくて、息子だってこととか。息子であり、同時に夫でもあるってこととか。どっちにしても、ろくなことにはならない。ルアンは倍がえしをする。ここでやっているのと同じように。人々が慎み深く口をつぐんでくれたとしても、たぶん同じことをする。ルアンがこんなふうになってもうずいぶんになる。それ以外にどう振るまえばいいかわからなくなっているのだ。

ルアンに対しては心からすまないと思っている。ぼくのために多くのものを犠牲にしたのは間違いない。ルアンは由緒ある旧家の出だ。教会に熱心に通い、慈善活動にいそしみ、ごくまっとうな生き方をしていた。年をとりすぎるまえに、愛する者を求めたからといって、どうしてそんなに悪しざまに言われなきゃならないのか。気が滅入り、うんざりするようなことを言われなきゃならないのか。ぼくは気にならなかった――そんなには。元々鈍感なほうだし、反論できるほど立派な人間でもない。でも、ルアンはとても傷ついた。長いあいだ、それを表に出すことはなかった。ぼくの前でときたま愚痴をこぼすだけだった。それだけ誇り高かった。でも、傷は身体の内側にとどまり、膿み、広がり、ついに噴きだした。それからひどい状態になった。年をとるにつれて、症状は悪化するばかりだった。

ふたりで町を出たいという気持ちがあったのはたしかだ。ルアンといっしょなら、きっとうまくやっていけると思っていた。ルアンのような女性なら、世のなかの道理を知っていて、何をどんなふうにすべきか教えてくれる。心から愛してくれ、楽しく話ができ、それから、それから……

そうなんだ。J・B・ブロックトンさんの家では、現実を直視できなかったにちがいない。それくらいショッキングな話で、とても持ちこたえられそうになかった。どの家へ行っても、門前払いを食わされることはわかっていた。けれども、それを認めるわけにはいかなかった。だって、もしそうなったら、どうしたらいいのか。どうやって生きていけばいいのか。この町で暮らしていけず、かといって、ほかのところにも行けないとしたら、いったいどうすりゃいいのか。ぼくがどんなにうろたえていたかわかると思う。恐怖のあまり、目の前に突きつけられた事実を直視することすらできなかったくらいだ。

それで、とりあえずほかの家をあたることにした。けれども、どこへ行っても、答えは最初からノーで、喧嘩腰で談判しても、そこをなんとかと泣きを入れても、駄目なものは駄目だった。どこへ行っても同じだった。なんの成果もなく、言葉と時間を無駄にしただけだった。たしかに、みな申しわけなさそうな顔をしていた。多くの家で、すまないと言われた。でも、ボビー・アシュトンが仕事をしたいと言い、ドクター・アシュトンが町の有力者であり、町の多くの者が世話になっている医師であるとしたら、仕事は一も二もなくボビーのものになる。

あてにしていた最後の場所へ向かうころにはお昼になっていた。それで海辺へ車を駆り、そこで朝つくっておいたランチを食べた。飲みこむだけで、味はほとんどしなかった。

二十五年。いや、ぼくのような男はもっと長生きするだろう。三十五年とか、四十年とか。もしかしたら五十年、六十年かもしれない。そのあいだ、お足は出ていくばかりで、まったく入ってこないのだ。

もちろん、町にも少しぐらいは仕事がある。あれやこれやの家事の手伝いで、小遣い稼ぎくらいにはなる。あっちで五十セント、こっちで一ドルといった具合に。でも、そういった仕事はすべて地元のガキどもに押さえられている。

ボビーにかけあってみたらどうかと思ったが、そんなことをしても無駄だということはすぐにわかった。ボビーはぼくを町から追いだしたがっている。そうすることによって、ルアンに復讐しようとしているのだ。

ドクター・アシュトンがこの町にやってきたのは十七年ほどまえのことだ。奥さんを出産のときに亡くしたので、息子のボビーは黒人の乳母の手で育てられた。当時のドクター・アシュトンは若かった。乳母も若かった。彼女はいまもドクター・アシュトンの家で家政婦として働いているが、容貌は昔と比べてそんなに変わっていない。いまでも若く見える。それに、きれいだ。

ボビーはここに移ってきたとき、疝痛《コリック》か何かの病気にかかっていた。それが治るか治らないかのうちに、次の病気にかかった。以降は来る年も来る年も病気の連続で、かかっていない病気の名前をあげるのはむずかしいくらいだった。ほかの子供たちと遊ぶこともできなかったし、学校にも行けなかった。十二年近く、ほとんど家から出ることはなかった。でも、あるときからとつぜん病気にかからなくなった。すべての病気にかかったので、それ以上はかかりようがなかったのかもしれない。それからは身長も体重も増え、気がつくと、ぼくがこれまでに見た誰よりも健康で、体格のいい、ハンサムな少年になっていた。おまけに利口だった。それはもう信じられないくらいで、あれほどの秀才にはこれからもたぶん出くわさないだろう。

病気で暇を持て余していたときに読んでいた本から知識を得たにちがいない。でも、たぶんそれだけじゃない。最初からすべての答えが詰まった頭を持って生まれてきたんだと思う。手ほどきを受けなくても、参考書を読まなくても、あるいは何も聞いたことがなくても、なんでもやってのけることができた。勉強だけじゃない。万能だった。

そんなこんなで小学校の八年分を一年で終わらせてしまった。高校には一年半通い、卒業まであと一学期というところでとつぜん辞めてしまった。大学には行かず、医者になるつもりもないようだ。そのことについてドクター・アシュトンがどう思っていたかはあまり考えたくない。

ランチが入っていた袋を丸めて、ゴミ箱に捨てる。公園の噴水から水を飲み、車でダンスホールへ向かう。

大きな正面のドアが揺れながら開く。なかに入り、ステージの前を通って、ピート・パヴロフのオフィスの前で立ちどまる。ピートは机に向かい、書類に身を乗りだしていた。顔をあげると、痰つぼに嚙み煙草を吐きだし、それからまた書類に戻った。

丸顔、ずんぐりむっくりの身体。たぶん五十歳ぐらいだろう。カーキ色のごわごわのズボンをベルトとサスペンダーでとめ、青いワークシャツに黒い蝶ネクタイをつけている。髪を横分けにし、片方のこめかみには髭剃り用の石鹼の泡が残っている。

ぼくは待った。だんだん不安になってきたが、ここなら夏の仕事を断わられるようなことはないだろう。ピート・パヴロフは町の衆がいやがることならなんでもする。それは間違いない。ひとが不愉快に思うことをわざわざするのだ。ぼくに仕事を与えたら、それを快く思わない者はたくさんいる。

みんなからどう思われようと、ピートは屁とも思っちゃいない。貸しコテージのほとんど、ダンスホール、ホテルを二軒、それに売店の三分の二を持っていて、バカンス客相手の商売で稼いでいるので、マンドゥウォクなど糞食らえと思っている。地元の人たちに恩義は何もない。実際のところ、みんなから疎んじられ、憎まれている。その昔、下水槽の掃除やら何やらの日雇い労働でなんとか食いつないでいたころから無愛想もいいところだった。一日の仕事を終えて賃金をもらっても、ありがとうとも言わない。誰かがファーストネームで呼んだり、呼び捨てにしたりしたら、同じようにかえす。相手が誰であろうと、どんな金持ちであろうと、おかまいなしだ。

ピートが机から身体を起こして振り向くと、ぼくはにこっと笑い、挨拶をし、今日はいい天気だねと言った。「今年もここで働かせてもらいたいんだけど、ピート」

ピートは次の言葉を待っているみたいだったが、不安のせいで、ぼくは何も言えなかった。

ここで働いたら週二十五ドルになるが、その仕事にもありつけなかったら、いったいどうなるのか。唯一残された収入源なのに。

ピートは椅子で尻を掻くようにもぞもぞと身体を動かした。それから、椅子の背にもたれかかると、鼻の穴から何かをほじりとり、それを上にかざして見つめた。そのあとは、しばらくのあいだうつむいて、唇を突きだしたり、すぼめたりしていた。

「いいか。おれがいまどういう状況にあるか教えてやろう。じつを言うと商売あがったりでな。自分自身の働き口を探さなきゃならないんじゃないかと思ってるくらいなんだよ」

ぼくは黙っていた。たしかに景気は以前ほどよくないかもしれないが、そこまで切羽づまっているとは思えない。貯えはそれなりにあるはずだ。ピート・パヴロフは金をためこんでいる。この先ずっと不景気が続いたとしても、本当に首がまわらなくなるのは何年も先の話だ。

「その顔つきはなんだ。おれが嘘をついていると思ってるのか」目をきらりと輝かせて、椅子にすわりなおすと、てのひらで机を叩きながら、大笑いした。「そう、そのとおりだよ。さっきのおまえの顔をおまえに見せたかったよ。まんまと引っかかったな」

「いいや、そんなことはない。最初から冗談ってわかってたさ」

「デッキブラシがどんな形をしているか知ってるな」ドアのほうに手を振って、「見つけたら、手にあうかどうかたしかめてみろ」

ぼくは部屋を出て、さっそくトイレ掃除にとりかかった。しばらくして、ピートがやってきた。

これから町へ行くと言い、それから少し立ち話をした。ルアンの様子を尋ねたあと、自分の噂話がちっとも出てこないから張りあいがないと言うので、ぼくは苦笑いし、それはルアンのせいじゃなくて、ピートのせいだと答えた。実際そのとおりなのだ。すでに泥だらけの身体に泥を塗っても仕方がない。相手がいやがるから、やっていることなんだから。自分からすべてをさらけだす者に対して、あいつはあんなことをした、こんなことをしたと言い立てても意味はない。

ピートには家族がいる。奥さんと娘だ。そのふたりに対しても、ルアンは陰口を叩かない。ゴシップに値する相手じゃないからだ。あまりにも地味で、目立たなすぎる。いつも前かがみになり、うつむいて歩いていて、誰かにちらっとでも見られたら、すぐに逃げ腰になる。誰にも興味を持たれていない。興味を持たれるようなこともしていない。していることがわかったとしても、ルアンは鬼の首を取ったように騒ぎだてはしないだろう。

ずっとまえ、ぼくがルアンと結婚するまえ、ルアンの父親はピートにひどい仕打ちをした。大金を巻きあげ、その金をルアン名義のものにして、訴えることができないようにしたのだ。ルアンはそのことにずっと罪悪感を持ちつづけている。だから、よほどのことがないかぎり、ピートやその家族を傷つけるようなことはしない。

「まあいい」と、ピートは言った。「今年はいいシーズンになりそうな予感がする。もしかしたら最高のシーズンになるかもしれない」

「そうだね。そうなると思うよ」

ピートは歩き去った。ぼくはトイレの掃除を終え、オフィスへ戻った。

そこで、換気口の前に椅子を持っていき、カバーをはずして、ダクトのなかに潜りこんだ。埃やクモの巣や死んだ虫を掃きとりながら、ゆっくりと這い進んでいく。息ができないくらい蒸し暑くて、くしゃみをするたびに、頭がダクトにぶつかる。身体が汗と埃まみれになる。ダクトは左右に枝わかれしながら、建物の裏手までのびている。出口の下には、空調室の屋根がある。そこに出て、地面に飛び降りる。換気扇のベルトを締め、大きな四馬力のモーターのスイッチを入れたあと、男性用トイレの奥のドアから建物のなかに戻る。

鏡に映った自分の姿を見ると、それはもうひどいものだった。頭のてっぺんから足の先まで埃とクモの巣まみれだ。流しの水を出し、手をのばしたところで、身体がとつぜん凍りついた。それから数秒間、ぼくはそのままの姿勢で立ちつくし、ラグズが弾くピアノにあわせて歌う女の声を聴いていた。そのあと、ドアのほうを向いて、なかば上のそらでデッキブラシを手に取り、ダンスフロアへ歩いていった。

そこは薄暗く、ピアノの上にスタンドライトの光が落ちているだけだった。そのせいもあって、歌っているのはジェイニーだと一瞬思った。でも、そこからいくらも行かないうちに、そうじゃないことがわかった。ジェイニーと同じような声をしていて、同じような色の髪をしている。でも、ずっとデカイ。背が高いとか、太っているとかいうことじゃなくて、つまり身体の一部がってことだけど。それは一目でわかった。館内は暑く、ラグズは上半身裸で、娘はブラと小さなショートパンツしか身につけてなかったから。

歌について言うと、ぼくはすごくうまいと思ったが、ラグズは満足していなかった。なぜかっていうと、《スターダスト》を歌わせていたからだ。ラグズに言わせるなら、どんな下手っぴな歌手でも、その曲だけは練習をしなくていいとのことだった。「《スターダスト》なら誰でも歌える。ほかの曲は無理でも、《スターダスト》ならなんとか格好がつく」

ラグズはいきなり両手を鍵盤の上に振りおろし、大きな音が部屋に響きわたった。娘は歌うのをやめて、ラグスのほうを向いた。その顔は怒りにこわばっている。

「もういい。お話にならん。リベラーチェを呼んでこよう。年のせいかもしれないが、きみのテンポにはとてもついていけん」

「すみません」その言葉にはまったく心がこもっていなかった。

「謝らなくていい。きみの名前はリーだったな。ダニー・リーだったな」

「知っているでしょ」

「きみに訊いてるんだ。きみはカーマイケルでも、ポーターでも、マーサーでもない。ちがうか。これはきみの曲じゃない。ちがうか。きみにこの曲を台無しにする権利はない。そうとも。そんな権利はない。この曲は彼らの曲だ。カーマイケルやポーターやマーサーの曲なんだ。だから、きみは彼らが歌ったとおりに歌うべきなんだ。余計な細工をするな。テンポを早めるな。譜面のまま歌うんだ」

ラグズはピアノの上から煙草を取って、唇の端にくわえ、それから手をふたたび鍵盤の上に戻した。指が動きはじめる。ゆっくりと。音は澄んでいて、強い。まろやかだけど、鋭い。滑らかで、優しく、甘い。

ダニー・リーと呼ばれた娘は深く息を吸い、そしてとめた。ブラが膨らみ、張る。音楽にあわせて首を振り、片方の足先で床を叩く。音を聴き、口をあけ、歌詞を声にする。柔らかくハスキーな声が、身体の奥深くから出てくる。そして、体内のぬくもりを帯びたまま、宙を漂いはじめる。

ラグズを見ると、目を閉じて、口もとに笑みを浮かべている。ぼくはまた娘のほうを向き、それから顔をしかめた。

身体を動かす必要はない。まったく動かなくていいのだ。ラグズが嫌いなものをひとつあげるとすれば、それは大袈裟な振りつけだ。でも、娘の身体は激しく動いている。安っぽい、とラグズは言っていた。動きまわる歌手は曲芸師だと言っていた。

ラグズが目をあけたとき、笑みは口もとから消えていたが、鍵盤から手を離して膝の上に置いただけで、罵りはしなかった。怒鳴りもしなかった。しばらくのあいだ微動だにせず、沈黙がナイフで切りとれるほど分厚く垂れこめるなか、ピアノのほうに来るよう身振りで命じた。娘は少したためらったあと、緊張の面持ちで、足をひきずるようにして歩いていった。

ラグズは容赦のない厳しい言葉で叱りとばした。

娘は元の場所に戻った。ラグズは手を鍵盤にかけ、娘はまた歌いだした。ぼくはステージに歩み寄った。ラグズがぼくに小さくうなずきかける。ぼくは娘のすぐそばに立って、その声に聴きいり、その姿に見いった。

歌が終わった。ラグズにどう思われるかわからなかったし、余計なことをするなと言われそうな気もしたけど、ぼくは力いっぱい拍手した。あまりにも素晴らしかったので、拍手せずにはいられなかったのだ。

ラグズは目を細め、それからにやっと笑って、ぼくを指さした。「よかろう、お嬢ちゃん。今日はもういい。彼は及第点をつけてくれた」

バカにしたような口調だった。もちろん、ぼくに対してではない。ラグズはぼくの友だちで、いつも冗談を言いあっている仲だ。それで、娘はぼくを睨みつけた。ああ、神さま。ぼくは自分がどんなにひどい格好をしているかすっかり忘れていた。娘は後ろを向き、腰をかがめ、ぼくのほうに尻を突きだし、そして振ってみせた。

ラグズが歓声をあげ、ピアノを拳で叩きながら大笑いしはじめた。娘は何か言いはじめたけど、ラグズの笑い声のせいで、何を言っているかはわからなかった。たぶん罵りの言葉を並べていたのだろう。

娘がステージを横切って、楽屋へ通じる階段をおりていくあいだも、ラグズはげらげら笑いながらピアノを叩いていた。

ぼくも笑った。というか、笑おうとした。なんとなくおかしい感じはしたけど、そんなに大騒ぎするほどのものでもない。

3　ラグズ・マグワイア

はじめてその娘を見たのは、四カ月ほどまえのことで、場所はフォートワースのはずれの西七丁目にある店だった。べつにその娘を探していたとかじゃない。その夜、ただぶらぶらと歩いていて、歩き疲れたところにその店があっただけの話だ。おれはなかに入った。

入ったところに小さなカウンターがあった。奥には、格子の衝立てで仕切られたテラス席があり、多くのテーブルが並び、大勢の客がビールを飲んでいた。それで、そこに腰をおろし、ビールを注文した。

ウェイトレスがビールを持ってくると、そのすぐあとからもうひとりの女がやってきて、勝手に隣の椅子にすわった。ひどくくたびれた感じのする不細工な女だったが、たとえそうでなくても、同じことだっただろう。少しばかり金を渡し、悪いなと言って追っ払った。女は立ち去り、ステージにいた三人組のバンドマン（サックスとピアノとドラムス）の演奏が始まった。うまくはなかったが、それはディキシーランド・ジャズであり、音楽であり、聴く価値はあった。昨今では、音楽を演奏している、あるいは曲がりなりにも演奏しようとしているだけでも、それは奇特なことなのだ。

曲は《シュガー・ブルース》、《ワン・ワン》、そして《グーフス》。ステージの前には、〝お心づけ〟と書かれた袋が置かれていた。それで、演奏の合間に、ウェイトレスに言って、そこへ二十ドル札を持っていかせた。

それが二十ドル札であることは、金がウェイトレスの手に渡るまで気づかなかった。本当は五ドル札を渡すつもりだったのだ。五ドルでも張りこんだつもりだった。そもそもチップを出せるような身分ではないのだ。でも、もうあとの祭りで、いまさら金をかえしてくれなどとは言えない。諦めるしかない。

ウェイトレスはステージの前でおれを指さした。すると、バンドのメンバー全員が立ちあがって、微笑み、お辞儀をした。おれのことを知っているのかと一瞬思ったが、もちろんそうじゃなかった。同じ音楽家仲間であっても、知らないものは知らない。昨今の音楽の主流は、味もそっけもない調子っぱずれのクソみたいなもので、舞踏病の患者でさえそれにあわせて踊ることはできないだろう。連中にとって、おれは気前のいいオッサンのひとりでしかない。その場にいるすべての者にとって、おれはそれだけの人間でしかない。

先ほどのウェイトレスが店の隅のテーブルに向かっていくのが見えた。その席には、ひとりの男がこっちのほうを向いてすわっていた。酒のせいでどんよりした顔。着ている服は全部で十八ドルくらいだろう。その席にはもうひとりいた。女で、こちらに背を向けてすわっている。ウェイトレスが耳もとで何か言うと、立ちあがった。同席の男は大声で文句を言いはじめたが、近くにいた筋骨隆々のシャツ姿の男に襟首をつかまれ、店の外に連れていかれた。

女はステージのほうに歩いていった。ぱらぱらと拍手が起き、ビールのジョッキでテーブルを叩く音がした。おれは目を大きく見開き、思わず椅子から腰を浮かした。胸の鼓動が激しくなる。だが、すぐまた椅子に腰をおろした。それはもちろんジェイニーではなかった。ジェイニーがこんなところにいるわけがない。酔っぱらいの相手をしているはずはない。ジェイニーはいま家で子供たちの世話をしている。どこで男をあさるかも知っているし、どこで酒をあおるかも知っている。

ジェイニーはいまニューヨークにいる。このまえは長距離電話ごしに歌をうたってくれた。《メランコリー・ベイビー》——おれたちのベスト・ヒットのひとつで、いまでもそこそこに売れている。ありがたいことだが、誰が買ってくれるのかはわからない。もしかしたら精神病院の患者? うん、そうとしか考えられない。そこに閉じこめられている者としか考えられない。でないと、シャバには音楽のことなど何もわかっちゃいない薄らバカしかいないってことが説明できない。

ちょっとまえに、〝アップビート〟で〝クール〟な新しい音楽に関する記事で小銭を稼いでいるエセ文化人と話をしたことがある。そのときに、おれはひとつ教えてくれと言った。印刷屋があんたの記事をいじったとしよう。あんたが書いた文章を削って、自分の文章を付け足したとしよう。勝手に句読点を取ったり付けたりしたとしよう。そういった修正を加えられたら、あんたはどう思う?

いまではあんなやつのために時間を割いたことを後悔している。腹を立てるだけの価値もない。

音楽評論家を自称していたが、音楽評論家が聞いてあきれる！　ブルー・スティールを聴いたこともないくせに！

ジェイニーと似ていたわけじゃない。似たところはどこにもない。ただ、そのときは似ていると思った。

娘は歌いはじめた。《ドント・ゲット・アラウンド・マッチ・エニーモア》。これもおれとジェイニーの古いヒット曲だ。娘はそれをぶちこわしにしていた。聴くに耐えなかった。ただ、目を閉じると……

その声。粗削りで、洗練とは程遠いが、何かを持っていた。おれは打ちのめされた。ほかに言いようはない。まさしく打ちのめされた。エアコンが効いた部屋に入り、肌が冷気に触れたときのように鳥肌が立った。

おれは欲張りじゃない。もちろん、いいものをつくりたいという気持ちはある。それを手に入れるために努力は惜しまないつもりだ。でも、何がなんでもというわけではない。

でも、そのときは少しばかり興奮していた。頭のなかでは素早い計算が始まっていた。そのときはソロで活動し、複数のクラブと出演契約を交わしていた。それでかろうじて食いつないでいた。でも、そろそろシーズンが始まるし、レコーディングの金が入ってくる予定もある。バンドを組むのはそんなにむずかしいことじゃないはずだ。たぶんなんとかなるだろう。メンバーは五人。おれと、あの娘を含めて。ただし、ろくな演奏はできず、金にもならないだろう。実際のところ、赤字にならなければ御の字だ。でも、なんとかなる。なんとかしなきゃいけない。このイカれた世界に、欠けているものを与えるために。理解されなくてもいい。望まれていなくてもいい。

歌が終わると、娘はおれが手招きするまえにやってきた。胸算用はまだ終わっていない。娘は何かささやいたが、その意味をすぐに理解することはできなかった。本当なら予測できたことだった。だが、そんなことは予測したくなかった。それが別の娘の口から出た言葉だったら、なんとも思わなかっただろう。ほかの娘なら、何も気にならなかっただろう。でも、この娘はちがう。身体のなかに音楽を宿している娘はちがう。

唾を吐きかけてやりたかった。ジョッキを叩き割り、その破片で喉を切り裂き、二度と歌えないようにしてやりたかった。でも、そうはせずに、こう言った。いいとも。一人寝はわびしいからね。

おれの顔の表情に驚いたのだろう。娘は少し後ずさりした。そして、誤解しないでくれと言った。できればいっしょに食事でもどうかと思っただけ。今日は暇なので、どこかへ遊びにいかない？　いま着ているドレスは酔っぱらいにビールをこぼされたので、新しいのを買ってもらえたら、すっごく嬉しいんだけど。それから――

娘はさらに言った。身持ちは固いほうよ。いつもこんなことをしてるわけじゃない（あたりまえだ！）。母が病気で（お決まりだ！）、ふたりの弟の面倒を見なきゃならない。父は亡くなり、今年は実家の畑が不作で……云々かんぬん。噴飯ものだ。娘が口にしなかったのは、由緒ある南部の旧家の出という話だけ。もしそんな話をしていたら、ぶっ殺していただろうよ。

おれは財布から二十ドル札を二枚取りだし、指でもてあそんだ。

娘は照れ笑いしながら、ホテルまでついて来た。

ホテルの部屋で、おれはしばらく娘を見ていた。それから、とつぜん振り向いて、バスルームに飛びこんだ。腹を押さえて便器の前にかがみこんだとき、内臓がねじれ、結び目をつくったような気がした。あまりの痛みに悲鳴をあげそうになった。吐き、声を殺して泣いた。それで少し気分がよくなったので、顔を洗って、ベッドルームに戻った。

服を着ろ、とおれは言った。それから、娘のためにしてやることができ、してやろうと思っていることを話した。

必要な舞台衣装（それも上等な）。一年契約。週給二百ドル。そう、週給二百ドルだ。そして世に出るチャンス。二千ドル、五千ドル、いや、うまくいけば一万ドルのギャラも夢じゃない。夢じゃないどころか、かならず実現する。おれが実現させてみせる。失望はさせない。

娘はその言葉を信じた。おれが意を尽くして説明したら、たいていの者は納得する。それでも娘はさしだされた餌の大きさに驚き、すぐには決心がつかないみたいだった。おれは娘に二十ドルを渡し、翌朝クラブに来ればもう二十ドルやると約束した。その時間帯、そこにいるのは掃除人だけだ。娘は約束どおりにやってきた。おれは娘のためにしてやれることのひとつをした。

とてもいいことだ。おれはなんとしても娘をつなぎとめておきたかった。そのためには、週給二百ドルでは充分じゃない。病気の母とふたりの弟云々は関係ない。壁の向こうには、お宝があるのだ。おれが身体を持ちあげてやれば、どんな愚鈍な者でも、それを見ることができる。

だから、そうした。

二時間かかった。その結果、娘の歌は〝聴くに耐えない〟から〝下手くそ〟に変わった。もちろん娘にとっても、それは嬉しい驚きだったにちがいない。

娘は上気し、はしゃいでいた。目に陽が昇ったみたいだった。

「信じられない！　魔法にかかったみたい！　素敵な夢を見てるみたい！」

「夢はもっといいものになる。それは現実になるんだ。おれの申し出を受けいれる気になったらな」

「もちろん受けいれる。わかってるでしょ。なんてお礼を言えばいいかわからないわ、マグワイアさん」

気にすることはない、とおれは言った。恩に着る必要はない。おれは娘を連れてホテルに戻り、ドアを閉めて、鍵をかけた。

娘は落胆し、急に小さくなったみたいだった。目から陽の光は消えていた。口ごもりながら、そんなことをするつもりはないと言い、それから絶対に嫌だと言った。それでも黙って待っていると、どうしてもってことかと訊いた。

「わたし、こんなことをしたことは、これまで一度もないの。本当に一度もないのよ、マグワイアさん。あの経験も一回しかない。もちろん、お金のためじゃない。愛しあっていたのよ。相手は故郷の町に住んでた男の子で、結婚するつもりだったの。でも、逃げられちゃった。わたしは妊娠したんじゃないかと思って、町を出て、それで——」

「気にするな。いやなら——」

「いやと言ってもいいの?」娘は不安そうにおれを見た。「それでも……それでもさっきの話は……」

おれは黙っていた。

「さっきの話はまだ生きてるの? お願い、マグワイアさん。どうかわかって……」

どうかわかってほしいの。わたしがどんなに真面目な人間か。どんなに歌が好きか。それがどんなに大事なものであるか。

おれは肩をすくめただけで、何も言わなかった。だが、心のなかでは祈っていた。娘が地獄に落ちろと言ってくれることを。そうしたら、おれはひざまずいて、娘の足にキスをしていただろう。娘が、神の思し召しどおりに生きられないなら、生きている意味はないと言ってくれたら……音楽は神聖なものであり、それを穢すのであれば何もしないほうがましだと言ってくれたら……娘にとって音楽が本当にそれほど大事なものであったなら、おれと同じくらいに——

そんなことがあるはずはない。おれと同じ思いはかけらも持っていないはずだ。ジェイニーもそうだ。みんなそうだ。

音楽のことなど誰も何も考えちゃいない。

おれ以外の者にとって、それはあってなきに等しいものであり、やがてどこにも存在しなくなるものだ。

娘はゆっくりドレスのボタンをはずした。それから、ゆっくりドレスを下におろし、片方の肩をあらわにした。おれはにやにや笑いながら、それを見つめていた。本当は叫びたかった。泣きたかった。足もとから闇がせりあがってきて、おれを包みこんだ。

闇から出たとき、娘はおれの横で膝をついていた。その胸はおれの頭を受けとめ、おれの涙で濡れていた。娘も泣いていた。泣きながら、おれを抱きしめていた。

「マグワイアさん……いったいどうしたの——ああ、ダーリン、ベイビー、ハニー。どうしてこんなふうに——」

娘は言いながら、おれの額にキスをし、おれの髪を撫でている。

「気分はどう？　少しはよくなった？　わたしの大事な——」

おれは言った。「ふざけるな、この薄汚い淫売女！」


駅でピート・パヴロフに出迎えられたのは、木曜日の夜遅くだった。ダニーはバンドのメンバーといっしょにコテージに向かい、おれはピートといっしょにオフィスに向かった。

おれはピートが好きだ。ぶっきらぼうなところや、まわりくどくないところがいい。妥協をしないというのもいい。自分が何を求めているかをよく知っていて、それ以外のことには脇目もふらず、ほかの者にどう思われるかなんてことはどうでもいいと思っている。

ジェイニーのことは訊かなかったし、新たにバンドを結成した理由も訊かなかった。それはおれの問題であり、ピートにはピートの問題がある。ふたつのグラスに酒を注ぐと、葉巻を投げてよこし、一万ドルか二万ドルの金を手っとりばやく稼ぐ方法はないだろうかと訊いた。

わかっていれば苦労しないと答えると、肩をすくめて、そりゃそうだ、忘れてくれ、と言った。それから、「いいか、マック」――ピートはおれのことをいつもマックと呼ぶ――「いま言ったことはここだけの話にしておいてくれよ」

「もちろん。そんなに困っているのか、ピート」

最悪だ、とピートは言った。保険金がおりるなら、ホテルに火をつけたいくらいだ。「やっちゃおれんよ。火事で焼け死ぬ者が多いのは保険会社のせいだ。廃墟が焼けても、保険金はおりない。火をつけるなら営業中にってことだ。でも、それで焼死者が出たんじゃ、シャレにならねえだろ」

おれは笑い、首を振った。何と言えばいいのかわからなかった。いや、言うべきことはわかっていたが、それを口にする気にはなれなかった。おれ自身が追いつめられていたからだ。

ピートは事情を説明しはじめた。地元では借金をしない主義だという。これまではずっとキャッシュで切り盛りしてきたが、ここに来て資金繰りがつかなくなった。それで、ニューヨークの金貸しを訪ねたはいいが、その結果、利息で首がまわらなくなってしまったらしい。

「金貸しに法律は通用しない。わかるな。そう、そんなわけでな。一万ドルちょっとの金が都合できないばっかりに破産寸前ってわけだ」ピートは嚙み煙草を口に入れ、苦々しげに舌打ちした。「自業自得さ。つまらない意地を張りすぎた。雲行きが怪しくなりかけたときに、手を引くべきだったんだ」

「そんなことができたとは思えないがね、ピート。途中で投げだすことができていたら、いまのあんたはなかったはずだ」

ピートは言った。そうかもしれない。尻尾の巻き方は知らないし、知ろうとも思わない。

「だったらこうしよう、ピート。エージェントが入っているから、おれが勝手にギャラをさげるわけにはいかない。でも、おれのほうからあんたにギャラの一部を払い戻すことはできる」

「バカなことを言うな。背がのびすぎて、頭に血がまわらなくなったのか」

ピートは部屋のなかを歩きまわりながら言った。金を巻きあげるんだったら、あんたのように誰かが面倒を見てやらなきゃならない間抜け野郎でなくても、もっといいカモがいくらでもいる。

「心配するな」と言い足して、ピートは振り向いた。「実際はそれほど深刻じゃない。そこまで切羽づまってたら、今年はあんたを呼んだりしなかったはずだ」

「呼ばないほうがよかったんじゃないか」おれは言った。「じゃ、こうしよう、ピート。あんたのほうから契約を破棄することはできないが、おれが演奏するのを拒んだら——」

「駄目だ。いいか、よく聞け。そんなことは絶対にできない。あんたの音楽を聴きたいからじゃない。ダンスホールを閉めたくないからだ。閉めたら、負けを認めることになる。それだったら、ケツに標的を描いて、蹴とばしてくれと頼むほうがましさ」

おれたちは酒を飲みながら話を続けた。おたがいに与太を飛ばしているだけで、実のある話じゃまったくない。ピートはコスメイヤーが町に来たら、三人で会って、四方山《よもやま》話に花を咲かせようと言った。おれは同意した。その三人なら、腹蔵なく語りあえ、楽しい時間を過ごせるだろう。

おれは言った。「あいつとは気があってな。チビちゃんだけど、面白い男だ。悪いやつじゃない。でも、ときどき、こんなふうに思うことがある。おれが見ているところに本当はいないんじゃないかとか。目の前にいるのに、本当はおれのまわりを歩きまわっているんじゃないかとか。こっちを見てるのに、本当は頭の後ろを見てるんじゃないかとか」

ピートは笑った。「あんたもそうだったのか。それにしても、マック、おかしな話だと思わないか。世界にはこれだけ大勢の人間がいるのに、いっしょにいてリラックスでき、気を許しあえ、おたがいに素《す》のままでいられる者は数えるほどしかいない」

おれは言った。たしかにおかしな話だ。というより悲しい話だ。

「まあいい。時はあっという間に過ぎる。そろそろお開きにしよう。おネンネの時間だ」

おやすみの挨拶をし、ピートは町へ向かった。大きな身体が徐々に遠ざかっていく。おれはコテージのほうに向かって歩きはじめた。ピートを助けてやれなかった自分のふがいなさを思うと、気持ちは落ちこむばかりだった。おれが至らないばっかりに。役立たずの能なし——それがおれだ。

これからは正直にそう名乗ろう。〝役立たずの能なしとそのバンドと蓮っ葉娘〟。テーマソングをつくってもいい。借用するメロディーは——そう、《グディ・グディ》だ。ちょっとやってみよう。タタ、タ、タ、ターン、タタ……そんなことを一分ほど続けたあと、おれは自分を呪った。本当に駄目な男だ。バカみたいに簡単なことでもやってのけられない。

今夜だってそうだ。バンドのメンバーにとってここははじめての場所だ。ひとつところに同じようなコテージがいくつも並んでいる。なのに、おれは彼らが自分たちのコテージを探しあてられたかどうかをたしかめもしなければ、何か不便なことはないかと訊きもしなかった。自分のことだけを考え、自分がよければそれでよかった。メンバーのことなど何も考えていなかった。

ダニーのことはどうでもいい。たとえ浜辺で寝ていたとしても知ったことじゃない。だが、バンドのメンバーはちがう。みないやというほどの辛酸をなめている。もう何年もかつかつの生活をしているにちがいない。ギャラは雀の涙ほどだが、それでもないよりはましと思っている。みな一丁前な口をきき、えらそうなことを言うが、自分たちがミュージシャンと呼べるほどのものでないことは百も承知のはずだ。

上べを取り繕うのは楽でないにちがいない。それは同情に値いする。だから、できるだけのことはしてやろうと思っている。彼らには才能もなければ、当てにできるものも、他人に与えられるものもない。与えられるものがないということほど情けないことがあるだろうか。

荷ほどきをすませると、おれはベッドにもぐりこんだ。

眠りに落ちるとほぼ同時に、いつもの夢をみた。そのなかで、おれはバンドのメンバーの全員になっていた。トランペットもサックスもクラリネットもトロンボーンも全部おれが吹いていた。ドラムも叩いていたし、ピアノも弾いていた。全員がおれだった。バンドのメンバー全員がおれだった。ボーカルのダニー・リーとジェイニー。それもやはりおれだった。演奏は完璧じゃなかった。いまひとつだった。でも、もう少しのところまでは来ていた。そう。あと一歩なのだ。必要なのは時間だけだ。あと少しの時間があれば……

そこで目が覚めた。

正午を少しまわっていた。窓からコーヒーの香りとともに会話の断片が入りこんできた。バンドのメンバーのコテージのほうからだ。彼らは節約のためにみんなでひとつのコテージを使っていた。声は小さく、コテージとコテージのあいだはどこも三十フィートほど離れている(「こみあってるほうがいいと思う者はいない」と、ピートは言っていた)。だが、町なかとちがって、海辺では音は思ったより遠くまで伝わる。

「あの野郎になんて言われたと思う? 〝唇がついているのか〟だ。ふざけやがって。おれのトランペット歴は――」

「そんなの、まだましさ。おれなんか、リューマチかって言われたんだぜ。バルブを押さえるのにハンマーがいるんじゃないかとも言われた」

「どうかしてるぜ、まったくもって。あんたはどう思う、チャーリー。おれが音程をはずしたり、ずらしたりしたと思うか。冗談じゃない。おれがどうしてそんなことを……」

一同は競うように不平不満をぶつけあっていた。締めはドラマーだ。小声で憎々しげに話すのを聞いて、おれは驚き、傷ついた。

たしかにおれの言葉は少々きつかったかもしれない。でも、決して悪気があったわけじゃない。救いがたいお粗末さを笑いのめすために冗談を言っただけだ。ドラマーに対しては特に気を使い、プライドを傷つけるようなことをしたり、言ったりしないように心がけた。恨まれなきゃならない理由は何もない。

たしかにからかいはしたが、そんなに辛辣じゃなかったはずだ。命令口調じゃなく、駄目なところを遠まわしに指摘して、自分で直させるように仕向けたつもりだ。

ピーナッツの袋を投げつけはした。あのバカ面の前に鏡をさしだしたことも一度ばかりある。自分の演奏に陶酔して、顔を歪めたり、ひきつらせたりしていたので、そのざまを見させてやったのだ。口では何も言わなかった。言っても無駄だとわかっていたから。あのバカにとって、英語は音楽以上に不可解なものだ。それより自分で自分のざまを見たほうがいい。そうすれば、自分がサルのような顔になっていることがわかる。そう思っただけなのだ。逆恨みもいいところだ。そのように見えたことで、おれが責められなきゃならない理由は何もない。

でも、まあいい。どっちにしても、心配したり煩わされたりする価値はない。それはほかのメンバーについても言える。そうでないのはダニー・リーだけ。ダニー・リーの声だけだ。あと二、三年早く出会っていたら、と思わずにはいられない。そうしたら、いまごろはトップクラスの売れっ子になっていたはずだ。こんなところでくすぶっちゃいないはずだ。

おれは髭を剃って、シャワーを浴び、服を着た。それから、ダニーのコテージに行って、二時ちょうどにダンスホールへ来るようにと言った。

そのあと、バンドのメンバーのコテージに行った。

おれの姿を見るか、足音を聞くかしたらしく、とつぜん声が大きくなり、話題がとってつけたようなわざとらしいものに変わった。コテージに入り、通り一遍の挨拶を交わしたあとは、重苦しい沈黙が垂れこめた。しばらくして、ふたりが同時におれにコーヒーをすすめた。

おれは町で食事をするからと言って断わった。「町に用があるようなら、かわりにやってきてやるぞ。組合に手紙を出すとか」

それで、話を聞かれていたことに気づいたようだった。おれはにやっと笑い、片方の眉をあげて、まごついて赤くなったバカ面をひとりずつ順々に見ていった。

誰も何も言わず、身じろぎもしなかった。呼吸さえとめてしまったかのようだった。彼らを見ているうちに、おれはとつぜん自分が恥ずかしくなり、うんざりした気分になった。

それで、こう言った。気にすることはない。今日はゆっくり休んでくれ。ボートを借りるなり、水着を買うなりして。好きなように過ごせばいい。金はおれが払う。

「練習はなしだ。今日もこれからも」

そして、立ち去った。

食事をすませてから、ダンスホールに戻り、ダニー・リーをしごきにかかった。

しばらくするとラルフ・デヴォアがやってきた。

ラルフはここの掃除人であり、雑用係だ。さらにはフロアマネージャーでもあり、館内をまわって、揉め事が起きないように目を光らせる仕事もしている。とびきりのハンサムで、映画スターのなかに似たような顔の男がいたような気がする。ただで手に入れたメルセデスのコンヴァーティブルに乗って、金持ちのバカンス客からもらった洒落たスーツを着たら、どこの誰さまだろうと思うはずだ。もちろん、このときはちがった。ダニー・リーがはじめて見たときは、ゴミ溜めから出てきたホームレスのような格好をしていた。

ラルフが拍手をしたとき、おれがからかったせいもあって、ダニーはずいぶん気を悪くしたみたいだった。それで、ラルフに向かって尻を突きだして見せた。

ダニーはつかつかと楽屋のほうに歩いていった。そのあと、ラルフと立ち話をしていたとき、ふと面白いことを思いついた。ダニーに一杯食わせてやるのだ。ラルフがダニーに魅せられたのは一目でわかった。ほしいのなら、くれてやろうじゃないか。ラルフの見てくれ（いくらでもよくすることができる）と、ダニーがどういう娘かを考えれば、結果はおのずと……

おれはその話をラルフに伝え、ダニーについては一部を脚色して話した——あれは顔だけの女じゃない。気立てもいい。非の打ちどころがない。自分ひとりで家族全員の面倒を見ている云々。

が、だからといって何かが変わるわけじゃない。ラルフが強引なことをするとは思えない。デートに誘うくらいはしても、そこから先へ進むかどうかは相手次第だ。ダニーはそれを望むかもしれないし、望まないかもしれない。

「さあ、どうだろう」ラルフは決心がつきかねているみたいだった。「ちょっとまずいんじゃないかな。あんな若い真面目な女の子をだますのは。ぼくだってだまされたらいい気はしない。それに――」

「だからどうだって言うんだい。本気なら、金は関係ない。あんたが持っていることになっている金が目当てなら、それはそれでなんの問題もない。どっちにしても、ダニーが失うものなんかタカが知れている」

「そりゃ、そうかもしれない。だけど……」

おれがどうしてそんなに積極的なのかと不審に思うのじゃないかと思ったが、心配は無用だった。ラルフは舞いあがっていて、一種のトランス状態にある。

おれは考えるともなしに考えていた。ラルフはこれまで何人もの若い女と付きあってきた。付きあって、ものにしていた。相手はウェイトレスとか店員とかで、みなそれなりの魅力があった。女房持ちのラルフを引きつける何かがあった。

「たしかに気は強そうだ」ラルフはなかば上の空でつぶやいていた。「性格が悪いってわけじゃない。でも、気が強いのはたしかだ。ちょっとやそっとのことには動じないにちがいない」

「たしかに。これまでずいぶん苦労してきたようだ。母親の看病をし――」

「しっかりしてるってことだね」

「何よりじゃないか。つまり、自分がすることに自覚を持ってるってことだ。誘っても、弱みにつけこむことにはならない」

「そりゃ、そうかもしれないけど……」ラルフは身悶えしている。「だったら……だったら、ぼくは何をどうすればいいんだい」

ラルフはいつも車に着替えを積んでいる。それで、おれは言った。顔を洗って着替えてこい。そのあいだに、おれはダニーと話をつけてくる。それでもまだラルフは躊躇していた。「ぐずぐずするな。できるだけ早くここに戻ってこい。ダニーみたいなレディを待たせるわけにはいかない」

それで心が決まったらしく、ラルフは急ぎ足で歩き去った。

おれは楽屋へ向かった。

ダニーは向かっ腹を立て、憎々しげだが、少し不安そうな顔をして待っていた。おれがコテージに戻っていいと言わなかったので、そこで待っていたのだ。おれはゆっくり首を振り、哀れむような目でダニーを見つめた。

「やれやれ。きみはとんでもない勘違いをしている。さっきの男が誰か知らないのか。この郡でいちばんの金持ちだ。ここいら一帯のリゾート施設のほとんどすべてを所有している。このダンスホールの大株主でもある」

「まさか。冗談でしょ」ダニーは言ったが、もとより確信とかがあるわけではない。

「ピート・パヴロフの格好を見ただろ。おしゃれなんかとは程遠い。ちがうか。ここの人間を見てくれで判断しちゃいけない。大儲けをしたからといって、仕事をやめたりしない。働いてるときには、誰だって格好なんかかまっちゃいない」

ダニーは真偽のほどを読みとろうとしているかのようにおれの顔を見つめた。おれはダニーの腕を取って、窓の前に連れていった。ラルフはメルセデスから服を取りだしているところだった。

「あの男が並みの人間に見えるか。あの車がどれだけの値段のものかわかるか。雑用係があんな車を持ってると思うか」

ダニーの身体がかすかにこわばった。そりゃそうだろう。おれだって、うらやましく思ってているくらいなのだ。ダニーは無関心を装い、肩をすくめて言った。だから、どうだって言うの。あのひとがお金持ちだからって、わたしになんの関係があるの。

「耳に入れておいたほうがいいと思ってね。もしかしたらきみと親しくなりたいと思うかもしれないから。貢ぐタイプだという話も聞いてるしな」

「ふーん。あんたは人助けをしたいだけってこと？　わたしに恩を売りたいだけってこと？」

「好きにすればいい」おれはシャツを取って、袖を通した。「きみ次第だ。でも、少しは頭を使ったほうがいい。あとでおれに感謝することになる。おれがどんなにきみによくしてやったかわかるようになる。それでおれが得になるようなことは何もない」

「わかったわ。それで、わたしにどうしろって言うの？　これでも、あんたには心から感謝してるつもりなのよ。これでも——これでも——」

「もういい。おれはきみにいい思いをさせてやりたいだけなんだよ。おれの望みはそれだけだ」

シャツのボタンをとめおわると、裾をズボンにたくしこみながら、目の片隅でダニーの様子をうかがった。

まだ踏んぎりがつかないようだった。ダニーは迷いに迷い、揺れに揺れている。いかにも能なしのバカ女らしい。いいのは喉だけで、頭のなかは空っぽだ。

バケツ一杯のビネガーを浴びせかけられても、グラス一杯のレモネードをほしがるにちがいない。

「そうね。とてもいいひとみたいね。並みの人間じゃないかどうかはわからないけど、優しくて、礼儀正しかった。それに……拍手までしてくれた」

「とてもいいやつだ。最高にいいやつだよ」

「とにかく……とにかく謝っておかなきゃね。そうでしょ。たとえただの雑用係だったとしても」

ダニーは階段をのぼりはじめた。そして、ステージに通じるドアをあけようとしたとき、おれはだしぬけに手をのばした。

「ダニー。待ってくれ……ベイビー」

おれはそんなふうに言った。最後のひとこと——それは自分でもまったく予想外のものだった。

ダニーは片方の足を階段にかけ、もう一方の足を宙に浮かせた状態で立ちどまった。ショートパンツがずりあがり、太腿にぴったりくっついている。首が動き、ゆっくりおれのほうに向く。

「えっ？　いまなんて——なんて言ったの」

「なんでもない。おれはただ……いいや、なんでもない」

「教えてちょうだい。あんたは何を求めてるの、ラグズ」

「おれが求めてるのは……」

手に入れることができないものだ。存在しないものだ。いまも、これからも。おれはそれを求めている。でも、同時に求めちゃいない。それが手に入った瞬間、生きるための目標が失われてしまうから。

「おれが求めてるのは、そのケツをおれの顔の前からどかしてもらうことだ。早く。でないと、蹴飛ばして叩き割るぞ」

午後四時半ごろ仕事が終わると、報酬はその家の主のソーンキャッスルさん（上品ぶった、民主党支持の、尻のでかい男）が直接渡してくれた。

約束では十二ドルだったが、おれが上目づかいで見つめると、さらに五ドルを上乗せしてくれた。そのときに何食わぬ顔でおれの手を撫でやがった。あの助平オヤジ。立ち去るまえに股間を蹴飛ばしてやりたかったよ。

家に戻ったとき、親父はすでに食卓についていた。おれは急いで手を洗って、テーブルに向かい、待たせたことを謝った。親父はフォークを手に取り、それをテーブルに叩きつけて、いつまでこんな馬鹿げたことを続けるつもりなのかと訊いた。

「庭仕事のことかい？　そうだな。この先ずっとかな。分相応ってやつだよ。人種の壁は――」

「よせ！」親父は血相を変えた。「今度またそんなことを言ったら――」

「それに金のこともある。少しは自分で稼がなきゃ」

「ラルフ・デヴォアのように？　おまえは町の便利屋になりたいのか」

おれは肩をすくめた。この町のほかの住民と同様、暗愚な親父にはすぐ目の前にある事実が見えていない。この二十二年間、ラルフは毎年二千八百ドルくらいずつ稼いできた。ほとんど使ってはいない。したがって、いまでは少なく見積もって五万ドル、たぶんそれ以上の金を貯めこんでいる計算になる。

ラルフはそれだけの金を持っている。持っているはずだ。だが、今年は収入が激減し、焦りに焦っているにちがいない。ラルフにとって、五万ドルというのは左うちわで暮らせる額じゃない。それは五万ドルでも十万ドルでも変わらない。収入がなければ、金は飛ぶようになくなっていき、寿命が尽きるまえに文なしになるのは、目に見えている。恐怖の日々が続き、その影響はルアンにも及ぶにちがいない。

ラルフはその金をどこに隠しているのか。どこかに隠しているのは間違いない。隠しているから、その存在を秘密にしていられるのだ。隠さなきゃ不安でならないということだろう。

だが、いまは金の隠し場所などどうだっていい。ゲームはまだ始まったばかりだ。そのときが来たら、本腰を入れ、隠し場所を探しだして、ちょうだいする。そのときルアンがどんな顔をするか見ものだ。

ルアンはとんでもないことをした。本当のことを言いふらすという大きな間違いをおかした。それはフェアじゃない。それは泥棒と同じだ。真実はルアンのものじゃない。おれのものだ。おれが苦労して手に入れたものであり、その所有権はおれにある。何年もかけて計画を練り、機会をうかがっていたのに、ルアンのせいで何もかも水の泡になってしまった。本来なら決定的な切り札になるはずだったものが、ゴミ同然になってしまった。

いまとなっては真実など無用の長物だ。なんの役にも立たない。

それだけじゃ駄目だ。それだけじゃ足りない。まったく足りない。

親父はまたぐだぐだ言っていた。学校に戻るつもりがあるかどうかっていう、くだらない繰り言だ。

「戻ったほうがいい。わかるな。とにかく教育は受けたほうがいい。せめて高校くらいは卒業しろ。それがいやなら、この町から出ていけ。そうしたら、おまえは——」

「この町から出ていく?」

「そうだ。それくらいのことがわからないのか。まったくもって、おまえってやつは……くだらないおしゃべり女の戯言《たわごと》にまどわされて、人生を棒に振るなんて。あんな女の言うことなんか誰も信じちゃいないというのに」

「いいや、そんなことはない。みんな信じてるよ。三人くらいなら、いまここで名前をあげることもできる。三人ともこの家のなかにいる」

親父はおれを睨みつけた。唇はわなわなと震え、目には恐怖と怒りの色が満ちている。いまにも泣きだすんじゃないかと思って、おれはウインクをした。だが、親父はもちろん泣いたりしなかった。そんなことはプライドが許さない。威厳を損なうようなことはできないってことだ。やれやれ。なんという誇り高い有徳の士!

「とにかく、出ていけ。そのほうがいい。おまえほどの頭があればな。この町におまえのような頭脳の活かしどころがあるとは——」

「考えておくよ。決まったら言う」

「出ていけと言ったんだ。言われたとおりにしろ」

「自分のことは自分で決める。おれはおれの好きなようにする。誰にどう思われようが、知ったことじゃない」

親父はナプキンをテーブルに投げつけて、いきなり立ちあがった。そして、どうしたらいいかこれまでずいぶん迷ったが、これでようやく踏んぎりがついたと言った。

「当局に訴えでるのか？　そんなことはしないほうがいいと思うよ。そんなことをしたら、おれが道を踏みはずした理由を説明しなきゃならなくなる。結果的にはおのれの恥を世間にさらすことになるんだから」

おれは明るく微笑んだ。親父は振り向いて、診察室に入っていった。

それからしばらくしてまた姿を現わしたときには、帽子をかぶり、往診かばんを持っていた。

「これだけはどうしても言っておかなきゃならない。おまえのために。パヴロフの娘とは付きあうな」

「マイラと？　どうして付きあっちゃいけないんだい」

「どうしてもこうしてもない。ピート・パヴロフがどういう人間か知ってるだろ。もし、おまえが——おまえが——」

「なんだい？　どういうことかさっぱりわからないね。自分の娘がドクター・アシュトンの息子と付きあうことに反対する理由があるとは思えない。頭もいい。血統もいい。自分で言うのもなんだが、見てくれもいい」

「お願いだ、ボブ」親父は力なく声を落とした。「頼むから言うことを聞いてくれ。あの娘とは付きあうな」

おれは思案顔で間をとり、それから肩をすくめた。

「わかったよ。そんなに言うのなら」

「よかった。わたしは――」

「別れてもいい。その気になったらね。それまでは別れない」

残念なことに、親父はたじろぎもしなければ、怒りもしなかった。おれの小細工をなかば予測していたにちがいない。険しい目でおれを見つめ、驚くほど静かな声でこう言っただけだった。

「もうひとつ言っておきたいことがある。診察室から相当量の麻酔薬がなくなっている。今後また同じようなことがあれば、ただじゃおかん。世間体を気にしたりはしない。おまえは刑務所か更生施設に送られることになる」

親父は振り向いて、立ち去った。

おれは皿を持って台所に行った。

ハティは調理台の前でおれに背中を向けて立っていた。おれが台所に入っていくと、身をこわばらせ、手を休めることなしに、少しだけ身体の向きを変えて、おれの姿を視界に入れた。

年は三十九か四十。昔ほど美しくないが（子供のころ、おれはハティのことを世界一の美女だと思っていた）、いまでも男を振り向かせるものは持っている。

おれは皿を流しに置くと、ゆっくり後ずさりした。おれの姿が視界の外に出ると、ハティの首の筋肉がこわばるのがわかった。

真後ろに来たとき、ハティはこらえきれずに振り向いた。そして、調理台に尻を押しつけ、何かを押しかえすような仕草で両手を前に突きだした。

「どうしたんだい、母さん。何かあったのかい。まさか自分の子供を怖がってるんじゃないだろうね」

「近づかないで！」ハティの目は大きく見開かれている。「あたしにかまわないでちょうだい！」

「キスしてもらおうと思っただけだよ。優しい母さんから。最後にキスしてくれたのは三歳のときだったね。それからどれだけ長くて、どれだけつらかったか。自分の母親からキスしてもらえないなんて――」

「やめなさい！　何もわかってないくせに。ここから出ていきなさい！　このことをドクターが聞いたら――」

「おれの母親じゃないって言うのかい。本当に？」

「あたりまえでしょ！　もう何度も言ってるでしょうが。赤の他人だって。あたしは――あたしは――」

おれは肩をすくめた。「なるほど。よくわかった。そういうことなら……」

おれはいきなりハティの両腕をつかみ、引き寄せた。ハティは息をのみ、あたふたしながら無駄な抵抗を試みた。もちろん声をあげて助けを呼ぶようなことはしなかった。

「親子でないとすれば、かまうことはないよな。ここだけの話にしておけばいい。そうだろ。おれたちが赤の他人なら——」

おれは笑いながらハティの身体を放した。

そして、後ずさりしながら、ハティの吐いた唾を顔から拭った。

「どうしてなんだ、ハティ。どうしてこんなことをするんだ。おれはただ——えっ、なんだって？」心臓が飛び跳ね、喉に何かの大きな塊が詰まっているような気がした。「なんて言ったんだ。よく聞こえなかった」

ハティはおれを見つめていた。唇がめくれあがり、目は細まり、据わっている。そして、蔑みの色をたたえている。いや、それは蔑み以上のものにちがいない。嫌悪や憎しみ以上のものにちがいない。

「いいえ、聞こえてたはずよ。あんたには何もできない。これまでも、これからも」

「本当に？　間違いないかい、おれの大好きな母さん」

「はあ？　あたしが？　なんてまあ」ハティは歯をむきだして笑った。「ええ、間違いないわ、あたしの大好きな息子」

「笑ってごまかすつもりか。まあいい。この際だから言っておこう。たしかに笑える話にはちがいない。でも、これから先は笑ってばかりもいられなくなるはずだ。おれはあんたを殺したくないってことじゃないんだから。わかるな。実際のところ、最後にはそうなるかもしれない。でも、いまは別のことで頭がいっぱいでね。気を悪くしないでもらいたいんだが、いまはそっちのほうがずっと大事なんだ」

ハティはとつぜん台所の隣の自分の部屋に向かって駆けだした。おれはあとを追い、それから部屋の前で立ちどまり、錠がおり固く閉ざされたドアに寄りかかった。

それまでもずっと閉ざされていた母親の部屋のドアに。

そう。おれの記憶はたしかだ。いままで間違えたことは一度もない。ハティが最後にキスしてくれたのは、おれが三歳のときだ。それまでは、自分の赤ん坊として、おれを抱きしめ、あやしてくれていた。たとえおれが並みの記憶力しか持っていなかったとしても、あのころのことを忘れたりはしないだろう。あの溢《あふ》れんばかりの愛情と、心やすらぐ芳しい温もりをどうして忘れることができよう。

それがとつぜん失われ、永遠に戻らないものとなってしまった。

そのあげく、そんなことは一度もなかったという、残酷で、愚かで、身勝手な嘘がまかり通るようになった。

おれは恐ろしく間抜けなガキだった。恐ろしく間抜けで、いやなガキだった。そのことについては神に許しを乞うしかない。おれはスイートでも、ハニーでも、ダーリンでもなかった。ボビーでさえなかった。ミスター・ボビーだった。ボビー坊やであり、ロバート坊ちゃんだった。他人どうしのあいだに生まれたもうひとりの他人だった。

子供のころ病弱だったのは心の問題のせいだ。失意がさまざまな病気というかたちをとって現われたのだ。

頭のよさはその埋めあわせのようなものだろう。ふたりのどちらかから受け継いだものじゃない。夜、おれは眠ったふりをして耳をそばだてていた。故意に数カ月の間隔をおいて、さりげなく探りを入れたりもした。

ハティには子供がいたという。そのあと、おれの乳母になったという。だったら、その子供はどこにいるの？　死んだの？　だったら、いつ、どこで死んだの？　ぼくの母さんはいつ、どこで死んだの？

バカみたいに簡単だった。独善的な能なし（親父）と淫乱で従順な薄のろ（おふくろ）に何度か質問をすればいいだけだった。そして、夜、聞き耳を立てていればいいだけだった。笑いをこらえながら。

その事実が明るみに出たら、親父は破滅するはずだった。おれの人生も同様に破滅するはずだった。その時点で、すべての可能性が消えてなくなるはずだった。

それはあくまで仮定の話だ。愚かで、間抜けで、能なしの小僧に、いまのような事態を想定することなどできるわけがない。ここまでひどいことになるとは想像もつかなかった。それを避けることはできたはずだ。自分に勇気と誠実さと慎みがあれば、こんなふうにはなっていなかったはずだ。

事実は五歳までに突きとめていた。それから数年後、病《やまい》が癒え、こっそり手紙を投函したり受けとったりできるようになると、おれは自分の推論の裏づけにとりかかった。

この町に来るまえに親父が仕事をしていた州はひとつしかなかった。その州に、ジェームズ・アシュトンの妻が子供を産んだという記録も、その子供が死亡したという記録もなかった。そのかわりに、ハティ・マリー・スミス（有色人種、未婚、初産）という名前の女が、男の子を産んだという記録は残っていた。そして、その赤ん坊を取りあげた医師がドクター・ジェームズ・アシュトンだった。

やっぱりだ。

だが、実際にはそう言わなかった。

そのときおれの口から出たのは〝糞ったれ〟だった。煙草の火が指を焦がしていたのだ。

おれは煙草を床に投げ捨てて、靴で火を揉み消したあと、ドアをノックした。

「母さん——母さん」おれはさらに強くノックした。「聞こえてるんだろ。返事をしたほうがいい。でないと、なかに押しいって、その褐色の皮膚をひんむくぞ。嘘じゃない。あんたはおれがどういう人間かわかってるはずだ。ちがうか。おれはやると言ったらやる。五秒だけ待ってやる。

それでも返事をしなかったら、このドアを蹴破って……」

おれは腕時計を見ながら秒読みを始めた。

ベッドがきしみ、くぐもった声が聞こえた。その声は小さく、弱々しく、ため息のようでもあり、すすり泣きのようでもあった。

「そう。それでいい。いいか、よく聞け。これはあんたの命にかかわることだ。おれはあんたたちふたりを始末するつもりでいる。町から遠く離れたところに連れていき、そこで何かに鎖でつなぐんだ。ふたりいっしょに。でも、少し距離を置いて。付かず離れずってところだ。おれはあんたたちの服を剝ぎとり、素っ裸にする。冬は氷水をぶっかけ、夏は毛布でくるむ。冬は寒さに震えながらうめき、夏は熱に焼かれて泣き叫ぶがいい。でも、その声はどこにも、誰の耳にも届かない。

それが十七年続く。いや、それじゃちょっと厳しすぎるかもしれないな。二年か三年くらいは負けてやってもいい。そのあと、家に連れてかえり、ベッドの上に積み重ねて、火を放つ。あんたたちには地獄の業火でも熱すぎないはずだ。焼かれるのは、あんたたちだけじゃない。この家も燃やす。町じゅうを燃やす。想像できるかい。この町の住民全員が焼け死ぬんだ。赤ん坊も、子供も、母親も、父親も、ジイさんも、バアさんも、ひいジイさんも、ひいバアさんも。全員が折り重なって焼け死ぬんだ。それをとめることはできない。そう。そうなんだ。昔からよく言うだろ。何ごとにもしかるべき季節があり、しかるべき時があるって」

ハティは奇妙なうなり声をあげていた。しゃくりあげていたのかもしれない。

おれはその声を上の空で聞きながら、ピート・パヴロフだけは見逃してやろうと心に決めた。ほかは駄目だ。少なくともいまは見逃してやれる者の名前を思い浮かべることはできない。ただピート・パヴロフだけだ。


ダンスホールに着いたのは八時になるかならないかのころだった。ステージは真っ暗だった。チケット売り場（そこでマイラ・パヴロフはもぎりの仕事をしている）は閉まっていた。ダンスフロアのシャンデリアはひとつしかついていない。だが、オフィスには明かりがともっていた。それで、おれは木戸を跳び越えて、ダンスフロアを横切った。

ピートは机に向かって金勘定をしていた。おれが戸口に近づくと、ぎょっとしたように顔をあげ、開いたままになっていた机の引出しにすばやく手をのばした。

そこにいるのがおれだとわかると、苦々しげに鼻を鳴らした。

「おどかすな、ボビー。そんなふうにこっそり近づくもんじゃない。ドテっ腹に風穴をあけられるぞ」

おれは笑いながら謝った。そして、たとえ強盗に入られても、笑って見ていられるように手当てしたほうがいいと言った。

「ほう？　どうしてそう思うんだ」

おれは素っとぼけて眉を寄せてみせた。「どうして？　それはつまり……保険に入っていたら、わざわざ自分の身を危険にさらすようなまねをする必要はないわけだから」

一瞬、目もとがぴくっと動き、表情がわずかに変化した。ピート自身そのようなことを考えた覚えがあるということだろう。つまり、保険金を受けとるための狂言強盗だ。世間のおおかたの見方とはちがって、ピートは金に困っている。強盗はまとまった金を手に入れるためのもっとも単純で、もっとも手っ取り早い方法だ。ピートは単純な男で（これは誉め言葉だ）、まわりくどいことは好まない。

ピートがそうすると言えば、おれは喜んで手を貸していただろう。もっと言うなら、ピートのためなら、なんだってしていただろう。問題は、こっちはピートに一目も二目も置いているのに、向こうはおれをまったく信用していないってことだ。

しばらくのあいだ、ピートはまばたきもせずにおれを見つめていた。それから、また鼻を鳴らして、痰つぼに嚙み煙草を吐き、椅子の背にもたれかかった。身体を前後に揺らしながら、頭の後ろで手を組んで机を見つめ、それからゆっくり顔をあげた。

「おもしろい話がある。昔この近くに一匹の猟犬がいた。信じられないくらい足の速い犬だ。そいつがどうなったと思う？」

「自分で自分を追い越しちまった」

「そのとおり。自分のケツに頭から突っこんだんだ。見てくれも頭もずばぬけていい犬だったのに。どうしてそんなことをしたのか、さっぱりわからない」

おれは微笑んだ。たとえ犬の話でも、ピートは〝どうして〟などと考えたりしない。誰のどんな話でも、同じことだ。おれと同じように、関心があるのは、どうなっているかということで、どうしてとか、どのようにしてそうなったかじゃない。

勘定を終えると、ピートは金を入れたブリキの箱を金庫にしまい、鍵をかけてから、こっちに戻ってきた。そして、おれのすぐ前で机の角に腰をかけ、脚を組んだ。

ハシバミ色の目がおれを見すえている。「さてと、今夜はここに泊まるつもりなのか。ベッドまで連れていってほしいのか」

「すみません。おれはただ――」

「なんだ。何かあったのか」

「い、いや。何も。ちょっと挨拶をしておこうと思って……ほかにすることもなかったし」

ピートはおれの顔を見つめ、それから目をそらせることなく、また痰つぼに嚙み煙草を吐いた。

おれは気まずげに咳払いをした。顔が火照り、赤くなるのがわかった。

ピートはとつぜん立ちあがって、ドアのほうに歩いていき、振りかえることもなく、ぶっきらぼうな口調で言った。「おれも少しのあいだ暇なんだ。ついてこい。コークをおごってやる」

おれはピートの半歩後ろに続いて、ダンスフロアのはずれまで歩いていった。そこで自分の分の代金を渡そうとしたが、ピートは受けとろうとせず、コークの自動販売機に十セント玉を二枚入れた。

そして、二本のコークのうち一本をさしだした。おれが礼を言うと、鼻を鳴らして、自分のボトルのキャップをとった。

フロアの反対側にあるステージでは、バンドのメンバーが集まりだしていた。おれたちはそっちのほうを向いて、並んで立っていた。ふたりの肩と肩の距離は数インチしかない。だが、どちらも何も言わなかった。

ピートはコークを飲み終えると、唇を嘗め、それからボトルを空のケースに入れた。おれもあわててコークを飲みほし、腰をかがめて、同じようにボトルをケースに入れた。

おれが身体を起こすと、ピートはステージのほうを向いたまま言った。「さて……今夜もまたマイラと出かけるのか」

そのつもりだ、マイラの仕事が終わったら、とおれは答え、少し間をおいてから付け加えた。

「駄目かな、パヴロフさん」

「おれが駄目だと言う理由があるのか」

「それは……いいや、ない。ないと思う。ただ――」

「いいか」少し間があり、ピートはげっぷをした。「おれはおまえが嫌いだ。記憶にあるかぎりでは、ずっと嫌いだった。そのことはおまえも知っているはずだ」

「ええ。とても残念だけど」

「おれも残念だと思わないわけでもない。嫌いになるよりは好きになるほうがいいに決まってるからな」またげっぷをし、口のなかでもごもご言った。おそらくげっぷをしたことを謝ったのだろう。「けれども、おまえを好きにならなきゃならない理由はない。そんなものは何ひとつ思いつかない。もちろん、おまえはいつだって愛想がいいし、礼儀をわきまえてもいる。悪だくみをするような人間にも見えない。聞いてるのは、ラルフにいやがらせをしてるってことだけだ。もっとも、おれに言わせれば、べつにどうってことでもない。おまえくらいの年のころには、おれもいろいろ悪さをした」

「わかってもらえると思ってたよ、パヴロフさん。実際のところ――」

ピートは遮った。「おれの話を最後まで聞け。感情に理由はない。でも、何かをするときには、理由がすべてだ。相手にいやな思いをさせられなかったら、こっちも出すぎたことはしない。相手が普通に付きあってくれたら、こっちも普通に付きあう。好き嫌いは関係ない。わかるな。これで納得がいったと思う。それじゃ、おれは仕事に戻るからな」

ピートは軽く会釈をして、オフィスに戻っていった。

おれは出口のほうへ向かった。

おれがピートと話をしているあいだに、マイラがやってきたようで、チケット売り場から声をかけられた。それで振りかえりはしたものの、目はしょぼしょぼし、視界はかすんでいる。言葉もはっきりとは聞こえないし、姿もはっきりとは見えない。おれは何も言わずに外に出て、車に乗りこんだ。

そこで煙草に火をつけた。煙を何度も深く吸いこむと、くだらない自己憐憫の念は消え、いつもの冷静さが戻ってきた。

ピートはおれを嫌っている。当然のことだろう。それが現実というものだ。いかんともしようがない。それが現実というものだ。

でも、それでは理不尽すぎる。あまりに理不尽すぎる。どうしてなんだ。どうしてこんな筋の通らない、ふざけたことがまかり通るのか。

おれの親父とおふくろ――あのイカれた低能ども、度しがたい臆病者で、奇矯な色情狂ども――やつらはどうしてマイラのことで苦しまなくてすむのか。どうしてピートはあのような冴えない、ろくでなしのバカ娘に苦労させられなきゃならないのか。どうしてあいつらではなく、どうしてピートが――

マイラ。その顔を見るたびに、怒りがこみあげてくる。それで、おれはあるとき計画を立てた。漠然とはしているが、きわめて不穏当な計画だ。それは二カ月ほどまえ、マイラが親父の診療所にやってきたときのことだった。

そのとき、親父は往診に出かけていて留守だった。おれはマイラのカルテにざっと目を通した。マイラが診療所に来るのは二度目で、生理痛のためだった。そんなものは腹を蹴とばすか、塩を飲ませるかすりゃ治るはずだが、博愛主義者の親父はホルモン注射による治療を試みていた。

マイラは急いでいると言ったので、おれが診てやった。

そう。その程度のことはいくらでもできる。実際のところ、親父に怪しまれるようになるまでは、けっこうなことをしていた。薬については親父よりよく知っている。すべてについて親父よりよく知っている。あのときも同様で、マイラが何を必要としているのか、おれにはよくわかってた。それはホルモンではない。

注射をうつと、マイラはゲロを吐いた。間一髪のところで流しにたどり着き、そこで嘔吐した。おれは気にしなくていいと言って、また注射をうった。

あのようなバカ女は麻薬に弱い。麻薬はそのような人間のためにある。そのとりこになるには一週間もかからなかった。マイラは親父のところではなく、おれのところに来るようになった。いまではおれが〝施療〟をしている。おれはマイラが必要とするもの——マイラにふさわしいものを与えている。おれの気が向いたときに。しかるべき儀式のあとで。

十時半になった。それから五分もしないうちに(それ以上早くは来られない)、マイラが車のほうに走ってきた。そして、ドアをあけるまえに、懇願しはじめた。

おれは言った。黙れ。おれが許可を与えるまえに一言でもしゃべったら、何もやらない。しつけはできている。マイラはおとなしくなり、唇をねじり、口をついて出てくる泣きごとを懸命に呑みこんでいた。

車で海ぞいに六マイルほど行ったところに、〝幸せの窪地〟と呼ばれる場所がある。そう呼ばれる理由は推して知るべし。そのような遠まわしな名前のついた場所はどこにだってあるはずだ。実際は窪地じゃない。そういうところも一部にはあるだろうが、全体的には木と藪に覆われた丘で、何本もの小道とそこから枝分かれした脇道が走っている。その先は砂地《すなち》にタイヤの痕がついているだけだ。

そのような砂地のひとつで車をとめた。そこについているタイヤ痕はすべておれの車のものだ。おれはマイラに服を脱ぐよう命じた。それから両腕をつかんで揺さぶったり、ひっぱたいたり、身体をつねったりした。そして思いつくかぎりの罵詈雑言を浴びせた。

マイラは何も言わなかった。叫びもしなかった。おれは注射をうってやった。それ以上のことはしなかった。もううんざりだった。こんなことを続けても意味はない。何をしても、何を言っても、何にもつながらず、どこにも行きつかない。なんの役にも立たない。目的がなければ心を満たすことはできない。

マイラは目をなかば閉じ、ゆっくり深い息をしながら、シートにもたれかかっていた。決して醜い女ではない。実際のところ、その裸体（いまは服を着たくても、着ることができない）はとても美しい。だが、それはただ単に美しいだけだ。欲求は起きない。

起きてほしい。そう心のなかで叫んだ。だが、身体はまったく反応しない。

マイラはうとうとしていた。おれも半分眠っていたかもしれない。でなければ、思案にふけっていただけかもしれない。いずれにしても、木々の向こうに見える鈍い光と聞き覚えのあるエンジン音で、我にかえった。

マイラはとつぜん上体を起こした。恐怖のために目を大きく見開いて、おれを見つめている。

おれは言った。動くな。静かにしていろ。言われたとおりにしていれば、何も起きない。

おれはエンジン音に耳をすまし、車の行方を追った。しばらくしてエンジン音が尻すぼまりになって消えたとき、その車がとまった場所は正確にわかっていた。

少し待ってから、ドアをあけた。

「ボ、ボビー……」マイラが怯えた小さな声で言った。「どこに行くの？　わたしをひとりにしないで――」

おれは言った。おとなしくしていろ。すぐに戻ってくる。

「どうして？　いったい何をするつもりなの」

「何もしない。もしかしたら――いや、そんなことはどうでもいい。とにかく、おとなしくしていろ！」

おれは小道を数ヤード進み、そこから脇道に入り、さらに次の脇道に入った。その先は行きどまりになっていたので、その手前まで行って、そこの木の陰にしゃがみこんだ。

そこから二十フィートも離れていないところに、ラルフ・デヴォアと若い娘がいた。バンドのボーカリストだ。雲間から漏れる月の光の下で、ふたりの姿ははっきり見える。話し声も音もはっきり聞こえる。その物音から判断すると……

にわかには信じられなかった。そこにいるのはラルフなのだ。ラルフが女とどこかへ行くとき、その目的はひとつであり、そのために時間を無駄にすることはない。なのに、この娘に対しては……娘がラルフを憎からず思っていることは明白だ。相手に対してたがいに同じ感情を抱き、そうであるから――

それが何かすぐにはわからなかった。記憶をたどり、しばらくしてようやくわかった。だが、そのことを認める気にはなれなかった。おれは薄笑いを浮かべて、心のなかで、ふたりを嘲り、自分自身を嘲った。ふたりはいい関係にある。いまはシーズンが始まって六週間目で、ということは、ふたりが知りあってまだ六週間しかたっていないのに、もはや新婚のカップルみたいに振るまっている。一線はまだ越えていないようだが、越えるのはもちろん時間の問題だ。

あの間抜け野郎には情けをかけてやってもいい。いつかあいつの家に忍びこみ、ルアンを殺すつもりだが、それを事故に見せかけるのはそんなにむずかしいことではない。事故であれば、ラルフは容疑者にならなくてすむ。おれの親父は郡の監察医であり、検視官でもある。郡検事のヘンリー・クレイ・ウィリアムズはといえば……おれは首を振って、笑いをかみ殺した。これもルアンのおかげだ。ルアンはナイフを投げ、急所に命中させる天賦の才を持っている。ヘンリー・クレイ・ウィリアムズは独身で、未婚の姉といっしょに暮らしている。姉の腹には腫瘍ができていて、知らない者なら別の理由ではないかと思うくらい膨らんでいる。

いずれにせよ、目撃者さえいなければ、おれがルアンを殺しても捕まることはない。事故に見せかけさえすれば、あとはヘンリーがうまくやってくれる。

おれは身を乗りだして、ラルフと娘の話に聞き耳を立てた。ふたりはさっきよりさらに身体を寄せあっているので、話し声はくぐもっていて、よく聞こえない。

「心配することは何もないわ、ハニー。いまは思いつかないけど、きっといい方法があるはずよ。あなたを愛してる。あなたほど素敵なひとは――」

「きみの素敵さとは比べものにならないよ」――いやはや。一発やったら、おしまいのくせに。よく言うぜ――「おかしいじゃないか。こんなに年の差があるのに――」

「関係ないわ！　あなたは誰よりも優しくて、素敵で、ハンサムで……」

「とにかく、いままで生きてきて、こんな気持ちになったことは一度もない。これが愛ってものなんだね。ぼくは……」

気がつくと、微笑んでいた。おれは笑みを掻き消し、拳で目を拭った。だが、拭っても拭っても、涙をとめることはできない。その言葉、ラルフが口にした言葉、おれがいままでずっと封印してきた言葉。決して消えることのない言葉。いま起きていることを表現するのに、それ以外の言葉はない。

ラルフが自分を偽るようなことはない。娘が金をせがむようなこともない。ふたりは愛しあっている。心から愛しあっている。心から。心の底から。なんという甘さ。耐えられないほどの美しさ、そして素晴らしさ。

あんなに愛されるなんて！　それ以上に、あんなに愛せるなんて！

おれはふたりに微笑みかけた。他人の幸せにみずからの幸せを重ねあわすことができる愛の神のように。いまここでふたりを殺さなきゃならない。これほどいい死に方と死に時はない。

おれは上の空で周囲を見まわした。そして、茂みの下に手をのばし、使えそうな棒か石を探した。だが、見つからなかった。それは一瞬のうちにふたりを殺すに足る固さと重さを持つものでなきゃならない。

またもう少し探すと、短剣のように先の尖った棒が見つかった。それで間にあうかどうか。だが、間にあわないことは考えなくてもすぐにわかる。そもそも長さが足りない。ラルフの分厚い胸を貫き、娘の乳房に突き刺さるには短すぎる。ふたりを同時に殺すことができなかったら、どちらかひとりだけが生き残ることになったら——

そう思うと、涙が出そうになった。

奇妙な暖かさが身体を包みはじめた。それは頭と足の両方からやってきた。徐々に強さと激しさが増していくが、その正体はわからない。生まれてはじめての経験だから、わかるはずがない。そう思っていたが、しばらくしてはたと気づいた。それをもたらしたものが何かもわかった。

おれは立ちあがった。来た道を静かに引きかえし、はやる気持ちを抑えながら車に向かった。

もちろん、いますぐにというわけにはいかない。麻薬には性欲を抑える作用がある。だから、まずはマイラを正気に戻さなければならない。それはむずかしいことではない。麻薬の影響下に入るのが簡単なら、そこから出るのも同様に簡単だ。そのために必要な薬さえ手に入れば……もちろん手に入る。間抜けなクソ親父が邪魔をしたら、殺してしまえばいい。

いや、それは駄目だ。親父を殺すのはいいが、そうしたら、おふくろを殺すのに支障をきたしかねない。

必要なものは別の方法で手に入れなきゃならない。それは大事なことだが、しなきゃならないことはほかにもある。それが何かはわかっている。

よくわかっている。

おれは車に戻ると、微笑みながら乗りこんだ。

マイラはコートを羽織っていたが、その下は裸のままだった。おれは服を着るようにと優しく言った。そして、服を着るのを優しく手伝いはじめた。

マイラは身震いした。「ど、どうしたの……な、なにがしたいの」

「べつに。おまえが嫌がるようなことは何もしない。おまえの望んでいることが、おれの望んでいることだ」

マイラは蛇に睨まれた鳥のような目でおれを見た。歯がカタカタ鳴っている。おれはマイラを抱き寄せ、そっと唇を重ねた。微笑み、髪を撫でた。夢見心地だった。

「これがおれの望んでいることだよ、ハニー。おまえは何を望んでいるんだ」

「家に帰りたい。お、お願い、ボビー。わたしは家に――」

「いいかい。おれはきみを愛している。きみのためならどんなことでもするつもりだ。おれは——」

またキスをし、強く抱きしめる。だが、マイラの唇は生気を失い、こわばっている。その身体は氷のように冷たい。おれの身体のなかでも火照りは消えつつあった。生と蘇生は遠のきつつあった。

「わからないのか。頼む。おれはおまえを愛したいだけなんだ。おまえを愛し、おまえに愛されたいだけなんだ。それだけなんだ。優しさと温もりと——」

とつぜんおれはマイラの腕に指を食いこませ、空っぽの能なし頭がもぎとれそうになるくらい強く身体を揺すった。

おれは言った。言うことを聞かないと、ぶっ殺すぞ。

「嘘じゃない」おれはマイラの頰をひっぱたいた。「頭をカチ割ってやる。そうされたくなかったら、おれの言うことを聞け。いいな、あばずれ。頼むから、すげなくしないでくれ。冷たくしないでくれ。おれにやすらぎと優しさと愛を与えてくれ。おれを愛してくれ。おれを愛するんだ。さもないと、おれは……おれは……」

しらじらしく聞こえるかもしれないが、わたしはハティを愛していた。出会ったころも、それからの数年間も。そのあと気持ちは冷めたが、それはいかんともしがたいことだ。結局はベッドをともにするだけの関係になり、さらにはその回数も徐々に少なくなっていった。何よりも大切なものをわれわれは共有できなくなった。どうにもならなくなった。おわかりいただけると思う。愛はもうない。

でも、あのころは……

はじめて会ったとき、ハティは二十二歳か二十三歳だった。生活苦にあえぐスラムの住人で、みすぼらしい身なりをしていて、読み書きもほとんどできなかった。当時住んでいた州は人種的偏見が強く（残念ながら、いまでも、どこでもそうだが）、学校に通える黒人はごくわずかで、スラム以外に生きる場所はなかった。

ハティは元々家政婦として雇われていた。給料は相場（食うや食わずの生活しかできないくらいの額）の二倍。住みこみで、部屋は屋根裏だが、清潔で、トイレもついていた。

そのころは栄養失調で、がりがりに痩せていた。それで、滋養のあるものをいっぱい食べさせるようにした。加療も必要だったので、ほかの患者はあとまわしにして、わたしが診察した。

はじめて診察した日のことはいまでも鮮明に覚えている。ぶかぶかの小汚い服の上からでも、その肢体の美しさは容易に予想できた。が、実際は予想を遥かに超えていた。それまで見てきた（もちろん診察のときに）女性の裸とは比べものにならない。偉大な芸術家が造型した象牙の彫刻のようだった。飢死寸前のように見えるくらい痩せていたのに、その身体は――

話がそれてしまった。

とにかく、わたしがしてやったことに、ハティは心から感謝していた。その気持ちが全身から滲みでていた。どこに行っても、彼女の視線はわたしについてきた。そこには、犬が飼い主を慕うような一途さがあった。毒を服《の》めと命じたら、ためらわずに服んだにちがいない。

そんなふうに感じてほしいと思っていたわけではない。恩に着る必要はないとはっきり言ってあった。自分はすべきことをしているだけだ。可能なかぎり人助けをするのは当然のことではないか。同年代の普通の娘と同様に、健康になり、幸福になってほしいと思っているだけだ。

嘘ではない。心からそう思っていた。でも、ハティはそう受けとらなかった。感謝の念が揺らぐことはなかった。わたしがどこにいても、それはいつもついてまわった。その思いは慎み深いが強烈で、決して尽きることはなく、つねにあふれんばかりだった。少なくともわたしの力でどうにかすることができるものではなかった。

ハティの気持ちを傷つけたくはなかった。与えたいと懇願するものを受けいれても害はないはずだ。与えられるものはそれだけなのだ。心のこもった贈り物を無下に断わるわけにはいかない。

わたしのところで働きはじめて二カ月目のなかばごろ、わたしはそれを受けいれた。

はじめてのときに、愛はなかった。少なくとも、わたしの側にはなかった。そうしたのは、ハティのプライドを傷つけたくなかったからであり、そして、当然ながら、肉体的な満足を得たかったからだった。でも、その——そのあとすぐに、愛が芽生えた。

それはごく自然なことだ。

わたしは移民の小作人の息子で、ひじょうに貧しい家庭の出だ。兄弟姉妹は十一人いたが、そのうちの三人は死産で、五人は幼くして死んだ。住まいは、いちばん広かった家でも二部屋しかなかった。六歳か七歳のころまでは、牛乳を飲んだこともなかったし、牛肉の味も知らなかった。上下揃いの服を着たのは大人になる少しまえのことだ。

農園主がわたしに興味を示し、里親になりたいと言ってくれていなければ、いまも自分の兄弟や姉妹たちのように、南部で綿摘みをしていたにちがいない。貧乏白人《ホワイト・トラッシュ》のままでいたにちがいない。

いや、そんなふうに言ったのでは、身も蓋もない。わたしは自分の兄弟や姉妹たちとはまったくちがっていた。農園主の家がバラの楽園でなかったことは、あらためて指摘するまでもあるまい。たとえあのとき農園主の目にとまっていなかったとしても、わたしは自力でなんとかして這いあがっていたはずだ。

小学校、ハイスクール、カレッジ、そして医学部に入ってからも、まる一日休みをとった記憶はない。

わたしは階段を一段ずつのぼっていった。勉強と仕事以外は何もしなかった。女の子と遊んでいる暇などまったくなかった。就職先が決まって時間と経済的な余裕ができてからも、そういったこととは縁遠かった。要するに、女性が苦手だったのだ。若い女の子を楽しませるようなバカ騒ぎやおしゃべりができないということもあった。そのことを学んだのは、相思相愛と思っていた女の子から〝なんの面白みもない木偶《でく》の坊〟と呼ばれたときだった。

というわけだ。でも、ハティはわたしを愛してくれた。これまで出会ったなかでもっとも美しい女性がわたしを愛してくれたのだ。ハティが相手だと、肩肘を張らなくてすんだ。気楽に会話を交わすことができた（気のきいた受け答えは望めないが）。気まずい思いをすることはなかった。

わたしはハティを深く愛するようになった。それは自然なりゆきだった。

けれども、妊娠したことを知ったときは、さすがに引いた。驚き、そして少なからず怒りを覚えた。わたしが処方した避妊薬を服み忘れたからだ。妊娠三カ月だったが、それでも中絶以外は考えられなかった。どんなときでもハティはわたしの言うことに決して逆らわない。でも、このときはちがった。

このときは頑なに拒み、そんなことをしたら、こちらにも考えがあると気色ばんだ。その強い口調にショックを受けながらも、わたしがさらに言い募ると、今度は泣いて頼みはじめた。これには心を動かされずにはいられなかった。痛いところを突かれたと思わずにはいられなかった。

坊や（ハティはいつもそう呼んでいる）が白人で通るようになる日はかならず来る。それは二百年後かもしれない。八世代あとかもしれない。それでも、ハティの血を引く者が白人として通る日はきっと来る。それは間違いない。ハティが子供を産みたいという気持ちはよくわかる。それで、態度を軟化させた。わたしがさらに強く言い張っていたら、話はまたちがったものになっていただろう。でも、そうはしなかった。わたしがいなければ、その子が生を受けることもなかったのだ。

腹の膨らみが目立ってくると、わたしはハティを実家に戻した。そして、その日から臨月まで、少なくとも週に二回はそこへ通いつづけた。

いまなら、そんなことはできないだろう。その当時からこれでいいのかと思ったことは何度もあった。白人が――白人の医師がスラムに足を運んで、黒人の女の世話をしていたのだ。そんな話はいままで一度も聞いたことがない。おそらく過去にそのような例はないはずだ。心はぐらぐら揺れ、プライドはずたずたに引き裂かれた。白人の医師が黒人を診察するようなことはない。普通はない。そもそも黒人は医者にかからない。必要なときは、民間療法に頼ったり、自家製の薬を服用したりしている。出産は無介助か、でなければ産婆に取りあげてもらっている。

黒人の人口統計はいまも昔も不正確なので、断定はできないが、おおよそのところは、それでなんとかやっていけているのだろう。ハティの場合も、元々じょうぶな身体をしていたということもあって、わたしがいなくても、たぶんやっていけただろう。けれども、ハティのほうからそういった話を持ちだすことはなかった。もしかしたら、最初からそんな気はなかったのかもしれない。そして、わたしのほうからもそういった話を切りだすことはできなかった。

そのとき、わたしが本当にハティの世話をしたかったのかどうかはわからない。でも、いまあらためて考えてみると、どんなことがあっても放っておくことなどできなかったはずだ。わたしはハティを心から愛していたし、ハティとお腹の子のことを心から案じていた。でなければ、出産のときにあんな行動に出るはずがない。

黒人が白人の医者にかからないということは先に話したが、それはすなわち黒人は白人用の病院に入れないということでもある。けれども、白人用でない病院はひとつもなかった。黒人が入れるのは、スタッフも充分に揃っていない、いまにも倒壊しそうな郡の施設だけで、受けいれてもらえるのは急を要する場合――つまり死にかけている場合に限られていた。要するに、患者はそこに入ったことを後悔するまえに死ぬということだ。

当時わたしが勤務していたのも、白人専用の病院だった。採用されてから日はまだ浅かったが、わたしはそこへハティをスペイン人とインド人の混血と偽って連れていった。

そんな嘘はすぐにばれるとわかっていたにもかかわらず。それほどハティを愛していたのだ。それほどハティを、そしてお腹の子を気づかっていたのだ。

診察室に入ったときから、病院のスタッフは訝しげな目をしていた。最初からハティを、そしてわたしを疑っていた。それは一目でわかった。目に見えたし、感じとることもできた。そして、麻酔から覚めかけたとき、ハティはうわごとを口走りはじめた。

そのときの一同の視線を、わたしは決して忘れないだろう。

病院の主任がわたしに浴びせた言葉も。

翌日、ハティと赤ん坊を連れて病院を出るしかなかった。反論はしなかった。そんなことができるはずはない。こちらから出ていかなかったら、間違いなく叩きだされていただろう。

もちろん、わたしは病院を馘になった。その州では、医師として働くこともできなくなった。何もかも失ってしまった。リンチされなかっただけでも儲けものと言わなければならない。

数日後、わたしは家を出る決意を固めた。

できることはただひとつ。移住だ。どこか遠いところ――自分たちの秘密が取りざたされることのない遠いところへ逐電するしかない。賽《さい》は投げられた。ハティを妻と認めてくれる場所がどこかにあるにちがいない。

いまいるところでは、みな黒人の血を警戒し、それを見つけだすことにやっきになっている。でも、新しい土地なら、わたしが思い描いているような土地なら、そんなことはないはずだ。ハティにしかるべき行儀作法や言葉づかいを教えこみさえすれば、きっとうまくいく。

うまくいく……はずだった。あのことさえなければ。

マンドゥウォクという町で開業医を探しているという求人広告が見つかった。わたしはハティと息子を家に残して、ひとりで下見に出かけた。

そこは理想の地であるように思えた。辺鄙な田舎町で、それまでいた州からも遠い。町の規模と同様、経済規模も小さい。それでも、大規模な農作物の集散地になっているので、収入はいまの二倍から三倍は見こめそうだ。

それで、そこに移り住むことにし、書類を作成してもらうためにヘンリー・クレイ・ウィリアムズを訪ねた。

ハンクは（ヘンリーのことは愛称で呼んだほうがいいと思う）数年前にロースクールを卒業したばかりで、まだ郡検事ではなかったが、そのときからひじょうに聡明で、世知に通じた人物だった。一目でわたしを気にいってくれ、その日からおたがいに友人づきあいをするようになった。最初が肝心だと言って、このような田舎町でどのように身を処したらいいかというアドバイスまでくれた。

何かと世話になった。ハンクにはほかの誰よりも大きな借りがある。

そのアドバイスは的確だった。ただ、少しまわりくどい。まずわたしがどんなふうに考えているか探りをいれてから、自分の意見を開陳するのだ。

余計なおせっかいと思わないでくれ、とハンクは言った。他人の思想信条や宗教や人種についてとやかく言うつもりはない。だが、この町には時代遅れの偏見の持ち主が大勢いる。それがどれほど愚かなものであり、ハンクの言葉を借りるなら、どれほど恥ずべきものだとしても、ひとには自分の考えを持つ権利がある。そういった偏屈者たちの総本山がここマンドゥウォクだ。

このときもそうだったが、ハンクの口調はときおり辛辣きわまりないものになる。

わたしは笑いながら、人々がそんな偏見にとらわれているのは残念な話だと言った。

「だったら、どうすればいい？　そこで生計を立て、暮らしていきたいと思っている者は、そういった連中とどうやって折りあいをつけたらいいと思う？」

「できることはあまりないんじゃないかな。それは教育や民度の問題だ。時間が解決してくれるのを待つしかないだろうね」

「厄介な話だよ。本当に。いいかい。ぼくが親しくしている者は、ここではあくまで少数派だ。友人と付きあうのはいい。でも、ひとは友人だけに頼って暮らしていけるものじゃない。そんなことをされたんじゃ、友人のほうも迷惑だ。ちがうかい。ひとは社会と折りあっていかなきゃならない」

「そういうことだね。厄介な話だけど、仕方がない」

「ひどいと思うよ。ひどすぎると思うよ。この町の住人の言動を見たり聞いたりしていると、頭にくることがしばしばある。もちろん、彼らが悪人だと言ってるわけじゃない。そうじゃない。見習わなきゃならないところは多々あると思ってる。ただあまりに心が狭すぎる。それを改めようという気持ちはまったくない。連中に楯突いて怒りをかうようなことしたら、どんな仕打ちを受けるかわからない。理屈は関係ない。実際にそういった仕打ちを見たこともある。この町にピート・パヴロフっていう東欧系の事業家がいるんだが、その男は……」

「そこまででいい。きみの言わんとすることはよくわかる」

「ぼくはまともなことを言ってると思うかい。ぼくの考えに同意してくれるかい」

「全面的に。議論の余地はない。その上で、ひとつ聞いてもらいたいことがある。さっき言ったとおり、わたしは少しまえに妻を亡くしてね――」

「それはお気の毒に。心からお悔やみを言うよ、ジム」

「誰かに赤ん坊の世話をしてもらわなきゃならないので、黒人――いや、黒んぼの女を乳母として雇っている。別の誰かを探さなきゃと思っているんだが」

ハンクは肩をすくめた。「なるほど。その乳母は南部出身なんだね。自分の立場はわきまえているんだね。だったら、なんの問題もない。黒んぼの乳母じゃ駄目だと言う者はいないさ」

「ああ。できれば辞めさせたくないんだ」

「そんなことをする必要はない。その乳母が立場ってものをわきまえてさえいればね。だいじょうぶ。きみがしっかり目を光らせていればいいだけの話だ。問題は何も起きないよ、ジム」

ほかに話のしようはなかった。前途多難であることは目に見えていた。

マンドゥウォクに来てから生活に少しゆとりができるようになったのはここ数年のことで、それまでは朝から晩まで働きづめだった。その間、古いしきたりと折りあいをつけ、それを少しでも改善するために心を砕きつづけた。ひとかどの人物として認められるために奮闘し、何かを築きあげるために注力しつづけた――報われることのないままに。

ボビーとハティのために割く時間はほとんどなかった。多くの日はまったくなかった。正直に言えば、あのふたりのために時間を費やしたくなかった。でも、そのことを咎めだてされなければばならない謂《い》われはないはずだ。

ハティといっしょにいると、なんとなく落ち着かなかった。セックスの最中でさえそうだった。居心地が悪く、罪の意識を感じ、偽善者ぶっているような気がしてならなかった。わたしはこの町にしかるべき地歩を築き、その基盤を急速に強固なものにしていった。わたしは小さな池の大きなカエルだった。教会の執事になり、銀行の取締役になり、地域の名士になった。それなのに、まだ黒人の家政婦と寝ていたのだ。

危険の有無はともかくとして、ハティとの関係はきっぱりと断つべきだった。このままずるずると続けることは良心が許さなかった。

ボビーのことは愛していた。いまも愛している。かつてハティを愛していたように。ボビーは肉親であり、唯一の息子だ。だから愛している。ハティを愛していたように。けれども、ボビーといっしょにいると、ハティとはちがった意味で、居心地の悪さを感じる。近くにいるのが苦痛なのだ。

なぜなのか正確には言えないが、ひとつだけたしかなことがある。それは憎しみのせいではない。自分の悲劇と取りかえしのつかない過ちの責任を、なんの罪もない子供に負わすことはできない。真実をありのまま包み隠さず話したら、理解してもらえるかもしれない。でも、もちろんそんなことはできない。かといって、ボビーが独力で真実にたどりつけるかというと、それも無理な相談だろう。疑い、推理し、思案をめぐらすかもしれないが、たしかなことはわからないはずだ。

わたしが認めないかぎり。当然ながら、わたしがそんなことを認めるわけはない。たとえ認めたとしても、許してはくれないだろう。許したいと思っても、許すことはできないだろう。あれほどわがままで、あれほど傲慢なのに、あまりにも自分を哀れむ気持ちが強すぎるから。普通なら、あそこまでの被害者意識は持たないだろう。あのような粗暴さや底意地の悪さを正統化できるものは何もない。わたしがどんなことをしたとしても、あるいは、していないとしても、あのような振るまいを正当化することは決してできないはずだ。

あんな——あんな畜生がどうして自分の子供なのか。

どう対処すればいいのかまったくわからない。

いずれにせよ、ボビーに枷をかけることはできない。警察に助けを求めることもできない（そのことは本人にもわかっている）。ボビーが悪意に満ちた破廉恥な嘘を並べたてるのを恐れているからではない。もちろん、それで不愉快な思いをさせられるのは間違いない。そのようなことは以前にもあった。でも、その程度のことはいくらのものでもない。この町でのわたしの地位は微動だにしない。ドクター・ジェームズ・アシュトンがどういう立場にいて、どれだけ有用な人間かということは、この町の住民なら誰でも知っている。

本来なら、もっと厳しい態度をとるべきだったのだが、そうはしなかった。ボビーを愛していたからだ。たとえ自業自得ではあっても、ボビーにつらい思いをさせるのはやはり忍びない。それに、ご想像どおり、わたしはボビーを恐れている。

じつの息子に怯えながら生きなければならないとは、なんと忌まわしいことか。でも、そうなのだ。見せかけだけでも親子関係を取り繕うために、そういった思いはできるだけ表に出さないようにしてきたが、そうするのは日ごとにむずかしくなってきつつある。ボビーへの恐怖心は日に日に強くなってきている。そして、ボビーはそのことに気づいている。まるでわたしの心を読むことができるかのように。本当に読めているのではないかと思うこともよくある。わたしが何をしようとしているか、ボビーのほうがわたしより先にわかっていたりすることもあるくらいだ。ばかばかしく聞こえるかもしれないが、嘘じゃない。だから、すべきことをしなかった。その手立てを真剣に考えることを避けていた。避けていなかったら、殺されていたかもしれない。

ボビーならやりかねない。実際に、ハティとわたしを殺すと脅したこともある。

公平を期すために言えば（公平という言葉が正しいかどうかはわからないが）、ここのところしばらくは、そのような物騒な言葉は聞いていない。逆に、改心したのではないかと期待させるようなことが何度かあった。けれども……

三週間ほどまえ、ボビーがくだらない庭仕事にうんざりしているのではないかと思ったときがあった。それはわたしへの面あてのためだけにやっていることであり、いつも昼近くに出かけて、夕方前に帰ってきていたが、そんなことが長続きするはずはない。

辞めたほうがいい、とわたしは言った。「わたしのためじゃない。そんなことでおまえの気が変わるとは思わない。おまえ自身のためだ。立場をわきまえろ。おまえのように利口な人間なら――」

「いまそのことを考えていたところだよ。そうするかもしれない。だから、せかさないでくれ」

木で鼻をくくったような言い方だったが、それを聞いて、わたしは大いに安堵した。「だったらいい。庭仕事なんかをする必要はない。いや、どんな仕事をする必要もない。金がいるのなら、わたしが用立ててやる」

「大きなお世話だよ。ほっといてくれ」

穏やかな口調だったので、明るいきざしが見えたような気がした。

けれども、次の日の夜、家に帰ってみると、診察室の引出しやキャビネットが全部開いていて、中身が引っかきまわされていた。壊してあけたのではない。ピッキング棒で鍵をこじあけたのだ。ボビーはそこの椅子に腰かけ、足を机の上に乗せ、素知らぬ顔で煙草を喫っていた。

わたしはボビーを恐れていることを忘れて激怒し、思わず声を荒らげた。なぜこんなことをしたのか説明しろ。いまここで。でないと、後悔することになるぞ。

「ヤクはどこにあるんだ」ボビーは言った。「金庫のなかか?」

「ヤク? そんなことを教えられると思うか。さっきも言ったとおり、ボビー、わたしは——」

ボビーはうなずいた。「わかってるさ。だったら、どこかで買うしかないな」

ボビーは立ちあがり、部屋から出ていこうとした。わたしは腕をつかんで、振り向かせた。

「ふざけるな、このろくでなし! おまえがこれから何をしなきゃいけないか教えてやる。それに従わなかったらどうなるかわかってるな。おまえは——」

「放せよ」

「駄目だ。おまえを警察に連れていき、そこで――」

だが、次の瞬間には手を放していた。残忍なサディストが煙草の火をわたしの手首に押しつけたのだ。

「これで懲りただろ」ボビーは何ごともなかったように言った。「わかったな、父さん」

「ボビー……いったいどういうことなんだ。おまえの望みは何なんだ。何をしようとしているんだ。もしかしたら、あの娘に――」

「余計な口出しはしないでもらいたいね」

翌日、ボビーは車でニューヨークへ行った。それ以降も、もう一度そこへ行っている。なんのためなのかを説明する必要はあるまい。

どうやってそんなことができるのかはわからない。十七歳の少年が見知らぬ土地で、そんなにすぐに麻薬の売人を見つけられるものか。

もしかしたら、買っているのじゃないのかもしれない。つくっているのかもしれない。ばかげた話だが、一瞬そう思った。ボビーなら考えられなくもない。あの男なら、やろうと思えばできる。どんなにひどいことでも。どんなに邪悪で、卑劣で、自堕落で、残酷で、不道徳で、非常識なことでも。

庭仕事はいまも続けている。ろくでもない賃仕事で、自分を貶めるようなことをして、金を稼いでいる。女に麻薬を買って与えるために。

そんなことをする理由がわかれば、対処のしようもあるだろう。でも、どんな理由が考えられるというのか。本当になんの取り得もない娘なのだ。ボビーほど利口で、ハンサムな男なら、町じゅうのどんな娘でも簡単にモノにできるはずだ。なんの後腐れもなく。けれども、あの娘は危険きわまりない。麻薬が絡んでいようがいまいが。ふたりの関係がただならぬものになっていることにピートが気づいたら、それで一巻の終わりだ。

ピートはボビーを殺す。ついでに、わたしも殺す。

考えるだにおぞましいが、どうしようもない。ただ待つことしかできない。普段どおりに暮らし、待ち、破滅が来るのをなすすべもなく見守るしかない。

責任はルアンにもある。ボビーは他人とのかかわりを持つことをあきらかに嫌っている。でも、あの淫らな心気症の女に対してだけは別だ。

わたしのほうはルアンと先週から絶交状態にある。息子には甘い顔をしなければならないこともあるが、ルアンに義理立てしなければならない理由は何もない。

わたしは言った。どこにも悪いところはない。ここにはもう来ない。往診が必要なら、ほかの医師を呼んでくれ（いちばん近い診療所でも二十マイル以上離れているが）。わたしが家を出たとき、ルアンは涙声で愚痴をこぼしていた。

もっとまえにそうすべきだったのだ。そうしなかったのは、わたしがルアンの陰口を気にしているとか、深刻に受けとめているとか思われたくなかったからにすぎない。

夕食の席でさりげなくその話をしたとき、ボビーは嬉しそうな顔をしていた。

「それはいい。そうすりゃいいのにとまえから思ってたんだよ」

「ああ。じつを言うと、以前から――」

「もっと早く手を打っておくべきだった。そうすりゃ、容疑者リストからはずれていたはずだ。もっと早く絶交して、家に近づかないようにしていれば、ルアンを恨んでいたということを立証するのは……」

「やめろ！　いったい何が言いたいんだ。そんな戯言《たわごと》に耳を傾ける気はない」

「もちろん、わかってるよ」ボビーはにやにや笑いながらウインクをした。「それは秘密だってことだろ。おおっぴらに話せることじゃないもんね。ちがうかい、父さん」

ボビーが本当に自分の子供なのかと思うことが最近はよくある。多分に願望を含んだ他愛もない妄想だが、それでも考えずにはいられない。ハティはわたしとはじめてベッドをともにすることになんのためらいも示さなかった。としたら、ほかの者とも同じようなことをしていたかもしれない。わたしが家を留守にしていたときに、ハティが何をしていたかを知るすべはない。元々どこの馬の骨とも知れない女なのだ。わたしをたぶらかし、拒むことができない状態にして破廉恥な行為に及び、わたしの親切心や道義心を利用して……

いや、そんなことはない。ボビーはわたしの子供だ。それはわかっている。責任逃れをするつもりはない。けれども、それでハティに対する思いが変わることはない。

　ボビーから執拗な嫌がらせを受けているらしいが、わたしに愚痴をこぼすのはやめたほうがいい。そんなものは聞きたくない。一言も。でないと、もっと愚痴をこぼすことになる。場合によってはハティを家から追いだしてもいい。でももちろん、そんなことはできない。そんなことをしたら、噂が本当であることを認めることになる。

　とても耐えられる状況ではない。片方では黒人女に縛りつけられている。なんの負い目があるわけでもないのに。もう一方では、自分の息子にさんざん手を焼かされている。こっちは少なくとも黒人ではない。そう。十六分の一だけ白人の血が入っていれば、白人と見なされるようになっているとすれば。けれども、実際は黒人の血が十六分の一以上混じっていれば、すべて黒人と見なされる。それは……

　耐えがたいことだ。冗談じゃない。あまりにも理不尽すぎる。

　ハンク・ウィリアムズとの友情がなかったら、いまごろどうなっていたかわからない。われわれはおたがいによく理解しあっていて、空いた時間の多くをいっしょに過ごしている。ハンクはわたしを高く買い、敬意を抱いてくれている。わたしがここまで来れたことを喜んでくれている。自分の出世のほうはいまひとつであるにもかかわらず。実際のところ、世に出ることに頓着している様子はない。以前、上院議員か州知事になりたいと言っていたことは、どうやら忘れてしまったようだ。でも、そんなことはどうでもいい。ハンクは友人であり、それを実感させられることは何度もあった。多少生意気なことを言ったり、傲慢な態度をとったりしても、笑ってやりすごすことができた。彼の言う〝成功〟が限りなく〝失敗〟に近いものだったと指摘するような愚はもちろんおかさなかった。

ある夜、わたしがこの町に越してきたころの話になった。ハンクはいつものように当時の自分を振りかえった。わたしは、たいしたものだ、こんなに短時間でここまでの地位を築いた法律家は多くないと言った。それを聞いて、ハンクは目を輝かせ、にやっと笑い、それから、ほかの者には真似のできない親しみをこめて、ここまで来れたのはきみのおかげだと言った。

「そりゃ、できるかぎりのことはしたつもりだが、だからと言って――」

「はじめて会った日のことを覚えているかい。きみがこの町に引っ越してくるにあたっての書類を作成した日のことだ」

「ああ、もちろん覚えているとも。そのとき、いろいろアドバイスしてもらったおかげで――」

「そうそう。そうだった。よく覚えてるじゃないか。困ったもんだ」ハンクは頭をのけぞらせて笑った。「たしかにいろんなことを言った。ちっぽけな田舎町の新米法律家が、大都会から来たお医者さまに教えを垂れたんだ。どうやって世のなかを渡っていけばいいかってね」

わたしは何も言わなかった。戸惑いのせいだ。あの日はこちらから何も話さなかった。相手の考え方がある程度わかるまで、何も話すつもりはなかった。

「ああ。もちろんわかっていたさ」そして、また笑った。「あんたが様子見をするのは当然のことだ。とりあえずは当たりさわりのない話をして、わたしがどんな考えの持ち主なのかをたしかめないといけなかったわけだからね。でも……」

ハンクは笑いながらウインクをした。わたしはハンクを睨みつけた。椅子の肘かけをつかんだ手に力がこもるのがわかった。だが、ふいに湧きあがった憎悪はすぐに薄れ、手の力は次第に緩んでいった。

これまでハンクにいやな思いをさせられたことは一度もない。その知性や、揺るぎのない道義心や、人柄といったものは、最初から備わっていたものではなかった。最初のうちは、そういったものを感じさせられることはほとんどなかった。そのときは、まだ持って生まれた資質と生まれ育った環境に支配されていたということだろう。それでも、はじめて会った日に与えてくれたアドバイスは有益なものだった。

とにかく、これまでいやな思いをさせられたことは一度もない。根本的なところでハンクの影響は何も受けていない。ほかの者のことは知らない。もちろん、影響を受けた者は大勢いるだろう。でも、わたしはちがう。

むしろ、逆だ。

ハンクはほんの少し眉を寄せていた。ややぎこちなく、困惑しているように見える。それから、相手がどんな考えの持ち主なのかをたしかめる必要があったという先ほどの言葉を繰りかえした。

「それで、どうだったんだい、ハンク」と、わたしは尋ねた。「心の底ではどう思っていたんだい」

ハンクは肩をすくめた。「いやいや。訊く必要はあるまい。わたしの立場はよくわかっているはずだ」

「でも、あのころは？　はじめて会った日はどうだったんだい。教えてくれ、ハンク。ぜひとも知りたいんだ」

「そうだな……」ハンクはためらい、両手を広げた。「わかってるだろ、ジム。みんなと同じ、少なくとも多くの者と同じだと思うよ。フェンスの上にすわっていて、ずっとそこにいたいと思っていた。でも、いつかはどっちかの側に飛びおりなきゃいけないことはわかっていたし、そうしたら、飛びおりたところにずっととどまりつづけなきゃならないこともわかっていた。どういう意味かわかるな、ジム。言葉で説明するのはちょっとむずかしい」

「ああ……いや、そういったところだろうと思っていたよ」

「そうなんだよ」ハンクは言い、少ししてから繰りかえした。「そうなんだよ」

ハンクはわたしの顔を心なしかいらだたしげに見ていたが、そこから何も読みとれないとわかると、同意を求めるかわりに、人なつっこい開けっぴろげな笑みを浮かべた。

屈託のない笑顔。だが、それはいつでも思いのままに搔き消すことができる。その顔は愛嬌があり、楽しげで、いかにも〝いいやつ〟っぽいが、まばたきひとつで、深刻で、しかつめらしく、生まじめなものに変わる。

わたしもいっしょに笑った。ふたりでいっしょに自分自身を笑った。部屋には笑いがあふれ、窓から転《まろ》びでて、こだまし、跳ねかえり、さざ波のように夜の闇のなかをどこまでも伝わっていった。われわれは笑いつづけ、その声は拡散しつづけた。それは町を越え、丘や谷を越え、野原や小川を越え、山や草原を越え、人けのない夜の農場を越え、集落や村や町を越え、高層ビルが林立する賑やかな街を越えた。それは世界をめぐり、そして戻ってきた。

われわれは笑いつづけた。全世界が笑いつづけた。

あるいは、嘲笑いつづけた、というべきか。

わたしはだしぬけに立ちあがり、ハンクに背中を向けて、窓辺に歩み寄った。目はいっぱいに見開いていたが、何も見てはいなかった。

騒がしかった部屋はすでにしんと静まりかえっていた。ほとんど完全な静けさだった。

ハンクは静寂に耐えられない。二十年からの歳月のあと、わたしはようやくそのことに気づいた。沈黙が垂れこめると、それを破らずにはいられないのだ。音や声であれば、なんでもいい。笑いすぎて乱れた息が整うと、わたしが上機嫌でいることに気をよくしたらしく、さっきの話をあらためて持ちだした。

「とにかく、ジム。さっきも言ったとおり、きみには心から感謝しているんだ。あのとき、ああいった話をしなかったら、どうなっていたかなんて、考えたくもないよ」

一瞬どう答えていいかわからず、わたしは眉を寄せた。

ハンクは不安げな顔になり、いつもより甲高いこわばった声で言った。「ジム……ジム？　そう思わないかい。考えたくもないと思わないかい」

「あ、ああ。たしかに。そう思うよ。ハンク。それでも……」

「なんだい？　何を言おうとしていたんだい、ジム」

「なんでもない」わたしは言った。「そう思っていなかったとしても、何も変わってなかったはずだ。われわれのような者たちのあいだではね」

6　マーマデューク・〝グーフィー〟・ガンダー（役立たず）

目が覚めたら朝で、おれは〝ステキな人々の街〟の緑の舗道に横たわっていた。ひでえ二日酔いだ。

ゆっくり身体を起こしたとき、身体がぶるっと震えた。まぶたをこすりながら、おのれの身のあまりの体たらくぶりに驚き、呆れはてた。やれやれ！　目を覚ましたら朝っていうだけじゃない。いつもどおりの二日酔いで、さらに情けないことに、目を覚ましたらそこはいつもどおりの〝ステキな人々の街〟だったってわけだ。

「まいった、まいった」おれは心のなかでうなった。「いつもおんなじだ。昨日も、今日も、そして……痛っ！」

最後の言葉は声に出して言い、それから罰当たりな言葉を吐いた。朝日に目を刺し貫かれ、頭に茨の冠をおっかぶせられたような激痛が走ったからだ。身体を前後に揺すって、痛みがおさまるのを待ち、それからなんとか立ちあがれるようになると、よろけながらバアちゃんの寝床に向かった。

〝ステキな人々の街〟のほかの住人の寝床に比べたら、ちょいと見劣りがする。そこにはワインボトルを長方形に並べた仕切りがあるだけで（そのボトルも次から次に割れていく）、おれがときどき顔を出す以外はほったらかしだ。窪地の底にあって、まわりの草は枯れて茶色くなってるけど、土そのものは無数のイヌやネコやネズミのおかげで肥えている。寝床の端っこには、風雨にさらされた虫食いだらけの木のチンポコ像が置かれ、そこにバアちゃんの名前と〝未婚女性〟という言葉が書かれている。痛々しい。いや、碑文なんだから、あんまり痛々しくないか。

その駄文、もうちょいなんとかならねえものかと、暇に飽かして考えはじめた。このまえは、〝未婚女性〟のかわりに〝人間〟とし、〝信じられないかもしれないが〟と付け足すという案を出した。でも、バアちゃんは気にいってくれなかった。褒め言葉とは受けとってくれなかった。またぼちぼち（ダジャレじゃないよ）考えたらいいと言っただけだった。

おれはそこに腰をおろし、陽を避けるためにうつむいて、窪地にあるバアちゃんの寝床を見つめた。草が風になびいて、絶え間なく音を立てている。しばらくして、乾いた笑い声が聞こえてきた。

「おやおや」と、バアちゃんは言った。「何をぼんやり考えているんだい」

「いまは、ええっと……」おれは無理やり微笑んだ。「いま考えてるのは、今般のインフレによってもたらされる事態について、かな」

バアちゃんはくすっと笑って、書き物のほうはどうなっているのかと訊いた。

おれは答えた。順調だ。じつは仕上がってる。

「だったら、ちょっと聞かせてくれないかい。できれば最初から」

「いいとも、バアちゃん。いまは昔、二十五億のろくでなしがジャングルに住んでいた。その総重量は6045000000000000000トン弱。みな血のつながった兄弟か姉妹だったけど、そいつらの頭のなかには同胞殺ししかなかった。そこにはおいしい果物がいっぱいなっていたけど、そいつらは土だけを食らって生きていた。みな、すっごく利口なんだけど、連中が知っていたのは、たったひとつのことだけだった。そのたったひとつのことっていうは、自分たちは何も知らないってことでね。何も知らないってことだけで、充分だった」

おれは話すのをやめた。

バアちゃんはいらだたしげに身をよじった。「続きを聞かせておくれ」

「これで全部だよ」

「さっき、仕上がってるって言わなかったかい。これじゃ、このまえとおんなじじゃないか」

「これでおしまいさ。これ以上はなんにもない」

少しのあいだ、沈黙が続いた。話をして気をまぎらすことができなくなると、二日酔いがぶりかえして、ムカムカ感が身体から頭にあがってきた。震えが来て、吐き気をもよおした。目に見えない不気味な爬虫類に全身を蝕まれているみたいだ。

バアちゃんは憐れむように言った。「ずいぶんつらそうだね」

「たいしたことないよ」おれは言った。「身体の内側にあるものが、おれに歯向かっているだけさ。いや、正確に言うと、おれのほうがそいつに歯向かっている。本当は素直で、扱いやすいやつなんだ。ボトルから出さないかぎりはね」

「付きあい方はわかってるわね。どんなふうに付きあわなきゃいけないかわかってるわね」

「わかってるけど、できるかなあ。いや、到底できるとは思えない」

「しなきゃいけないのよ。もういいわ。おしゃべりはやめて、行きなさい」

立ちあがろうとしたけど、立ちあがれず、おれは情けないうめき声をあげた。筋肉は動こうとするんだけど、力が足りない。気合はゼロだ。

「本当なんだ、バアちゃん。これは本当のことなんだ。一杯の上等の酒のためなら、悪魔に魂を売りわたしてもいいと思ってるくらいでね」

「情けない子だね。無駄口を叩いてないで、さっさと行きなさい」

おれは弱々しくうなずき、力を振りしぼって立ちあがった。「そうするよ、バアちゃん」

バアちゃんはもう答えなかった。おそらくまた永い眠りに戻ったんだろうな。

振り向いて、立ち去ろうとしたとき、バランスを失い、顔から地面にぶっ倒れ、しばらく立ちあがれなかった。それから何度か起きあがっては倒れ、起きあがっては倒れして、ようやく町に続く道に出ることができた。

反対方向からトラックがやってきた。ジョー・ヘンダーソンのようだと思ったら、やっぱりそうだ。おれは昔ながらのヒッチハイカー風に親指を立て、腕を振った。車はスピードを落として、とまった。おれはドアに手をかけたが、その瞬間、ジョーの野郎、中指を立てて、そのまま行っちまいやがった。

また歩きはじめたときには、これまでよりもしっかりとした足取りになっていた。気持ちにも張りが出てきた。ジョーが自動車保険では埋めあわせられないほどの損害をこうむるにはどうすればいいのかってことを考え、トラックのタイヤに細工をするのがいちばん手っとりばやいという結論が出たからだ。

別のトラックが後ろから近づいてきた。ダッチ・イートンだった。ダッチは車をとめ、窓から身を乗りだし、歩き疲れたのかと訊いた。

「そりゃもう」と、おれは答えた。「でも、だったら走れ、とは言わねえでくれよ。ガキのころにも誰かにそう言われたけど、面白くもなんともなかった」

ダッチの丸っこい顔が怒りで真っ赤になった。「ふざけるな。てめえみたいな与太者は――」

「ちょっと聞いてくれ。いいかい、イートンさん。車を運転している能なしの役立たずってのは、なんだかわかるかい。ブタだよ。オーバーオールを着たブタだ」

ダッチは車のドアノブに手をかけていたにちがいない。気がついたときには、ものすごい剣幕で車から飛びだしてきていた。おれは跳んで逃げた。こういった緊急時にへまをすることはまずない。どんなにへばっていても、いざというときには、力と機敏さが戻ってくる。このときもそうだった。

排水路を跳び越えるのも、フェンスを乗り越えるのもお茶の子だ。そうやって、デヴォア家の敷地の裏手にある果樹園に入った。後ろからダッチの怒鳴り声が聞こえたけど、車はそのまま走り去った。

それからしばらくのあいだ考えごとをしていたので、二日酔いだってことを半分忘れていた。そういう意味じゃ、ジョー・ヘンダーソンとダッチ・イートンに感謝しなきゃな。もちろんじつのところは、感謝する気持ちなんかこれっぽっちもないんだけど。

ジョーとダッチ。あいつらは何年もまえからずっといがみあっている。もしジョーのトラックのタイヤにナイフの刻み目が入れられた夜に、ダッチの納屋から火の手があがったとしたら?

「神よ、許したまえ。さっきの心の声は旧石器時代の胎児のものだ。そんなことをしちゃいけないってことくらいわかってるよ」

そのときには果樹園を抜けて、納屋の手前まで来ていた。すばやく、でも音を立てずに、ゲートを通りぬけ、裏庭を突っきり、裏口から家のなかに忍びこんだ。

危険はない。それはよくわかっている、ここには何度も来ているから。ラルフは家にいない。ルアンはベッドの上で、寝室は道路側にある。音を立てさえしなきゃ(音を立てないことに関しては、誰にも負けない自信アリ)、一階は自由に物色することができる。

家のなかに入ったところで一瞬立ちどまり、耳をすますと、二階からルアンの話し声がかすかに聞こえてきた。電話中のようだ。

「……もちろん、こんなことを言いたくはないのよ。他人のことをとやかく言うつもりは毛頭ない。わかってくれるわね、メイベル。でも、あんまりだと思わない? 白人の若い娘が黒んぼの男の前でスカートをまくりあげるなんて。それに、その娘の父親ときたら、いったい何さまのつもりか偉そうに……」

こいつは放ってはおけないと思って、おれは一瞬動きをとめた。でも、何をするにしても、もう遅すぎる。この話は遅かれ早かれかならずピート・パヴロフの耳に入る。それが事実だとわかれば、ピートは黙っちゃいないだろう。そいつは間違いない。ピートがどんな行動に出るかは火を見るよりあきらかだ。

おれは眉を寄せ、肩をすくめ、ルアンの悪意に満ちた声を遮断し、頭から追い払った。避けられないことを避けることはできない。それより酒だ。一杯ひっかけたいという思いはさっきよりずっと強くなっている。

いつもの戸棚をあけ、そこに並べられたドリンク剤を見ただけで、よだれがこぼれそうになった。でも、ラベルを見たとたん、顔をそむける結果になった。ラルフのしみったれぶりには恐れいるよ、まったく。このまえここに来たときには、アルコール入りのものもあったのに、いまは全部ノンアルコールの安物に変わっている。

ほかの戸棚もくまなく調べた。床磨き剤の大きなボトルが見つかったときには、どうしようかと迷ったけど、アルコールの含有量が五パーセントぽっちだったので、やめた。

そのあと、床の跳ねあげ戸をあけて、地下室に降りたけど、そこにもお目当てのものはなかった。自家製のシードルは仕込まれたばかりで、ただ甘ったるいだけだ。ラルフは果物や野菜の瓶詰めづくりにかけても玄人はだしで、あいにくなことに発酵しかけているものはひとつもなかった。

台所に戻ったときには、汗が噴きだし、頭は酒を求めて悲鳴をあげていたよ。おれは玄関の間の戸口を抜けて、階段の下に立った。

二階に行きゃ、飲めるものが何かとあるはずだ。消毒用アルコールとか、女性用の強壮剤《フィーメル・トニック》とか、塗布剤《リニメント》とか。おそらく飲用のものもあるだろう。ルアンがあと数分でブツクサ言うのをやめて寝てくれたらいいいんだけど。

でも、そのような気配はまったくない。すでに別の相手に電話をかけてやがる。それが終わったら、すぐまた別の相手に電話をかけるにちがいない。そうやって、一日中話しつづけるのだ。決してやめない。誰かがやめさせないかぎり。おれのいまの切実な欲求は抜きにしても、電話をかけまくるのはやめたほうがいい。もちろん、おれがしゃしゃりでる気はないし、そのようなガラだとも思えねえけどね。

いや、ほかの日ならできるかもしれない。別の日、あるいは夜、酒がなくて自暴自棄になり、ふたたびここを訪れたときなら。

おれは家を出た。果樹園を後戻りし、町のほうに向かい、気がつくと、ドクター・アシュトンの家の裏道に入りこんでいた。

この時間、ドクター・アシュトンは家にいないはずだ。いたとしても、相手にしちゃくれねえだろう。息子のボビーも、家には当然いない。あいつは相手にしてくれた。一度だけ。でも、一度で充分だ。あのときのことを思いだすと、いまでも身震いがするよ。あの天使の顔をした冷酷な悪魔がさしだしたのが何かはわからない。けれども、そのせいで、おれの腸はちぎれかけ、それから三日間テリアに睨まれたネズミのように震え、吐きつづけた。

ドクター・アシュトンにもその息子にも何も期待できない。だが、ハティは家にいるはずだ。あの黒んぼ女はいつも家にいる。おれのことを何をしでかすかわからないイカレポンチだと思っていて、闇雲な恐れを抱いている。だからだろうが、これまでに何度か酒を出してくれたことがある。

おれは裏口のドアをノックした。スリッパの音がして、玄関の網戸の向こうにハティが姿を現わした。衝立ての向こうに立ち、淀んだ目でおれを見ている。

おれが口を開くまえに、ハティは言った。「帰っとくれ。二度とここには来ないで。あんたとはいっさいかかわりになりたくないの」

おれはその声のトーンに注意を払い、そういったすげない態度をとる理由を読みとろうとした。それはそんなにむずかしいことじゃなかった。少なくとも、おれ自身は読めたと思う。それでハティにこう言った。

「聞いてくれ。お願いだ、ハティさん。おれのことを疫病神と思ってるとしたら、そいつは大きな間違いだ。おれの左目に膜のようなものが張っているのが見えるだろ。知ってると思うけど、そいつはおれが福の神だって証拠で——」

「あたしが知ってるのは、そのオメメといっしょに出てったほうがいいってことだけよ。オメメと離れ離れになりたくないんでしょ。だったら、帰んなさい。わからないの？　帰れと言ってるのよ。イカレ頭に用はないわ」

「まいったな。イカレ頭はないだろ。ポケットのなかには、おれが正常だってことを証明する州の主任精神科医のサイン入りの書類が入ってるんだ。たしかに、いま精神病院には定員の二倍の患者が詰めこまれてるよ。でもだからといって、正常でない者が正常だと診断されることは――」

「もういい」ハティは冷やかな口調で言った。「わかったわ。だったら、そこにいなさい。すぐに飲みものを持ってきてあげるから」

ハティは網戸から離れ、台所へ向かった。そこで何をしているかは、見なくてもわかった。大きな平鍋か何かに水が勢いよく注がれている音が聞こえた。

おれはあわてて玄関前の石段を駆けおり、裏庭に戻った。「待ってくれ。頼むからそんなことはしないでくれ。おとなしく帰るから」

ハティはふたたび玄関の間に戻ってきた。そして、勝ち誇ったように目を輝かせながら、とっと出ていけ、二度と戻ってくるなと言った。

「でも、あんたは家から出ていかないほうがいいと思うよ」おれは言った。「ちょっと聞いてくれ。いいかい、ハティさん。絶対に家から出ちゃいけない。とくに夜は。とんでもない災難に見舞われるかもしれないから」

象牙色の顔がわずかにこわばった。「なに言ってんの。どうしてあたしが夜どこかへ行かなきゃならないのよ」

「本当だ。嘘じゃない。あんたの顔にそう書いてある。とんでもない災難に見舞われるって。でも、いいかい。一杯飲ませてくれたら、いや、二杯でもいいけど、そうしたら、顔に書かれているものを消してやる」

やりすぎた。ハティは鼻を鳴らして、台所に戻っていった。

どうしても酒にありつけない。ほかをあたるしかない。

こんなときには役場へ行けばなんとかなる。ていうか、なんとかなることもある。そこには、多くの暇人、つまり人員過剰ぎみの多くの役人がいる。だから、この日もそこへ行った。これまでの成功例どおり、愛嬌を振りまき、おべんちゃらを並べたてたら、小銭をめぐんでもらえるかもしんない。惨めだけど、仕方がない。情けないけど、やむをえない。こんな日ほど、これほど酒にありつきたい日ほど、小銭のありがたみがわかるときはない。

おれはオフィスをめぐり歩いた。だが、暇人たちはおれを払いのけ、罵り、小突き、突き飛ばしやがった。

最悪の場合でなければ、ピート・パヴロフのところへ行くつもりはなかった。理由はいくつかある。そのひとつは、そこへ行くには、町を横切って海辺までかなりの距離を歩かなきゃならないこと。いまのおれのザマじゃけっこうつらい距離だ。もうひとつは、これまで何度も無理をきいてもらっていたので、これ以上は言いだしづらかったということ。さらには、言っても無駄じゃないかという気がしていたこと。

でも、ほかに手はない。ほかに手がなけりゃ、いまある手を使うしかない。

ヨタヨタ、フラフラしながら、町を横切り、ようやくダンスホールにたどり着くと、きれいにワックスがけされた広いフロアを突っ切って、オフィスに入った。ピートは机に向かって、毒づいたり、ぶつぶつ文句を言ったりしながら、帳簿を繰っていた。おれは待った。待っているあいだに、いらいらが募ってきて、手がポプラの葉のように震えだした。

同意する者は多くないと思うけど、ピート・パヴロフはとても親切で、優しい心の持ち主だ。一方で、これはみんな同意するはずだが、愚かな人間じゃない。ごくささいなきっかけで、ときには意識して、ときには無意識のうちに、すさまじい怒りを爆発させることがある。

ピートはようやく顔をあげ、嚙み煙草を口から出し、近くの痰つぼに捨てた。そして、手をズボンにこすりつけながら言った。「なんの用だ……いや、訊かなくてもわかってる」

「お願いだ。ちょっと聞いてくれ、パヴロフさん。みっともないのはわかってる。恥をしのんで来たんだ。どうしても――」

ピートは机の引出しをあけ、そこからボトルとグラスを取りだして、酒を注いでくれた。おれは一気に飲みほし、グラスをさしだした。でも、ピートはそれをボトルといっしょに引出しにしまいやがった。

「おまえのためにしてやれることを教えてやろう。おれはおまえに――おい、聞いてるのか。

たまにはひとの話をちゃんと聞け。いいか。まず便所に行って、手と顔を洗ってこい。石鹸を使って。わかったな。そうしたら、メシをおごってやる」

おれは言った。わかった。そうする。メシを食わせてもらえるなんて、ほんとにありがたい話だ。「でも、できたら、メシのかわりに、メシ代をもらえないかな、パヴロフさん。そうすりゃ、あんたは時間を無駄にしなくてすむ。時は金なりだからね。それに——」

「金はなんにだって使える。そこに立って、いつまでもつべこべ言ってるなら、おまえのケツを蹴飛ばして、それでおしまいにするぞ」

ピートは本気で言っている。言ったことはかならず実行する男だ。おれは便所に突進した。なんだかんだ言っても、これは今日一日のなかでいちばんの成果だ。もちろん、ちょうだいしたいのはメシのほうで、ケツに一発じゃない。話の持っていき方次第では、願ったり叶ったりってことになるかもしれない。

隅々まできれいに洗った。手も手首も。顔も。髭が生えているところ以外は全部。生まれてこの方三十年間、これほどきれいになったことはない。

オフィスに戻ると、ピートは控えめに褒めてくれた。

「何層もの錆の膜が落ちたようだな。ついでに、その髪と髭も切ったらどうだ。そうしろ。それからベッドシーツとサンダルも新調したほうがいい」

「聞いてくれ、パヴロフさん。仰せのとおりにする。でも、床屋へ行くにも、ベッドシーツやサンダルを買うにも先立つものがいる。できれば、メシ代といっしょに――」

「おまえには一セントだってくれてやるつもりはない。メシ屋に連れていって、メシをおごってやるだけだ」

おれは抗議した。そいつはちょいとおかしいんじゃないか。以前は酒代をめぐんでくれていたのに。ピートは話を遮るように低いうなり声をあげ、目を細めて、思案顔でおれを見つめた。

「ちょっと黙っていてくれないか。考えたいことがあるんだ。もう一杯注いでやるから、しばらく口をつぐんでいてくれ」

「もちろんだよ、パヴロフさん。飲ませてもらえるのなら、どんなことでも――」

黙るしかなかった。磔《はりつけ》にされかかっている者に、拒むすべは残されていない。

おれはグラスを受けとると、一気に飲みほした。ボトルは机の上に置かれたままだ。

グラスをさしだすと、ピートは言った。「いいや。いまは駄目だ。おまえに話したいことがある。ちゃんと聞いてもらわなきゃ困る」

「だったら、なおさらもう一杯飲んだほうがいい。おれの頭は、飲めば飲むほど回転がよくなるんだよ」

「黙れ!」鞭の音のような鋭い声だ。「いいか。これから言うことは他言無用だぞ。誰にも何も言うな。これはあくまで仮定の話だ。おまえにあるものを渡す。おまえはそれを持っていくだけでいい。でも、おまえがそれを持っていったということは、誰にも知られちゃいけない……こら、聞いてるのか」

「もちろん聞いてるよ。もし一杯やろうとしているのなら、パヴロフさん、おれにも――」

「よさないか。これはとても大事な話なんだ。そのなかには大金が入っている。おまえにしてもらいたいのは――」とつぜん話が途切れ、ピートはうなり声をあげた。「くそっ！　おれはいったいなんてことを考えてるんだ」

「今日は虫の居所が悪そうだね、パヴロフさん。もう一杯ひっかけたらどうだい」

このときは珍しく引っかかった。「おまえが飲め。飲んだら、すぐに腹ごしらえだ」

ボトルには一クォート分の酒がほとんどまるまる残っている。

おれはボトルをひっつかんで駆けだした。

いいと思ってやったことじゃない。恩知らずというだけじゃなくて、そんなことをすりゃ、あとで後悔することは目に見えている。たとえて言うなら、卵をニワトリになるまえに食っちまうようなもんだ。でも、どうにもならなかった。選択の余地はなかった。

溺れるものはボトルにすがる、てか。

おれは戸口に突進し、敷居につまずき、その拍子にボトルが手から離れた。ボトルとおれの身体は派手な音を立ててダンスフロアに激突した。

貴重な液体が床に飛び散っている。おれは大急ぎでそこに這っていって舐めはじめた。

そのとき、尻を蹴飛ばされ、おれの身体はぴかぴかに磨かれた板の上を滑走した。それから立ちあがらされ、ピートのほうへ顔を向けさせられ、おっかない目で睨まれた。

「どこまで見下げはてたやつなんだ！　出ていけ！　いますぐに！　当分のあいだ出入り禁止だ！」

「わかったよ。でも、ちょっと聞いてくれ、パヴロフさん。おれは——」

「何も聞く気はない！　出ていけと言ったんだ！」

「出ていく、出ていきますとも」おれは言いながら、ピートの手が届かないところまで後ずさりした。「でも、お願いだから聞いてくれ、パヴロフさん。強盗の手伝いでもなんでもする。それくらいはお安いご用だ。あんたはおれにとてもよくしてくれた。恩返しをするのは当然のことだ」

ピートは突っかかってこようとしていたが、途中でつと足をとめた。顔は赤らみ、目は泳いでいる。

「いったいなんの話をしているんだ。いいか。そんな話は誰にもするんじゃないぞ！」

「もちろん。さっきあんなことをしちまったので、信じられないかもしんないけど——」

ピートは口先だけで笑った。「おまえはイカレてる。イカレたアル中だ。自分が何を言っているかさえわかっちゃいない」

「そのとおり。おれにはなんにもわかっちゃいねえ。あんたが何を言ったのかも。何も聞いてなかった。聞こえてなかった」

おれは振り向いて、ダンスホールをあとにした。海岸ぞいの遊歩道に出ると、考えずにはいられなかった。結局のところ、これっておれたちがみんな持っている原罪ってやつなんじゃないか。動機は自分の内側にあり、それを他人のせいにすることはできないんじゃないか。そうするのは大きな間違いじゃないのか。

たしかに、おれは嫌われ者だ。見てくれも振るまいも、みんなに嫌われている。でも、それはピートだって同じだ。おれと同じくらい疎《うと》んじられている。誰だってそうだ。おれたちはみな変装している。素材はちがうが、織機はおんなじだ。おれの場合は、奇行と飲酒癖。ピートの場合は、荒っぽさと惨忍さ、そして手に負えない凶暴さ。

おれたちは変装しなきゃならない。ふたりとも。いや、誰でも。でも、ピートにはそのことがわからない。おれはピートが変装しているということを見抜いている。でも、ピートにはそれを見抜くことができない。自分自身が変装してるってことさえわかっちゃいない。逆に言えば、それくらい巧みに変装してるってことだ。

ほんと気分が悪い。いつかバチがあたる。あたらないわけがない。

まあいい。とにかくおれはまだ酒にありつけていない。飲みてえ。浴びるほど飲みてえ。

遊歩道のはずれの手すりの前で、若い女がぼんやりと海を見ていた。おれは目を細め、手をあげて、陽ざしを遮った。女が顔を動かしたとき、バンドのボーカリストだとわかった。

水着姿で、手すりにローブがかかっている。そのローブにはポケットがあるはずで、そこには何かが入っているはずだ。

おれは女に近づいた。そして、咳払いをし、女が振り向くと、深々とお辞儀をし、地面に片膝をついた。

「ちょっと聞いてもらえるかい」おれは言った。「そのおみ足といい、そのお履物といい、なんとお美しい。おお、わがプリンセス。本当になんという――」

おれはとつぜん話すのをやめた。よく見たら、裸足だったからだ。それで腹のほうに目をやり、はじめからやり直した。

「そのお臍《へそ》といい――」

「よそへ行け、このクサレ。ほら、早く行けってば！ あんたにめぐんでやる金なんてないよ」

「誰にめぐんでやる金ならあるんだい。金を持ってるやつ？ そんなバカな」

「よそへ行けと言ってるのよ！」女は声を荒げた。「でなきゃ、大きな声を出すわよ！」

「わかった。わかったよ」おれは言って、遊歩道を後戻りしはじめた。「だけど、夜には気をつけたほうがいいぜ。ほんと。夜には気をつけたほうがいい」

おれの言ったことに間違いはない。こんな上玉なら、昼よりも夜のほうが危険であるのは当然のことだもんね。

前方に、ピート・パヴロフの姿が見えた。ダンスホールから出てきて、町のほうへつかつかと歩いていく。うつむいてもいなければ、肩を落としてもいない。さっき話をしたときに感じた危っかしさはもうどこにもない。

さっきはあんなことを言ってたけど、狂言強盗をするつもりなど端《はな》からなかったはずだ。そんなことは本気で考えてもいなかったし、考えるつもりもなかった。思いつき、計画を立てるところまでは行ったかもしれない。でも、実行に移すことは決してなかったはずだ。

おれに素面《しらふ》でいることができないのと同じように、ピートに不正を働くことはできない。どこまでもまっすぐな男なのだ。

ピートは道路わきにある郵便局に入っていった。おれは道路を横切り、反対側の歩道を歩きはじめた。そして、そこから一ブロックほど行ったところで、急によろけた。よろけて、よろけて、よろけまくって、街路灯にぶつかった。

通りにいた者は笑いながら通りすぎていった。おれは目を閉じ、神さまに向かって脅迫と嘆願をかわるがわる繰りかえした。

そこから少し離れたところに、食料品店があった。毎年夏になるとやってくる弁護士のコスメイヤーが、その前に車をとめて、買った食料を後部座席に積みこんでいた。

おれは街路灯から身体を離したけど、そのとき側溝に足を突っこんじまった。それでもなんとかコスメイヤーがいるところまで歩いていって、肩をぽんと叩いた。

コスメイヤーは小さな悲鳴をあげて、跳びあがり、車の天井に頭をぶつけた。それから振りかえって、そこにいるのがおれだということを知った。

「やあ、ガニー。いや、そうじゃない。たしかきみはユダだったね」

おれは笑った。「ああ、そうだよ、コスメイヤーさん。もちろん、本物のユダじゃない。このまえのは単なる戯言《たわごと》さ」

「ほう。それはよかった。戯言だとわかって何よりだ」

「ほんとはノアなんだ。それがほんとのところなんだよ」

「なるほど。でも、べつに動物集めに奔走する必要はないんだろ」

シラッとした口調だ。今日はかなり用心しているように見える。その手はすでに車の運転席のドアノブにかかっている。

「聞いてくれ。お願いだ、コスメイヤーさん。箱舟づくりの寄付金を集めてるんだ。板一枚につき一ドルってことでどうかな、コスメイヤーさん」

「板だけじゃあるまい。ワインも買わなきゃいけないんだろ」

まえより少しは利口になったようだ。去年の夏には、最後の晩餐を予約してやるという話にころっと引っかかったのに。

「聞いてくれ。お願いだ、コスメイヤーさん。世界はひとつの舞台であって、人間はみな役者か観客だ。賢者は悪臭弾を投げぬもの。どうだい。胸に響くものはあったかい、コスメイヤーさん」

「なくもない。ちょっとはあったかもしれない、ノア。でも、尻ポケットのあたりには何も感じない」

「もうちょっとだけ聞いてくれ。いいかい、コスメイヤーさん。〝ステキな人々の街〟の新しい住人のことなんだけどね。みんなから〝真に謙虚な男〟と呼ばれてる。〝真に謙虚な男〟だ。それなのに、街でいちばん傲慢で、鼻持ちならない態度をとっている。どうしてかわかるかい、コスメイヤーさん。それはあまりにも孤立しすぎていて、誰とも親しくなれないからなんだよ。板の本当の値段は九十八セントだ、コスメイヤーさん。一ドルくれたら、おつりを出すよ」

「もう一工夫ほしいところだな。まだひねりが足りない」

「もうちょっとだけ聞いてくれ。お願いだから、コスメイヤーさん。おれはその男に声をかけて、テレビに売りこもうと思ってるんだ。そうしたら、かならず一儲けできる。どうだろう。〝真に謙虚な男〟。いけると思わないかい、コスメイヤーさん」

「図書館まで乗せていってやる。そこに歴史書のコーナーがある」

「その男に付けひげをつけさせる。そして、歌とダンスを教える。お願いだ、コスメイヤーさん。もうちょっとだけ聞いてくれ。〝ステキな人々の街〟には、ほかにもふたりの新しい住民がいてね。〝オヤジ〟と〝オフクロ〟といって、ほかの誰よりもステキなひとたちだ。聞いてくれ。お願いだから、コスメイヤーさん。そのふたりは礼儀正しく、愛情たっぷりで、信心深く、忠実で、正直で、親切で、寛大で、慈悲深く、おおらかで、賢くて……」

「それはどこに書いてあったんだい。墓石？　それとも広告板？」

「聞いてくれ。お願いだ、コスメイヤーさん。いままで見たことがないような小さな墓石でね。煙草の箱より小さい。ピンの頭の絵づけ職人が彫ったんだよ。ほとんど読めない。とても無理だ。

あらゆる美徳が書かれているのに、誰も読めない。どうしてだと思う？　どうしてそんな細工をしたのか。聞いてくれ。いいかい、コスメイヤーさん。それは象徴なんだ。何かの象徴なんだよ、コスメイヤーさん。いまふと思いだしたんだが、もう一クラス上の板なら、値段は――」

「ちょっと聞いてくれ。お願いだ、ノア」コスメイヤーは言った。「その板を売っている建材店に行くための近道を教えてくれないか」

これ以上考えるのはよします。ちゃんと考えずに、カギあなからのぞく程度にしときます。それってどういうことなのかわかるでしょうか。カギあなからのぞけば、どんな変化がおきるのか。ものすごく広い部屋にいたら、ぜんたいを見わたすことはかんたんじゃないでしょ。でも、カギあなからそこをしばらくのぞいてたら、広すぎるとは思わないようになる。

つまり、見えすぎないところから見りゃいいってことです。

考えるのが苦じゃないころもあったけど、それは大むかしのこと。ドクターがあたしに話しかけ、いろいろおしえてくれ、なにかと世話をやいてくれていたころのこと。あたしはいつも考えてましたよ。考えることは増えるばかりでしたよ。いっぱいいっぱい考えましたよ。脳みそが少しずつ大きくなっていくように思ったくらい。でも、この町にうつってきて、ジジョーはいっぺんしました。

ドクターはなにもしてくれなくなりました。もう背のびをしなくていいと言うんです。そんなことをする必要はないと言うんです。たしかにひとには分というものがある。それで、言われたとおりにしました。分不相応なことは決してしないようにしたんです。身を低くして、決して決して顔をあげないようにしたんです。

ドクターは言いました。それはのぞましいことじゃないし、ホンイでもない。でも、そうしなきゃいけない。使い道のない知識を頭につめこんでもしかたない。

たぶん、そうなんでしょう。とにかく、ドクターはなにもしてくれなくなりました。でも、あたしはだまってましたよ。ドクターにさからったことなど一度も……ええっと、じつを言うと、一度だけありました。遠い、遠いむかしに。たぶんあのときに反抗のエネルギーを使いつくしたんでしょうね。一回のすったもんだで力を出しきってしまったんでしょうね。それに、ここでコトをかまえなきゃならない理由も見あたりません。

ムリをしなきゃ、汗はかかない。かんたんなことです。心のなかでカギあなをのぞいても、こまることはなにもありません。

これ以上は考えられません。そのための言葉も見つからないし。ドクターがあたしにいろいろおしえてくれていたころに言われたことですが、ひとは自分が知っているコトバでしか考えられない。コトバがあるから、話すことができる。コトバがあるから、考えることができる。コトバがなかったら、考えることはできない。ただ感じるだけ。

ひもじいとか、さむいとか、あついとか、こわいとか、ぞっとするとか。よく感じるのは〝こわい〟と、〝ぞっとする〟で、ひとことで言うと〝ぞっとこわい〟。そのことをきちんと考えることはしません。ただ、感じ、それが消えることをのぞむだけです。でも、消えることがないことはわかってます。ぎゃくにもっとひどくなることのほうが多い。

あの子はいまおギョーギよくしてます。アイソよくふるまおうとしてます。そんな態度をとってるときは要注意です。いつおそいかかられるかわかりません。

このまえの晩には、夕食のあと台所にやってきました。気がついたときには、すぐ横にいて、ニコニコ笑いながら、調子のいい話をし、皿洗いをてつだうって言うんです。

「出てってちょうだい」と、あたしは言いました。「あたしにかまわないでちょうだい」

「そうかい。だったら、皿はこのままにしておこう。あんたの部屋に行こう、母さん。相談したいことがあるんだ」

「なに言ってんの。だめよ。あたしの部屋にいれるつもりはないわ」

「本気で言ってるんじゃないだろ。あんたはぼくの母親なんだぜ。母親なら息子の悩みに耳を傾けるのが普通じゃないか」

それで部屋にいれました。こわくてさからえなかったんです。あの子はこうと決めたらテコでもうごかない。そのときははむかわないほうがいい。

なにしろ、世界でいちばん心根のきたない男なんだから。とことんゲレツで、ガラガラヘビのようにヤな男なんだから。

あたしはベッドの上にあがって、かべによりかかり、両ひざをひきよせました。あの子はベッドのわきのイスにこしかけると、タバコをとりだして、あたしのほうをむき、すってもいいかとききました。

あたしはなにも言いませんでした。ただあの子を見つめ、だまって待ってました。

「おっと、ごめんよ、母さん。気がきかなくて」

あの子はタバコをさしだし、マッチをすって、火をちかづけました。あたしはタバコをくわえ、火をつけてもらいました。しかたない。こばんだら、なにされるかわからないもの。こばまなくても、なにをされるかわからないんです。

あたしがタバコを一すいか二すいしているあいだ、あの子はだまってました。そのあとようやく話しはじめました。そのとき、あの子はこっちを見てなかったので、タバコは指でにぎりつぶしてすてました。

「相談ってのはカネのことなんだけどさ、母さん。まとまったカネが必要なんだ。余裕があったら、貸してもらえないかな」

「バカな。どこからあたしにおカネがはいってくるというの?」

「どうしても二千ドルか三千ドルはいる。旅に出ようと思ってるんだ。心機一転のために。ふたりで、それなりの期間なんとか食いつないでいかなきゃならない」

「ほかをあたってちょうだい。あたしがそんなおカネもってるわけないでしょ。給料ももらってないのに。あたしにおカネをせびるなんておカドちがいよ」

あの子はしばらくのあいだあたしを見つめていました。あたしの頭のなかまで見すかしてるみたいに。いまにもおそいかかられそうでした。こばんだのは大きなまちがいだったんです。でも、ほかにどうすりゃいいんです。あの子と話をして、こばむ以外のなにができるというんです。

もう考えられません。

なにもできない。どうにもならない。

なにをするのもこわいし、なにもしないのもこわい。

あの子はずっとあたしを見つめたままだったので、もうどうなってもいいと思いかけたとき、こう言いました。だいじょうぶだよ、母さん。母さんがそんなカネを持ってるとは最初から思ってなかった。いちおうきいとこうと思っただけさ。息子がカネを必要としているのに、母親に助けをもとめなかったら、母さんだってあまりいい気がしないだろ。

なんというやらしさ。表むきはやさしくて、人あたりがいいけど、実際はいつも以上にいやらしい。

「母さんの言うとおりだよ。どこにカネがあるかはわかってる。もう少し正確に言うなら、どこにそれだけのカネがあるかってことはわかってる。問題は、そのカネを必要としているやつがもうひとりいるってことなんだよ。いまじゃなくても、この先まちがいなく必要になる。そいつとおれの立場は似たようなもんでね。そのカネがなければ、どっちも苦しい立場に追いこまれる。そういったときにはどうしたらいいと思う、母さん」

「はあ?　いったいなんの話をしてるの」

「悪いけど、それには答えられない。母さんを信用してないからじゃない。そういうことじゃまったくない。ここでくわしい話をしたら、母さんに迷惑をかけることになるからなんだよ。

話は漠然としていても、アドバイスはできる。意見を聞かせてくれ、母さん。自分が苦境からぬけだすためなら、もうひとりの男を出しぬいてもいいと思うかい」

あたしがどう思うかですって？　このあたしがなにをどう思うっていうの。なにを聞き、なにを話すっていうの。

あの子はあたしのすぐ目の前にいました。近すぎるくらい近い距離です。ほんとにいやらしいというか、狂ってるというか。でも、声は聞こえませんでした。何マイルもはなれているみたいに。

「おねがいだから、あたしにかまわないでちょうだい。どうしていつもあたしを困らせるの？　あたしがあなたになにをしたっていうの？」

「なにもしてないってわけじゃない。でも、たしかにそうだ。どちらかというと、何もしていないほうだろうね。よくわかった。それがおれの質問に対する答えってことだな。そういうことなんだな。ちがうかい、母さん」

「おねがいだから……おねがいだからこれ以上——」

「どんな場合でもそうだ。ちがうかい、母さん。しかたがない。守るべきものを守り、自分が自分でありつづけるためには、いくつもの厳しい要件をみたさなきゃならない。それを無視するのはかんたんだが、どんなに切羽つまっているときでも、そんなことをしちゃいけない。そんなことをしたら、べつの自分になっちまう。いまの自分の問題に立ちむかえず、その誇りをたもち、そこで充足することができないとしたら、どうやって別の自分を維持しつづけることができるのか。

もちろん、そんなことはできない。自分が自分であることのよりどころはすでにない。元々小さかったかもしれないけど、それがいまはまったくのゼロだ。自分が何者かもわからない。そうとも。あんたの言うとおりなんだ、母さん。的確なアドバイスに感謝するよ。こういうときにはやっぱり経験がものを言うんだね」

なんのことかさっぱりわからない。

わかりたくもない。

「そこで、もうひとつききたいことがある。おれはもう自分で自分を救えない。そんな段階はとうに通りこしている。としたら、おれはもうひとりの男を救ってやるべきだろうか。そいつの悩みを解決するために、邪魔者をとりのぞいてやるべきだろうか。おれには失うものがなにもない。その男は大いに助かる。実際のところ、その男はそれだけのことをする力をもっていない。もし自分でやったとしたら、大きな悔いが残るはずだ。結果は後味の悪いものになるはずだ。どう思う、母さん。おしえてくれ。そいつを救ってやるべきかどうか」

あたしがどう思うか？　そんなことはどうだっていいはずよ。おしえてくれ？　わかるわけがない。考えなくていい。

考えることなどできない。

あの子はだれかを殺す話をしてるんです。でも、そんなこと、あたしの知ったこっちゃない。

あの子はあたしを見て、片方の眉をあげ、まっしろな歯を見せました。しかめつらをして、ほほえんでいます。〝ぞっとこわい〟表情ですよ。顔を見たら、それはすぐにわかる。でも、二秒か三秒はわかりませんでした。そんときあたしが見たのは、どこからともなく飛びだしてきた絵のようなものでした。まるであたしの目からしみでてきて、あの子をおおいつくしたみたいです。あたしは――あたしは思わず笑いそうになりましたよ。

いまは考えることができます。〝しっかりしなさい、ハティ。どうかしてるんじゃないの？ この好青年が、自分の息子のどこがこわいのよ。いったいぜんたい……〟

でも、絵はすぐに消え、元のところへもどっていきました。心のなかの声の主もおなじです。あたしはいつものあたしにもどりました。なにも考えない。なにも見ない。いつもの小さなカギあなから見えるのは、底なしにゲスな若者の姿だけ。

むかしからそうでした。むかしからそれを見てきました。もちろん、実際になにかをしたわけじゃありません。あの子は大きく、強くなるまで待っていたのです。でも、あたしにはわかってましたよ。ときどきそういうところを見せるんです。どんなにアイソよくしてるときでも、どんなに親しげにしてるときでも、とつぜん予想外の表情を見せる。それを目の前につきつけるんです。

「どうしたんだい、母さん。質問に答えてくれないのかい」

「出てってちょうだい。どうしてあたしにそんなことができるの？　あたしは――」

「そりゃそうだ。普通ならできない。他人にアドバイスできるようなことじゃない。本人が決めなきゃならないことだ。ありがとうよ、母さん。相談にのってもらって、どれだけ気が楽になったか。でも、あんたは少し疲れてるようだ。おれは……」

あの子は立ちあがり、ベッドに片ひざをついて、あたしのほうに身をのりだしました。まっしろい歯を見せてほほえみ、茶色い目で見つめ、そして……

こうなることは最初からわかってました。これまではお遊びで、ニコニコし、おギョーギよくしてたけど、本番はここからです。ヒレツななにか。いやらしいなにか。そうに決まってます。ほかには考えられない。なにも考えられない。いつもの小さなカギあなのことしか考えられない。

どうしたらいいのか。この家は一ブロックほぼ丸ごと占めています。どんなに大声でさけんでも、だれにも聞こえない。さけんでもむだ。どのみち、さけぶことなんかできません。こわすぎて。なにもできない。いまはだまって祈るしかない。あの子のすることがそこまでひどくないようにって。たえられないほどのものじゃないようにって。

動けない。からだが凍りついたみたいに。冷たく、かちかちになっている。ほとんど何も見えない。白っぽいものが顔に近づいてくる。もう完全になにも見えない。おでこになにかがおしつけられる。やわらかくて、あったかい。

それはすぐに消えました。なんとか目をあけたとき、あの子はベッドからおり、床の上に立ってました。

「おやすみ、母さん。ゆっくり休んでくれ。なにも心配することはない。結局のところ、心配することなんかなにもないんだ。そうだろ」

あの子はそこに立って、笑ってました。今度こそ本当におそいかかるつもりにちがいない。これまではお遊びだったけど、これからはちがう。こわい思いはもうじゅうぶんにさせられた。今度はおそいかかられる番。

あの子はふりむいて、部屋から出ていきました。ドアは静かにしまりました。でも、だまされるもんですか。あの子はどこかに身をかくして、待ちぶせしてるにちがいない。まちがいない。なにかたくらんでるんでなかったら、どうしてあんなことをしたのか。どうしてあんなおしゃべりをしたのか。どうしてあたしのことを〝母さん〟と呼んで、歯のうくようなことを言い、おやすみのキスまでしたのか。

はん！　あの子のことはよくわかっている。あの子のヒレツさは長いこと見てきている。なにかをたくらんでいるのはまちがいない。あたしにおそいかかろうとしているのはまちがいない。

玄関のドアがひらき、そしてしまる音が聞こえました。

車が走りだし、走り去る音がそれにつづきました。

あたしはとつぜん両手で顔をおおって、泣きだしました。あの子はあたしをおそわなかった。

これからもおそわない。そんなことは決してしない。

そんなことはできませんよ。

しても、なんのトクにもならない。

8　ルアン・デヴォア

月曜日の夜。ダンスホールは定休日だけど、もちろんラルフはこの日の夜もそこで仕事をしている。仕事はそこだけでなく、ほかのところでもしている。

陽が沈んだばかりで、八時を少しまわったころ。玄関のドアが静かに開く音が聞こえた。車の音は聞こえなかったけど、ラルフにちがいない。この家は遮音性が高い。ラルフはときどき裏口から帰ってくるけど、そのときには車の音は聞こえない。

わたしはベッドの上で身体の向きを少し変え、聞き耳を立てた。それから声をかけた。「ラルフ?」

返事はなかった。もう一度呼んだけど、やはり返事はなかった。そのとき、わたしの口はほころんでいたし、わたしの声は笑っていた。

ラルフにはお茶目なところがあってね、よくいたずらをして笑わせてくれるの。退屈でつまらないというひともいるけど、本当はその逆。おバカだけど、かわいい子犬みたい。笑っているうちに胸がきゅんとして、抱きしめたり、撫でてやったりしたくなる。

女の子にもてるのは当然よ。見た目とか若々しさのためだけじゃない。いちばんの理由は、いっしょにいて楽しいから。ラルフは愉快で、優しくて、素朴で……

「ラルフ!　返事をしなさい。いけない子ね。返事をしないと怒るわよ」

返事はない。ラルフじゃないかもしれないけど、とにかく返事はない。床がきしむ音が聞こえた。だんだん近づいてくる。ゆっくりと階段をあがってくる。

階段がきしむ音だけで、足音は聞こえない。誰なのかわからない。

わたしはもう一度声をかけた。そして、ベッドから足をおろし……そこで固まってしまった。怖くって身体に力が入らない。どうにもならない。

電話は故障している。いまそこにいる者はそのことを知っているにちがいない。叫んでも無駄だ。部屋のドアに鍵をかけたら、袋のネズミになってしまう。この部屋に閉じこめられたら、助かる可能性はいま以上に小さくなる。

わたしは立ちあがって、恐る恐るドアのほうに一歩を踏みだしたけど、それ以上は前へ進めなかった。だから、その場で立ちどまって、部屋のなかをゆっくりと見まわした。そうすると、とつぜん落ち着きが戻ってきた。

自分の身は自分で守らなきゃ！　わたしは自分に言い聞かせた。自分の身は自分で守らなきゃ！

だったら、どうすればいいのか。

コシーはシーズン最初の日曜日にうちに来た。わたしが電話をかけて、来てくれと頼んだのよ。こっちは、いつでもいい、そちらの都合のいいときでかまわないと思っていたけど、すぐにやってきた。もちろんわたしのためじゃない。あの種の人間が一銭の得にもならないことをするわきゃない。行けば、その場にラルフもいて、卵や果物や野菜なんかをもらえると思ったんだろうね。

いやいや、それはちょっと言いすぎかも。いくらなんでもそこまでこすっからくはないだろう。そこまで欲得ずくで動くとは思えない。わたしが緊急の要件だと言ったせいもあるにちがいない。いずれにせよ——

いずれにせよ、お金のことをそんなに気にする必要はないはず。あの男に法外な弁護士料をふんだくられていなかったら、わたしだって気にしないだろう。ちょっと気を昂ぶらせていたからといって、こんな哀れな、弱い、病気の年寄りをどうしてあんなに責めなきゃいけないのか。

あのとき、コシーはひどく意地悪で、無礼だった。ま、いつもそうなんだけど。何も心配することはないの一点張りよ。わたしは帰れと怒鳴りつけてやった。もっとまえにそうすべきだったのよ。あの男にまつわるよからぬ噂はいろいろ聞いている。あの男はまわりの者をどれだけ裏切ったり、だましたりしてきたか。誰から聞いたかは言えないけど、町じゅうでそういう噂が流れている。火のないところに煙は立たない。

いずれにせよ、コシーはひとを虚仮《こけ》にしただけじゃない。あのアドバイスはまったく的を射ていない。心配しないでいいわきゃないんだから。そんなことはないと言われて、一瞬そうかと思ったけど、とんでもない。わたしにはよくわかっている。シーズン二日目には、もう気がついていた。ラルフの話し方や行動や目つきでわかった。それがことのはじまりよ。

あの日、ラルフは夜遅く帰ってきた。正確に言うと、特に遅く帰ってきた。いつもその日の仕事を全部すましてからでないと帰ってこないのよ。わたしは日中グーグー寝ていたので、その時間にもまだ起きていた。

ラルフはわたしの夜食をつくり、自分は疲れすぎているので食べないと言った。そして、そのままベッドに入ろうとした。わたしのことなどお構いなしに。わたしは一日中ひとりでいて、どれだけ淋しかったかを涙ながらに訴え、おしゃべりに無理やり付きあわせた。

話をしながら様子をうかがっていると、ラルフが避けつづけている話題があることに気づいたの。それで、また不安がぶりかえしてきた。また怖くなりはじめた。

一晩中ほとんど一睡もできなかったわ。それ以降は眠れない夜がずっと続いた。ラルフが元のラルフに戻ってくれなかったから。どんどん反対方向へ行ってしまうから。

その週末には気が狂いそうになっていた。コシーに電話をかけようと思ったけど、そうする必要はなかった。向こうからやってきた。考えたら当然のことよ。あの男はみすみす金蔓を失うようなことをするわけがない。できれば、請求書の山を築いて、ここの土地家屋を差しおさえたいと思っているくらいだから。

とにかく、コシーはここに来ずにはいられなかった。わたしがその気になればどうするかわかっていたから。いまのところはまだ誰にも何も——というか、ほとんど何も話していない。でも、おかしな真似をしたら、倍がえししよ。

わたしは少し泣いてから、ラルフのことを話した。コシーは椅子にすわって、わたしをじっと見つめていた。哀れな、弱い、病気の年寄りではなく、珍しい動物を見ているような目で。それから、養食らえさ、と言った。

「お願い、コシー。何度も言ってるでしょ。言葉づかいに——」

「わたしが自分の言葉にどんなに気をつけていると思う？　少なくとも、きみが口にしない言葉はひとつも使っていないつもりだよ。本当なら、きみの顔色をうかがいながらしゃべる必要などどこにもない。それでも——」

「わかったわ、コシー。わたしは年寄りよ。どうしてもというなら、とめはしないから、好きな言葉を使えばいいわ」

「ルアン。頼むから——やれやれ、まいったな」コシーは両手をあげた。「まあいい。きみの話をわたしが正確に理解しているかどうか確認させてくれ。ラルフは毎晩その娘と会っている。それは間違いない。でも、寝てはいない。きみはそのことに引っかかっている」

そう、その娘とは寝ていない、とわたしは答えた。「以前はそんなことなかったのよ。いつも正直に話してくれていた。家に帰ると、その日何があったのか包み隠さず話してくれていた」

「つまり——つまり、きみはそれを望んでたってことかい。浮気をされてもかまわないってことかい」

「い、いいえ。そんなことはない。でも、仕方がないでしょ。だって、わたしは——わかるわね。

正直に話してくれてるかぎり……」

　コシーの目に変てこな表情が浮かんだ。胃にさしこみを覚えたのかもしれない。それから、きみはそれを楽しんでいるんだな、といったようなことを言った。

「いや、気にしないでくれ。多少の混乱はあったが、おおよそのところはわかった。ラルフはその娘と付きあっている。肉体関係はない。きみの考えでは、それは恋に落ちたことを意味している。としたら、気が変わって、その娘ともっと深い関係になったら、問題はなくなるのかい」

「お願い。ふざけないで、コシー」

　コシーは肩をすくめた。「わかったよ。ラルフは恋をしている。これからもその気持ちは変わらない。もちろん、それは愉快なことじゃない。でも、だからといって、ラルフがきみの殺害を計画しているってことにはならないだろ」

「なるのよ！　なる可能性があるのよ。わたしは――わたしは……」

「それで?」コシーは眉を寄せた。「どうしてそんなことになるんだい。その話はこのまえすんだと思っていたがね。ラルフには離婚という手がある。自分から出ていけばいいだけの話だ。このまえはそれで納得したはずだよ」

「そりゃ、そうかもしれない。たしかにそうよ。それはわかってる。でも――でも……」

「なんだい」

　コシーはわたしを見つめた。悪党の目で。正直者の目はきょろきょろ動く。やましいところがなきゃ、こんな鋭い目でひとを威圧する必要はない。こんな目をするのは悪党に決まっている。

「まあいい。言いたくないなら、言わなくてもいい。わたしの口じゃない」

「でも、ちがうのよ。このまえ話したときは、それでよかったの。あのときは、それほど真剣だとは思わなかったから。わたしは――」

「いまは真剣だと思ってる。それでも、ラルフは出ていけるし、離婚もできる。やはり殺人には結びつかない」

「そりゃそうだけど……こんなふうに考えたらどうかしら。シーズンはあと二カ月で終わり、当然あの娘は町を出ていく。もしラルフが何かをたくらんでいるとしたら、そのときまでにすませなきゃならない。だから……だから……」

少し間があった。それからコシーは顔をしかめて、帽子に手をのばした。

「待って！　まだ話はすんでないわ、コシー。ラルフのことをこんなふうに話さなきゃならないのは本当につらいことなんだけど、動機があるのよ。どうしてラルフがわたしを……」

コシーはうんざりしたような顔で咳払いをした。「もちろん。気持ちはわかる。でも――」

「でも、動機がある。この屋敷の資産価値はさがったけど、それでもまだ五千ドルか六千ドルにはなる。もしかしたら、一万ドルとかになるかもしれない。ラルフがお金を必要としていて、わたしが死ぬまで待ちきれないとしたら。そこまで情け知らずで、身勝手だとしたら……」

コシーは目を細め、まばたきをした。それから、ゆっくりとうなずいた。

「なるほど。可能性はあるな。ラルフにしたら大金だ。このところ稼ぎもあまりないようだし。言っても詮ないことかもしれないが、もしラルフが何かたくらんでいるとしたら、責任の一端は間違いなくきみにある」

「どうして？　わたしは嘘をついてるわけでもなんでもないのよ。それに、ラルフはそんなことでわたしを責めたりしない。わたしが言いたいことの半分も言ってないってことも知ってるし、そもそも——」

「わかった、わかった」コシーはため息をついた。「だったら、それはそれでいい。ラルフはきみを殺したがっているとしよう。その場合、動機はふたつある。ひとつはその娘と新しい生活を始めるためで、もうひとつは不動産を処分して現金を手に入れるためだ。それで、わたしにどうしろと言うんだね」

「それは、その……」

わからない。どうしたらいいかなんてわかるわけがない。それを考えるのが弁護士の仕事でしょうが。これまでどれだけのお金を貢いできたと思ってるの。お金をくすねとった現場を見たわけじゃないけど、言いたいことは山ほどある。

「とにかくもう少し考えたほうがいい」コシーは言った。「数日様子を見て、あらためて話しあおう。それから、あともうひとつ言っておきたいことがある。きみの虚言癖についてだ——いいや。いいから黙って話を聞くんだ。笑いごとじゃない。放っておいたら——」

「嘘なんかついてない。本当よ、コシー。文句があるなら言えばいい。わたしは――」

「きみはいつ誰に殺されてもおかしくない。嘘じゃない、ルアン。それが世間というものだ。きみを殺したいと思っている者は大勢いる。この町の住民のほぼ全員といっていい。そのうちのひとりが実際に手を下したとしても、誰も驚きはしないはずだ。だから、これ以上おかしなことはしないほうがいい。わかるな。できれば、ここで一気に汚名を返上するんだ。むずかしいかもしれないが、やってみる価値はある。自分が嘘をついていたことを認め、これまできみに傷つけられた者たちに謝罪するんだ。電話は悪いことにしか使えないものじゃない」

誰がそんなことするか。そんなことをするくらいなら死んだほうがましよ。そもそも、わたしは嘘などついていない。もしかしたら、わたしの罪のないジョークにいらだっている者はいるかもしれない。でも、わたしは本当のことしか言っていない。本当のことを言われただけで、ひとを殺そうとする者などいない。いたら、わたしはとうの昔に殺されていたはず。それに、電話でのおしゃべりができなくなったら、わたしはどんなふうに一日を過ごしたらいいのか。一日中何もしないでゴロゴロしていろというのか。そのあいだ、誰ともおしゃべりをしちゃいけないというのか。

それがどれだけ馬鹿げたことであるか説明しようとしたけど、無駄だった。コシーはろくに話を聞きもせずに、わたしを見て、ため息をつき、首を振った。

「わかったよ。どだい無理な話だってことだな。まあいい。じゃ、数日後にまた」

コシーが帰ると、少し不安になった。ラルフ以外にも、わたしを殺したがってる者がいるなんて。でも、そんなことをここで考えても始まらない。ひとりの人間の不安の容量は限られている。ラルフだけで限度はすでに超えている。

じつを言うと、コシーに話したことは全部じゃない。いちばん大事なことは話していない。コシーはその週の後半にまたやってきた。次の週も、その次の週もやってきた。そして、この日の朝もやってきた。でも、なんの役にも立たなかった。そのアドバイスはとうてい受けいれられない、愚にもつかないものばかりだった。

ラルフが普段とちがったことをしたり、言ったりしたことはなかった。以前と同じでないのはたしかだけど、これと指させるものは何もなかった。表面上はこれまでどおり優しく、思いやり深かった。としたら、何をどんなふうに裁判所に訴えたらいいのか。接近禁止令を出してもらうことなど到底できっこない。もちろん、しかるべき理由が揃っていたとしても、裁判所に訴えたりはしないだろう。そんなことをしたら、そこで全部終わってしまうから。希望の最後のひとかけまで打ち砕かれてしまうから。コシーに仲裁を依頼しても、結果は変わらない。郡政委員に話を持っていっても同じこと。

そんなことをしたら、ラルフに同情してもらえなくなる。哀れんでもらえなくなる。その途端、ラルフは独自の道を歩みはじめる。いまは自重していることを好き勝手に実行に移すようになる。とにかく、コシーは使えない。本当になんの役にも立たない。わたしは誰からも愛されない病気の年寄りで、おかかえ弁護士は、これまで何千ドルも貢いできたのに、まったくの能なしときている。

その無能な寸足らずの弁護士は、なんと拳銃の用意までした。リボルバーだ。用心のため持っておけとのことだった。もちろん、わたしは手を触れたくもないと言って拒んだ。

「やめてよ。冗談じゃない。こんなものいらないわ。銃には事故が付きものよ。わざとなのに偶然のように見せかけることもできる。そんなものを持ってることを誰かに知られたら、いつ事故が起きるかわからないようになるわ」

「でも、ルアン、ほかにどんな手立てがある？　ほかに何ができる？　とにかく持っておいたほうがいい。いつでも手に取れるところに置いておくんだ。何かあったときに使えばいい」

「それって、どういうこと？　わたしに人を殺せと言ってるわけ？　ふざけないでよ、コシー。わたしがそんなことをすると思ってるの」

「いやはや。まいったな。いっそのこと、わたしがこの手できみを殺したいよ」

コシーは悪たれ口を叩きながら帰っていった。

そして、この日の朝ふたたびやってきた。

やはり用心すべきはラルフではなく別の者だ、とのことだった。何もわかっちゃいないくせにとわたしが言うと、コシーは旋毛《つむじ》を曲げた。自説は曲げなかった。

「いいかい、ルアン。いくら考えても、ラルフがこの家を売って得られる数千ドルのために人殺しをするとは思えない。そもそもラルフは人殺しをするような人間じゃない。それに、その程度の金じゃ割りにあわない」

「ぜんぜんちがうわ。ラルフみたいに最初から何も持っていない者は――」

「いいや。ラルフは驚くほど慎重で手堅い。太陽が東からのぼることにすら、オッズが一〇〇〇対一にならないかぎり賭けないだろう。よほど大きな見返りがなければ、危険はおかさない。ラルフは――いや、きみの話はあとで聞く。まずは人物鑑定からだ。ラルフは二十年以上もこの町で種々雑多な仕事をしてきた。雇い主の多くは別荘の所有者で、多少の金品をくすねとられるのはむしろ当然のことだと思っている。でも、ラルフがそういった不正を働いたことがあるか。水増し請求をしたり、仕事場から備品を持ちかえったり、ガソリンやオイルをくすねとったりしたことがあるか。ああいった仕事をしていれば、出来心が起きても不思議じゃない。でも、ラルフがそんなことをしたことがあるか。いいや。一度もない。何年ものあいだ――」

「もちろんあるわ。ないはずはない。いま乗っている車だってそう。あの車をどうやって手に入れたか知ってるでしょ」

「べつに人殺しをしたわけじゃない。リスクもおかしていない。この二十数年でやったズルはたったひとつだけ。それがあの高級車だ」コシーはゆっくりと首を振り、目を細めて、意地悪そうな笑みを浮かべた。「バカなことを言っちゃいけない。ラルフがこの家のためにきみを殺したりしないことは百も承知のはずだ。本気でそう思っているのなら、譲渡書にサインをすれば、それで片はつく」

「どうしてそんなことをしなきゃいけないの。それって歯止めがなくなるってことなのよ。ラルフを娘の腕のなかに放り投げるのと同じなのよ」

コシーは肩をすくめた。「それで？　いまのきみにどんな選択肢があるというんだね。ラルフにどんな選択肢があるというんだね。いまのままで、きみたちはどうやってやっていけると思う？」

「いくらでもやっていけるわ！　わたしたちは——わたしたちは……」

「どうなんだい。どうやってやっていけるというんだい。教えてくれ」

「それは——そんなことどうだっていいでしょ！　いい加減にしてちょうだい！　あんたほど意地悪で、いやな男は——」わたしはこらえきれずに泣きだしてしまった。ほんとにみっともない話。めめしい女は嫌いよ。

あの娘はこんなふうにしてラルフにすがりついたにちがいない。お涙ちょうだいってわけよ。そうやって同情をひいたにちがいない。ラルフは優しい心根の持ち主だ。ひとが悲しむのを見るのも、ひとに悲しい思いをさせるのも嫌ってる。ラルフがそばにいれば、悲しい思いをする者はいない。ラルフはいつもひとを楽しませてくれる。いつも優しく、愉快で——

そして、邪悪で、身勝手。今朝も以前とほとんど変わらなかった。もちろん上っつらだけだけど、もう少しでだまされそうになった。だまされたほうがいいと思ってたから。

「もういい、ルアン。事実を認めたほうがいい」

「やめてちょうだい。なんのことかわからないわ。いい加減にして。ほんとにいやな男ね！」

「いいかい、ルアン」コシーはわたしの肩に手をかけた。わたしはその手を払いのけた。「わからないのか。ラルフを抜きさしならない状態に追いこんだら、きみも同じように追いこまれることになるんだ。そのくらいのことがわからないのか。いいや、わかってるはずだ。だから、きみは怯えている。当然のことだ。ラルフから手を離すんだ、ルアン。追いこんだところから逃がしてやるんだ。でないと……」

「コシー。ねえ、コシー、ラルフがそんなことすると本気で思ってるの？　さっき自分で言ったじゃない。人殺しなどできるはずはないって……」

「やれやれ！」コシーは自分の額をてのひらで叩いた。「まいったよ！　わたしは――いいかい。頼むから本当のことを教えてくれ。きみはラルフのどんな弱みを握っているんだ。わたしはそのことを知っておかなきゃならない。わかるね」

「わ、わかってる。でも、無理よ。何もないんだから。おかしな言いがかりはつけないでちょうだい。人前で間違ってもそんなことを言いふらさないでよ。ただでさえ、あんたは――」

コシーはため息をついて、立ちあがった。そのときに、弁護士と依頼人の関係について何か言ったけど、そんなことはどうだっていい。おそらく、弁護士には守秘義務があるとかなんとかいうことなんだろうけど、そんなものは空念仏にすぎない。げんにコシーはいつもあちこちでわたしの悪口を言っている。わたしがしゃべっていることの倍はしゃべってるにちがいない。この家から出ていくたびに、わたしがどんなに年をとっていて醜いか、笑いながら触れまわっているにちがいない。

とにかく、コシーはなんにもわかっちゃいない。その言葉はいつも矛盾だらけで、一分まえとあとでは、言うことがまったくちがっていたりする。

ラルフは殺さないと言ったり、殺すと言ったり。ラルフには殺されないけど、ほかの多くの者に命を狙われていると言ったり。そのことひとつとっても、コシーの言うことがいかにいい加減なものかってことがよくわかる。この町の誰がわたしを殺すというのか。この町にいるのは、臆病で、嘘つきで、卑しいクズばかりだ。そんな度胸はない。動機もない。連中に恨まれるようなことは何もしていない。

誰も傷つけちゃいない。とりわけラルフは。なのにどうしていま……

どうして?

ラルフ? いま階段をあがってきているのはラルフなの。

なぜ返事をしないの。返事をしないでどんないいことがあるというの。そこにいるのはラルフなの? だとしたら、どうしてこんなことをしなきゃいけないの。

わたしを部屋からおびきだすため? としたら、出ていかないほうがいい。でも、出ていかないと……

きっとほかの者だ。ラルフがこんなことをするなんて筋が通らない。だったら、それは誰なのか。男なのか女なのか。いったいなんのために……

恐れているのか。不安なのか。まだ決心がついていないのか。こっちの出方をうかがっているのか。それとも、わたしを部屋からおびきだそうとしているのか。それはラルフなのか。それとも誰かがラルフを装っているのか。

それがわかれば助かるかもしれない。相手の決意がかたまるまえに、それが誰かわかれば助かるかもしれない。

出ていけば……出ていかなきゃ。

神さま、どうか助けてください。命だけは救ってください。ほかは何も望みません。これまで何も望まなかったはずです。そんな大それたお願いじゃないはずです。

わたしは部屋から出た。

それが誰かわかった。

いまは落ちぶれてしまったけど、わたしは南部の誇り高い家族の血を引いてんのよ。直系のご先祖さまには南軍の偉大な司令官ロバート・E・リーがいて、こっちじゃ無名だけど、南部の誇り高い村に住んでいた。でもね、まだほんの小娘だったとき、ヤバイ男に恋をして、誇り高いパパの怒りを買い、身を切るように冷たい嵐の夜におっぽりだされてしまったの。それで、都会へ出ると、そこでまた別の落とし穴に落っこちちゃった。だからといって、間違ったことをしたわけじゃないのよ。致命的な誤ちをおかしたのは一回だけ。新しい職場では、いくらでもタダ酒を飲めたし、歌ったり踊ったりするだけで、お客さんから何やかやと贈り物をもらうことができた。ある夜、バンド・リーダーの男がお店へやってきて、わたしは何も知らずにホテルについていった。いやらしい下心があるなんてことには、まったく気がつかなかった。のこのことホテルについていったのは、ただ単にそいつに同情したからであり、病気の母とふたりの弟に仕送りをしないといけなかったから——

なんちゃってね。ぜーんぶ嘘。

ほんとは母も弟もいない。いるのはパパだけよ。そのパパに誇れるものは何もない。あったとしても、それが何かは知らない。このまえ便りがあったときには、密造酒づくりでまた地元の刑務所にぶちこまれていた。

パパは小さな安レストランを切りまわしていた。わたしはお酒を出す係で、どうしても新しい服を買わなきゃならないときなどに、お気にいりの客を相手に裏の仕事もしていたってわけ。それで、そのうちのひとりから淋病をもらっちゃってね。病気を治さないと仕事はさせない、とパパは言った。だから、家にあった十ドルを盗んで、フォートワースの近くの町へトンズラしたのよ。

自分にできるのはレストランの仕事だけだったけど、雇ってもらえなかった。なぜって、健康診断書がなかったからよ。病気を治さないことには、あたりまえだけど、健康診断書なんて意味ないしね。それで、所持金はすぐに底をつき、泊まるところもなく、もうダメかと思った。

そう思ったけど、ほんとは、宿代がなくてラッキーだったのよ。でないと、あの場末の安っぽいバーレスク・ショーの店で一休みし、考えごとをすることもなかったはずだから。

ステージには四人のコーラス・ガールがいた。ガールといっても、年はかなりいってるみたいだったけど。歌はわたしよりずっと下手っぴで、ダンスはただ単に身体をクネクネさせてるだけ。わたしはしばらくそれを見ていた。それから意を決して、マネージャーのところへ雇ってくれと頼みにいった。

オフィスへ連れていかれ、そこで歌と踊りを披露すると、気にいったけど、いまは人手が足りてるとニベもない。そのあと、マネージャーはウインクをして、別の話を始めた。一発十ドルでどうだってわけ。わたしは断わった。だったら二十ドル出すと言われたけど、それも断わった。そして、理由を話した。わたしだって、あんまり罪つくりな真似はしたくないもんね。すると、そのマネージャー、妙に感激して、こう言ったのよ。普通の女だったら、黙って金を受けとる。どこぞのクソ野郎に病気がうつっても知ったことじゃないと考える（これは本人が口にした言葉で、わたしはそれを繰りかえしただけよ。実際のところをありのままに伝えたいから。何も足してないし、何も引いてない。だいたい、わたしがそんな汚い言葉を使うわけないじゃん）。

とにかく、正直に話したのが幸いしたみたいで、結局わたしは雇ってもらえることになった。かわりにコーラス・ガールのひとりがクビになっちゃってね。悪いことしたなと思ったけど、あの年じゃどっちみちこの商売は長く続けられない。本人にそう言うと、いやというほどなじられた。なじられたけど、それだけのことよ。

給料をもらうと、わたしはすぐに医者にかかった。病気が治ると、そこからはわが世の春よ。それはしばらくのあいだ続いた。ショーを見にきた男は（女の客はほとんどいなかった）みんなわたしのファン。ほかの子がステージに立っているときでも、手を叩いたり、口笛を鳴らしたり、名前を呼んだりして、わたしの登場を求める始末でさ。そんでもって、いったんステージにあがると、簡単にはさがらせてもらえない。自分で言うのもなんだけど、みんなわたしに夢中だったのよ。いったい何人の男にデートに誘われたか。ほかの子たちみたいにサイドビジネスに精を出していたら、けっこうな稼ぎになったはずよ。でも、そうしなかったから、生活はあいかわらず楽じゃなかった。だって、あのマネージャーのしみったれぶりは、コインの白頭ワシが悲鳴をあげるくらいだったんだもの。それでも、とにかく副業はしなかった。気持ちが動いたことはあったけれど、実際にはただの一度もしなかった。

そういえばこんなこともあったっけ。そろそろ新しい靴を買わなきゃと思ってたとき、ショーウインドウに超かわいい一足が並んでてさ。値段は二十三ドル九十九セントからなんと十四ドル九十八セントにさがってる。こんな掘り出しものの前を素通りするなんてありえない。あの靴を自分のものにできないのなら、死んだほうがまし！　そんなふうに思いながらそこに立っていると、ショーの常連客のひとりが近づいてきて、買ってあげようと言ってくれた。でも、わたしは断わった。一瞬ためらったけど、やっぱり断わった。

わたしの本名はアグネス・タトルだけど、ショーに出るときの名前はちがう。最初はドロレス・デュボアみたいなクールな名前にするつもりだった。でも、ほかの者がみなファンション・ローズだのシャーロット・モンクレアだのというキラキラした名前をつけているので、自分はシンプルなものでいくことにした。そのほうがいい。かえって目立つ。ほかの者と似たり寄ったりの名前にしたら、こっちまであざとく、嘘っぽく見えてしまうもんね。

でも、ステージに立って半年ほどたったころ、その店は警察の手入れを受けて閉鎖に追いこまれたの。マネージャーはずいぶんな額の罰金を払わされ、町を去らなきゃならなくなった。コーラスガールの女たちはそれぞれ元の仕事に戻った。ろくな仕事じゃないけど、とにかく戻るところはあった。わたしにはなかった。

またウェイトレスの仕事に戻るというのは、ちょっとちがう気がした。もちろんウェイトレスだって立派な職業だけど、ペイは悪いし、仕事はきつい。ここまでのキャリアを考えたら、もう少しいい仕事にありつけてもいい、ありつけて当然だと思っていた。そう。そのときは、そんなだったのよ。自信満々ってわけよ。どんなことがあっても一流の歌手になってやると思っていた。いまは真逆に近い。まず第一に、ラグズ・マグワイアが言うように、歌がそんなにうまくないし、うまくなるとも思ってない。第二に、そんなことはもうどうでもいいと思ってる。ただラルフといっしょにいられるだけでいいと思ってる。いつまでも、いつまでも。そう、わたし、そうするつもり！　そのためには……

でも、そのことはあとで話すわね。

とにかく、そのときは、ほかの町へ行くお金もなかったし、フォートワース近辺にはろくな仕事がなかった。ていうか、いくつかあるにはあったけど、雇ってもらえなかった。その種の仕事はどれもかならずニューヨークの代理店を通さなきゃいけないので、どんなに経験があっても、どんなにルックスがよくても、どんなに素敵な衣装を揃えていても、洟《はな》もひっかけてもらえないのよ。あのときはマジ最悪だった。声だけじゃなく、服装やお化粧にもケバくならないよう気をつけてたし、言葉づかいにも注意してたけど、それだけじゃ足りなかった。だって当然でしょ。元手となるお金もなかったし、めざすものもはっきりとはわかってなかったんだから。

ラグズには買いかぶられていたってことよ。

ラグズに出会ったときには、ビアガーデンで働いていた。どうってこともない店で、どうってこともない仕事よ。基本的には歩合制だけど、ほかの娘たちと同じように店内をうろつき、客の相手をしてチップをもらい、あとは一晩に数回歌い、ステージに投げこまれる小銭をバンドのメンバーと分けあっていた。

ある夜、そこにラグズがやってきた。いいカモよ、と別のウェイトレスに耳打ちされたので、歌いおわると、すぐにそこへ行った。それが誰かは知らなかった。まさかジャズ界の大御所だなんて夢にも思っていなかった。ただ単に、ずいぶん気前がいいようだから、カモれるんじゃないかと踏んだだけよ。それに、ちょっとおもしろそうな男だったってこともある。

でも、ドジ踏んじゃった。大ドジよ。その夜だけじゃなく、翌日、歌のオーディションを受けて、契約を結んだときも。なんであんなふうになってしまったのかワケわかんない！　あのときのことを考えると、いまだに身がすくむ思いがする。でも、あんなことをしたのはお金のためだけじゃないのよ。もちろん、成功したいという気持ちはあった。でも、それ以上にラグズを喜ばせたかったのよ。求められていることをやってあげてるつもりだったのに、わたしがしなきゃいけないと思ったことに対して、メチャ気分を害したみたいだった。でも……

それ以来、相手にしてもらえなくなった。それ以来ゴミ扱いよ。説明することも、誤解を解くこともさせてくれない。本当にゴミとおんなじ。これからもずっとそうにちがいない。

仕方がない、とわたしは思った。わたしにもラグズと同じような家族がいて、同じような不幸に見舞われたとしたら（本人は認めようとしないけど）、折りあいをつけるのは簡単なことじゃない。でも、だからといって、この先ずっと仕方がないで通すわけにもいかないしね。ひとを見下すのをやめるつもりがないなら、そのときはそのときよ。こっちからも逆に見下してやる。

この数カ月のあいだに、ラグズはひとつだけいいことをしてくれた。この町へ来たときに、ラルフを紹介してくれたことよ。もちろん善意からじゃない。からかうつもりで、ラルフは大金持ちだとかなんとかわたしに吹きこんだのよ。でも、あのときだけはラグズの思いどおりにはいかなかった。出会った最初の夜に、ラルフは自分のことを正直に話し、わたしも同じように自分のことを正直に話したのよ。それで、おたがいに腹を立てたり、幻滅したりせずに、つまりラグズの思惑に反して、わたしたちは恋におちたってわけ。

自分のことを話しているラルフは超かわいかった。まるであどけない少年みたい。話を聞いているあいだずっと、腕をまわして抱きしめたくてならなかったくらい。そのときの話だと、これ以上この町では暮らしていけそうにないとのことだった。奥さんが町のみんなの鼻つまみ者になっているからよ。そうはいっても、生まれたときからここでずっと暮らしてきたので、ほかのところでやっていける自信はない。少なくとも、ひとりでは。わたしに会ったときにふと頭に浮かんだのは……そこまで言って、ラルフは言葉を途切らせた。でも、わたしにはよくわかった。言葉にしなきゃならないことがあるのと同じように、言葉にしなくてもいいこともある。

ラルフがどうやって話を続けたらいいかわからずに困っていたので、わたしはその手を軽く叩いて、こう言った。何も気にすることはない。それだけ、わたしのことを真剣に考えてくれてるってことね。すっごく嬉しい。もちろん、わたしもあなたが好きよ。でも、本当のことを知ったら、わたしを見る目は変わると思うわ。

たいていの男なら、黙っていればいい、気にすることはない、と言うところだけど、ラルフは話をそこで終わらせようとはしなかった。父親のようなむずかしい顔でうなずいて、こう言ったのよ。「本当のこと? わかった。だったら、話したほうがいいかもしれないね」

わたしは話した。いくつか言い忘れたことはあったかもしれないけど、話さなきゃいけないことはあらかた話した。話が終わると、ラルフはしばらく待ってから、続けてくれと言った。

「続けてくれって? これで全部よ」

「だったら、おかしなことはなんにもしてないじゃないか。少なくとも、きみを見る目が変わってしまいそうな悪いことはなんにもしてない」

もう……

涙で目がかすんだ。自分の顔が赤ん坊みたいにくしゃくしゃになってるのがわかった。そんなふうに気持ちが昂ぶり、どうしたらいいのかわからないでいると、ラルフは手をのばして、わたしの頭を胸に引き寄せた。

「それでいいんだよ、ハニー。好きなだけ泣けばいい」

わたしは泣いた。泣きに泣いた。涙が永遠にとまらないんじゃないかと思うくらいに。ラルフはこらえなくていいと言った。だから、思いっきり泣いた。それで、自分のなかの本来の自分でないもの——元々はそこになかったものが、きれいに洗い流されたような気がした。心が澄み、美しく、安らかになった。生まれてこの方、こんなに幸せを感じたことはなかった。

ラルフ……

彼のことを話しだすといつもバカみたいになるのはわかってるけど、どうしようもない。べつにそれでいいと思っている。いくら褒めても、褒め足りないくらいなんだから。まず第一に誰も見たことがないくらいハンサムだってこと。どんな映画スターよりずっと上なんだから。そうだ。この町を出たら、映画のオーディションを受けてみるってのもアリかも！　でも、それだけじゃない。性格もいいし、優しいし、包容力もあり——とにかく、どこもかしこも素敵なの。立派な大人だけど、少年っぽさもあって。恋人として申しぶんないけど、でもどこか父親のようで。

それからは毎晩会った。そのときに、これからどうしたらいいかを話しあった。肝心なところはいつも曖昧なままだったけど、そうする以外に方法はない。そもそもそんなに軽々しく扱える問題じゃないしね。

そう。あの糞ババアが離婚に応じてくれればいいのよ。でなきゃ、わたしが言ったみたいに、ラルフのほうが家を出てしまえばいい。そうしたら、離婚なんかどうだってよくなる。それはあのババアのほうから、それとなくほのめかしたことでもある。でも、問題はラルフが一生懸命働いて、コツコツ貯めてきたお金を手放す気はさらさらないってこと。折半にすることさえ考えていない。自分の部屋のベッドのマットレスの下にしまいこんで、それを奪いとるならまず自分を殺してからだとわめいているらしい。

かといって、裁判沙汰にするわけにもいかない。ラルフは帳簿をつけていて、いつ、いくら貯金にまわしたかわかるようにしている。でも、だからといって、そのお金がラルフのものだという証拠にはならない。彼女に頼まれて記録していただけかもしれないわけだから。それに、どっちにしてもすぐには決着がつかず、裁判は延々と続くに決まっている。得をするのは弁護士だけよ。

わたしが最初に言ったのは、お金なんかいらない、あの糞ババアにくれてやればいいということだった。でも、ラルフは納得しなかった。新しい生活を始めるにあたって、どうしてもあのお金が必要だと言うのよ。それでまたもう少し考えてみて、ラルフがそう言うのなら、それに反対する理由は何もないと思うようになった。

あれはラルフのお金よ。ちがう？　ラルフとわたしのお金よ。わたしたちのものはわたしたちのもので、それを誰かが横取りするのは許されることじゃない。

わたしはラルフに言った。この際、まわりくどいことはしないで、面と向かってはっきり言ったらどうかしら。なんなら、わたしのほうからぶっちゃけてもいい。それでも埒があかないときには、無理やりわからせるまでよ。でも、ラルフはあまりいい考えとは思わなかった。わたしもそう思う。

ババアはお金を銀行に預け、その上でわたしたちに脅迫されたと警察に訴えでるに決まってる。そのあと何かが起きたらどうなるかは誰にでもわかる。

わたしは自分がそう言ったことをあとで後悔した。実際のところ、やると言ったことも、それ以上のことも、わたしは本気でやるつもりだった。でも、実際にそんなことを口にするのはまずい。たとえわたしが女じゃなかったとしても、あるいは言ったのがラルフだったとしても、そんなことを口に出して言うのは——どういう意味かわかるわね。

つまり、そのときが来るまでは、おかしなことをせず、いつもどおりにしているべきだってこと。何をどうすべきかを話すのはいい。でも、そのものズバリというのはいけない。実際にその話をしていると認めちゃいけない。

そうしたら、おたがいに知らん顔をしていられる。おたがいに気まずい思いをすることもない。相手は年寄りで、病気がちで、町じゅうの嫌われ者だから、自分たちが何もしなくても、どんなことでも起こりうる。

自分たちが何をするかなんて、そのときが来るまで知らなくていい。

月日のたつのは早い。週は日《ひ》のように過ぎていった。気がつくと、シーズンは終わりに近づきつつあった。わたしたちはまだ話しあっていて、何も起きていなかった。

そして、あの月曜日の夜が来た。

ダンスホールは定休日だったけど、その日、ラルフはそこで働いていた。勤務時間は決まってなくて、仕事が終わるまで帰れない。もっとも、その夜は会うことになっていなかった。わたしが喉を痛めていたから。

原因はわからない。もしかしたら、寝ているあいだに隙間風に当たったせいかも。とにかく、たいしたことじゃなく、歌手でなかったら、ドクターを呼んだりしなかったはずよ。

玄関のポーチにすわっていたとき、ドクターが来た。なんとなく落ち着きがなく、険しい表情をしていて、喉の消毒が終わると、どうして最初に訪ねたときにいなかったのかと訊いた。

「このコテージを見つけだすのに三十分もかかったんだよ。やっと見つけたと思ったら——」

「ごめんなさい、ドクター。シャワーを浴びてたの。隣のコテージからわたしの名前を呼ぶ声とドアを叩く音が聞こえたので、すぐ外に出たんだけど——」

「なんだって? 隣のコテージ……?」

「そう。無人のコテージよ。ここの貸しコテージはほとんどがそうなの。そこからわたしの姿が見えたでしょ、ドクター。車は走りだしてたけど、ポーチから駆けおりて、叫ぶと、口と手が動くのが見えたから、いまは時間がないのでまた来ると言ったのかと思ったのよ」

ドクターは最初ぽかんとした顔をしていたけど、少ししてその目がきらっと光ったかと思うと、パチンと指を鳴らした。

「なるほど、そうだったのか。あのときは暗かったから……たしかあのときはバスローブを着ていたね。それから——ええっと、シャワーキャップをかぶっていたかな」

「そのとおりよ。バスローブにシャワーキャップ。シャワーから出たところだったから。ちがって見えたのは当然かも——」

「そんなことはない。どこも変わりはない。別のコテージの客だと思いこんでいなかったら、見た瞬間に気がついていたはずだよ。ええっと、あれは何時ごろだったかな」

八時ちょっとすぎじゃなかったかしら、とわたしは答えた。それくらいだと思う。空が暗くなりかけたころだとしたら。

「そう。それくらいだね、ミス・リー、きみの記憶力は賞賛に値するよ」

「あら。お上手ね、ドクター。でも、覚えてないほうがおかしいんじゃない。こんな素敵な紳士のことを忘れることがどうしてできると言うの」

わたしは上目づかいで微笑んでみせた。ドクターはにこっと笑い、咳払いをして、いい娘《こ》だと言った。

同じ言葉を何度か繰りかえしながら、ドクターは診察道具を片づけた。それから、お大事に、必要なときにはいつでも電話してくれと言った。

すごく親切で、すごく感じがいい。ラルフと同じように、包容力があって、普通の男と一味ちがう。電話を借りてもいいかと訊かれたので、もちろんと答えると、番号をダイヤルした。

「ハンクか？　ジムだ。ひとつ伝えておきたいことがあってね。例の件だが、心配することはない……いま思いだしたんだよ。あの時間のことはちゃんと説明できる。わたしを見たという女性がいるんだ。わたしの車とわたしの声に気づいて……えっ、誰だって？　そう、その女性だ。

まえに話したことがあるだろ。その女性が——なんだって？　どうして？　ああ、間違いない。さっきはうっかりしていたけど……」

盗み聞きしているように思われたくなかったので、わたしはそこから少し離れたドアの前に立っていた。ドクターは振りかえって、眉を寄せてわたしを見つめ、それから電話で話を続けた。

「ああ、わかるよ。でも、間違いない。見ている者がいなきゃ、見られることはない。でも……ああ、そうだ。わたしもそう思う。その一方で……そりゃそうだ。でないとおかしい。ほかに考えられない……そういうことだよ、ハンク！　その場合には……ハッハッハ、そいつはいい。じゃ、またあとで、ハンク」

ドクターは受話器を置いた。それから、往診カバンを手に取り、芝居がかった会釈をして、戸口を抜けた。ポーチで立ちどまると、振りかえって、わたしのほうを向いた。

「繰りかえしになるが、きみはじつに利口な女性だよ、ミス・リー」

「本当にお上手ね。あなたのような利口なひとに言われると、お世辞でも嬉しい」

わたしはまた上目づかいで微笑んだ。ドクターは振り向いて、そそくさと立ち去った。

なんかおかしい。一度目に来たところをわたしが見ていなかったとどうして思わなかったのかしら。実際のところ、見てなかったのよ。見たと言ったのは、ドクターがしかめ面をしていたので、さっきまで留守をしていたと思われたくなかったから。わたしが見たのは、ドクターの車が走り去るところだけ。いや、それが本当にドクターの車かどうかもわからない。

まあいい。単なる思いすごしかもしれない。どっちにしても、ドクターがわたしを見たと確信しているのなら、わたしが実際は見ていないと思う理由はない。

さささっとお化粧をしてから、ビーチに出て、海に背中を向けてすわった。しばらくして、ラグズ・マグワイアのコテージに明かりがついたので、そこへ歩いていって、ドアをノックした。

ラグズはベッドに腰かけて、お酒をラッパ飲みしていた。ここのところはいつも浴びるほど飲んでるけど、月曜日はマジで底がない。

「おやおや。誰かと思えば、ボインちゃんじゃないか。でなきゃ、ブリキの喉を持つアマっこかな。よく帰ってこられたな。それともまだ行ってないのか」

「なに言ってんのかわかんないし、そんなことはどうだっていいけど、これだけは言っておくからね。わたし、もうこれ以上ここにいるつもりはない。あんたほど卑劣で、憎たらしくて、汚らしくて――」

「ゲスで、ろくでなしで、好色で……いいからすわりな。そうしたらもっと多くの罵りの言葉を伝授してやる。そのかわり、今夜八時ごろどこにいたか教えてくれ」

「知ったことじゃないでしょ。夜はずっとコテージにいた。喉が痛くて、医者に来てもらったのよ。八時ごろとついさっきの二度。だからどうだっていうの?」

ラグズは目を大きく見開き、いきなり膝を叩きながら笑いだした。「ドクター・アシュトンのことか? きみたちふたりが――きみとドクター・アシュトンが! としたら、おれの知ってるチビの弁護士は火あぶりにされる。どっちが思いついたんだ。きみか、ドクターか」

「なんの話かさっぱりわかんない。でも、その時間にわたしがどこにいたかをそこまで知りたいのなら、こっちも同じことを訊かせてもらわなきゃね」

笑いは消えた。ラグズはボトルを床に置いて、そこにウイスキー以外の何かが入っているかのようにじっと見つめた。

「それがわからないんだ。自分がどこにいたのかわからないんだ、ダニー。とにかく、おれはひとりだった。ひとりでいた」

それから、怖いほど静かになった。聞こえてくるのは、ただ砂浜に寄せる波の音だけ。

喉におかしな感覚があった。あと二週間、シーズンが終わるまでここにいてもいいと言いかけたとき、ラグズが口を開いた。

「さっき、これ以上ここにいるつもりはないと言ったな。上等じゃないか。それでおれに一矢報いたつもりか」

それから立ちあがり、近づいてきて、両手をわたしの頬にあてがった。「本気じゃないんだろ、ダニー。おれだって本気じゃない。きみを手離したくない。愛してるんだ、ダニー」

ラグズは前かがみになって、額にキスをした。

わたしは言った。「ラグズ……ああ。いったいどういうことなの、ラグズ。わたしは——」

「でも、きみを引きとめることはできない。これ以上は給料を払えないんだ。わかるな。でも、きみはいままで見たこともないようないい女で、いままで聴いたこともないようないい声の持ち主だ。それでうまくやっていけると思っていた。そう願っていた。でも、いまは……いまはちがう。そんなふうには思っていない。わかるな、ダニー。きみが持っているものはひとつしかない。それが音楽だ。それだけじゃ足りないと言うなら――」

ラグズはわたしの顔から手を離して、腕に滑らせた。それからとつぜん顔をしかめて、わたしの身体を揺すった。「姿勢が悪い！　まったくもう。いったい何度言ったらわかるんだ。きみには脚がないのか。妊婦じゃあるまいに。まっすぐ立て」

わたしは謝り、教わったとおりの立ち方をした。

「よし、やろう。《スターダスト》だ。あの曲なら、きみでも歌える……おいおい、何を固まっているんだ」

「できない。無理よ。お願い、ラグズ。わたしは――」

ラグズは髪を搔きむしった。「わかった。行けよ。勝手にしろ――いや、待て。そこにすわれ。そうだ。そこだ。本物の《スターダスト》を聞かせてやる」

わたしは机のそばの椅子にすわった。ラグズはもうひとつの椅子にすわり、長距離電話をかけた。

回線がつながると、ラグズは耳から受話器を少し遠ざけた。

「やあ、ジェイニー。具合はどうだ？　子供たちはどうしている」

どんな返事がかえってきたかはわからない。音はしたけど、言葉のようには聞こえなかった。

どっちかというと、ひとの声というよりアヒルの鳴き声に近い。

「寝ているのか。まあいい。起こすことは……」

子供たちが目を覚ますことはない。永遠に。

「いいか、ジェイニー。ここにいるアマっこに歌を聞かせてやってほしいんだ……ジェイニー！聞こえてないのか。歌えと言ったんだぞ……そう。歌ってくれ。《スターダスト》だ。大きい声で。ここにいるアマっこはとんでもない音痴でな」

当然、歌うことなんかできなかった。鼻がもげ、舌がちぎれ、歯が根こそぎになり、義歯を入れるところもないのに、どうやって歌うことができるのか。でも、何かがカチカチ鳴ったり、こすれたりする音がしたあと、電話口から声が聞こえてきた。

素晴らしい《スターダスト》だった。三百万枚も売れたレコードが素晴らしくないはずはない。けれども、ラグズの顔はみるみる曇っていった。椅子の上で身をよじり、口の端にくわえた煙草が上下にせわしなく動きはじめた。

受話器は身体から少し離れたところで持っていた。ラグズはそれを見て、眉間に皺を寄せ、ゆっくりとフックのほうにおろしていった。受話器が自分から遠ざかるにつれて、その表情は和らいでいった。そして、それがフックにかかり、回線が切れたときには、もう眉間に皺はなかった。口もとには微笑が浮かんでいた。

あんな微笑は見たことがない。夢見心地の虚ろな微笑だ。片方の手はゆっくり上下左右に動き、片方の足は床を軽く叩いている。

「聞こえてるか、ダニー」ラグズは小さな声で言った。「音楽が聞こえてるか」

「ええ。もちろん聞こえてるよ、ラグズ」

「音楽は決してなくならない。わかるな、ダニー。音楽は決してなくならない……」

10　ヘンリー・クレイ・ウィリアムズ

面倒なことになりそうだなということは、あの日の朝テーブルについたときからわかっていた。リリーが言葉を発するまえに察知していた。たとえわたしと同じくらい長く姉とひとつ屋根の下に暮らしていたとしても、たいていの者は気がつかないにちがいない。でも、わたしはひと一倍注意深い観察者だ。どんな小さなことでも気がつく。どんなささやかな事象でも、それを仔細に観察し、解釈する。そしてその解釈は九割がた当たっている。この能力は自分で鍛えあげたものだ。ひとの上に立とうとしたら、誰だってそうしなければならない。もちろん、そうでないなら、無理にそんなことをする必要はない。この州で十六番目に大きい郡の検察官になるのではなく、小さな町の法律家として一生を終えるつもりなら、それはそれでかまわない。

食事をとっているとき、リリーが口を尖らしていることに気づいて、わたしは身構えていた。けれども、いくら待っても何も言ってこないので、こっちから誘い水を向けることにした。

「コショウが残り少なくなっているみたいだね。なんだったら、帰りに買ってくるけど」

「何を？　コショウを？　どうしてそんなことを言うの？」

「べつに。ふとそう思っただけさ。まだあるのかい。瓶のなかに？」

リリーはため息をつき、唇をすぼめた。何も言わずに、じっとわたしを見つめている。眼鏡が朝の陽光を受けてきらきら光っている。

「おやっと思ったんだよ。料理をしているときに、コショウを卵のひとつにしかかけなかったから……」

「コショウ入れはすぐ目の前にあるのよ。ちがう？　気がつかなかったの？」

リリーがいつも以上にいらいらしているのは、理由がある。わたしは言った。もちろん、気がついていた。卵の味は関係ない。

「好奇心も手伝ってね。いつもはどの卵にも同じようにかけるのに、今朝はそうしなかった。どうしてだろうと思うのは当然のことだろ」

「はいはい。あなたがコショウに目がないことはよくわかったわ。あなたのような大物にふさわしい大ごとってわけね」

「目がないなどとは言ってないよ、リリー。そんなことは言ってない。わたしの記憶が正しければ――その点は折り紙つきだと思うけど、わたしが使ったのは〝おやっと思った〟と〝好奇心〟という言葉だけだよ」

わたしはリリーにうなずきかけ、それから卵を一口食べた。

リリーは唇をひきつらせ、震える声で言った。「じゃ、おやっと思ったわけね。好奇心を掻きたてられたわけね。変だなと思ったってわけね。わたしがコショウを卵のひとつにしかかけなかったので、おやっと思って、好奇心を掻きたてられたわけね。だったら、わたしがおやっと思って好奇心を掻きたてられたことを教えてあげるわ。それはね、この州で十六番目に大きい郡の検察官が、その職を失ったらどうなるのかってことよ。この秋の選挙が終わったら、ミスター・ヘンリー・クレイ・ウィリアムズ、あなたは失職しているのよ」

タイミングをはかって話していたように、最後の言葉を言い終えたのは、わたしがコーヒーで卵を喉に押し流しこむのと同時だった。わたしはむせ、顔が赤くなるのを感じた。卵とコーヒーの嚥下方向がちがっていて、窒息死するのではないかと思った時間がしばらく続いた。

ようやく口がきけるようになると、わたしは言った。「な、なんてことを。冗談じゃない、糞ったれ。いったい全体——」

「ヘンリー！　ヘンリー！　この家でそんな言葉を使うのはやめてちょうだい」

「そっちこそあんまりじゃないか。口がすぎる。わたしがいままでずっと……いままでずっと郡検事の職にとどまりつづけることができたのは——」

「わかった。わかったわ、ヘンリー。でも、わたしが警告したことを忘れないでね」

リリーは立ちあがって、テーブルを片づけはじめた。食欲はすでになくなっていたが、わたしはまだ朝食を食べおえていない。なのに、まったくおかまいなしだ。

今日はエプロンの下の膨らみが一段と大きく見える。けれども、リリーがこっちを向いたので、わたしは素早く目をそむけなければならなかった。本当に困ったものだ。いつもそこにあるのに、見ることもできないし、話題にすることもできない。少なくとも、並みの人間にはできない。でも、わたしのように慣れていれば、そして鋭い観察眼の持ち主であれば……

リリーの眼鏡はきらきら光っている。でも、レンズは曇っている。眼鏡の手入れもできないのに、預言者きどりだ。

そこんところを突ついてやろうと思った瞬間、リリーは皿を持って台所のほうへ歩いていった。そして、それからしばらくして戻ってきたときには、そんなことをするのは利口じゃないと思いなおすようになっていた。火に油を注いでも、火を消すことはできない。それがわたしの信条であり、これまではつねに有効だった。けれども――

失職する！　選挙に負ける！

リリーはふたたびテーブルにつき、まっすぐ前を向いて、わたしが何か言ったかのようにこくりとうなずいた。

「そうなのよ、ヘンリー。そのとおりなのよ。少しでも考える力があれば、わたしにわざわざこんなことを言わせる必要はなかったはずよ」

「いいかい、リリー。わたしは――」

「少しでも考える力があればね。あるいは、聞く気があればね。自分自身の声や考えだけじゃなく、この州で十六番目に大きい郡でいちばん大きな自尊心を傷つけるような話を聞く気があればね。あなたはバカよ、ヘンリー。あなたは――」

「バカ？　でも、眼鏡の拭き方くらいは知ってるよ」

眼鏡がまたきらっと光った。その向こうで、目が一瞬固く閉じられた。そして、薄く開いた。

鼻がひくつき、鼻腔が膨らんだ。爆発寸前ということだ。

「聞いてちょうだい、ヘンリー。これは自分のために言ってるんじゃないのよ。わたしはあなたの姉で、子供のころからあなたの世話をし、人生の大半をあなたに捧げてきた。でも、そんなことは考えなくていい。ゴシップをばらまかれ、陰口を叩かれ、恥ずかしくって外を歩けないとしても、そんなことを気にすることはない。わたしはあなたが心配なだけなのよ。これまでずっとそうだったように。だから、しっかりしなきゃと言ってるのよ。でないと、選挙に負ける。愚かで、能天気で、傲慢で、優柔不断な太っちょじゃ、選挙に勝てないのよ！」

言葉が途切れたときには、息が荒くなり、胸が大きく膨らんだりしぼんだりしていた。わたしは言いかえそうとしたが、そんなことをしても意味がないことはわかっている。選挙に負けるわけにはいかない。そう。絶対に負けるわけにはいかない。けれども、そのための手立てがないとしたら――

「そうよ、ヘンリー、あなたにはできるのよ。わたしの言ってることが正しいってことはわかってるでしょ。あなたには正しい判断ができないってこともわかってるでしょ。あなたは――ひとが話してるときは黙って聞きなさい。いいこと、ヘンリー」

「まだ何も言ってないよ。これから何を言おうとしていたかというと――」

「愚にもつかない戯言《たわごと》よ、あなたが言おうとしているのは。要するに、ルアン・デヴォアのことなどこの町の誰も気にしていないってことなんでしょ。でも、そんなことはない。彼女の言葉を真《ま》に受けている者はいないにしても、頭の片隅にとどめていて、あれこれ思案をめぐらしている者は大勢いる。そもそもの話、弱腰で無能な者に公職につく資格はないってことは、あれこれ思案をめぐらさなくてもわかる。あなたは忘れているようだけど、選挙に勝つためには町の住人の票だけじゃ足りないのよ。農家の票もいる。そのひとたちには、ルアン・デヴォアが撒き散らしているあなたの――そして、わたしの噂が嘘だっていうことを知るすべがない」

「いいや、ある。腫瘍ができたのはずっとまえのことだ。腹がこれ以上膨らまず、結局何もなかったとわかれば、そのときには――」

わたしはそこで言葉をのみこみ、うつむいて、しばらく皿に視線をとどめておこうとしたが、何かのせいですぐに顔をあげざるをえなくなった。

リリーが黙って見つめていた。椅子にすわり、見つめ、そして待っている。まだ待っている。まだ……まだ……まだ待っている。

わたしはナプキンをテーブルの上に放り投げて、立ちあがった。

そして、電話の前に歩いていって、受話器を取り、デヴォア宅につないでくれとオペレーターに頼んだ。カタカタとかコトコトとかいう音がひとしきり続いたあと、電話はつながらないという返事がかえってきた。

「つながらない？　本当に――」

わたしの手からリリーが受話器を奪いとった。「デヴォアさんの電話にはつながらないんですね……わかりました。ありがとう」

リリーは電話を切り、受話器を置いた。わたしを疑ったことに一言あってもいいはずなのに、何ごともなかったかのように、電話をかけられないとしたら次はどうするのかと訊いた。

「もちろんいますぐルアンのところへ行く。自分が電話の修理屋だったらね」

リリーは額を指で押さえた。「こんなところで冗談を言うのはやめてちょうだい。お願いだから、ヘンリー」

「だったら、電話がなおるのを待つしかない。当然ながら。あとでオフィスからもう一度かけてみるよ」

リリーは首を振った。「今日中になおらなかったら？　やっぱり出向いていったほうがいいんじゃないの、ヘンリー。面と向かって、ガツンと言ってやるのよ。嘘をつくのをやめ、おおやけの場ですみやかに謝罪しなければ、名誉毀損の容疑で訴えるって」

「い、いいや。そんなことはできない。病気の老婦人のところへ捩《ね》じこみにいくなんて。世間体ってものがある。どんなひどいことをしたにせよ、相手は女性だし、年をとっているし、病気だし。こっちは男だし――」

「そうなの？　だったら、もう少し男らしく振るまったら」

「どっちにしても、それは違法行為になる。どんなトラブルに巻きこまれるかわからない。わたしは公務員だ。公私の区別をしなければ――わかったよ。そうやって、いつまでも首を振っていればいい。ひとに何かしろと言うのは簡単だが、それを自分でやるとなると、話はまたちがったものになる。そう思わないか」

リリーは顔をそらした。「わかったわ、ヘンリー。悪いけど、ルアンの家まで車に乗せていってもらえる?」

「もちろん。お安いご用——えっ? いまなんと言った?」

「自分で会いにいくと言ったのよ。これ以上は嘘をつけなくなるよう話をつけてくる。車に乗せていってもらえないんだったら、歩いてでもいく。わたしは、わたしは——」

とつぜんリリーは泣きだし、しゃくりあげはじめた。先ほどまでの冷酷さと冷静さは消え、別人のようになっている。

何十年かまえ、ふたりとも子供で、農場にいたときにも、同じようなことがあった。その日、わたしたちは牧草地へニワトリの卵を取りにいった。巣を見つけて、リリーがそこにあった卵に手をのばしたとき、ガラガラヘビが奥のほうから鎌首をもたげた。そのあと信じられないことが——

リリーは叫びはじめた。それは普通の叫び声ではなかった。怖かったり、痛かったりしたときなどにあげる悲鳴ではなかった。狂っているのではないかと思うくらい荒々しく、叫んでいるというより、怒鳴っているといったほうがいいくらいだった。六歳の子供には恐怖以外の何ものでもなかったが、それはガラガラヘビも同じだったようで、大あわてで逃げようとした。けれども、リリーはそうさせなかった。そのヘビを素手でつかみとると、ふたつに引き裂き、さらにそれを地面に投げ捨てて、踏みつけはじめたのだ。狂っているのではないかと思うくらい荒々しく叫びつづけながら。ヘビが油の染みのようになるまで、踏みつけるのをやめはしなかった。

あの日の出来事を忘れたことはない。これからも忘れないだろう。朝食時の他愛のないやりとりがあのときと同じようなことを引き起こすかもしれないと思うと……

「わたしが片をつけるわ。あの因業ババアをとっちめてやる。目にものを――」

「リリー。聞いてくれ、リリー。わたしが行って――」

「あなたが？　いいのよ、気にしなくて。あなたに女の気持ちがわかると思わないから。わたしはあの女の目の玉をくりぬいてやるつもりよ。それから舌を引っこ抜いてやる。そう。だから行かせてちょうだい。お願いだから――」

行かせはしなかった。わたしはリリーの身体をつかんで、思いきり強く揺すった。そんなことはしたくなかったが、そうしないと、もっと恐ろしいことになる。

やや落ち着きを取り戻し、なんとか話を聞くことができるようになると、わたしは言った。ルアン・デヴォアのところへは自分が行く。間違いなく行く。約束する。そう何度も繰りかえすと、リリーはようやく納得して、落ち着きを取り戻した。

「わかったわ、ヘンリー」身体をぶるっと震わせ、鼻をかんで、「あなたにすべてまかせるわ。さっきあんなふうに言ったのは――」

「行くと言っただろ。今夜行く。仕事が終わったらすぐに」

「仕事が終わったら? どうしてもっと早く――」

「私的な用だからだよ。仕方がない。仕事が終わってからでも、誰かに見られたら、面倒なことになる。とてもじゃないが勤務時間中には行けないよ」

リリーは訝しげにわたしの顔を見つめ、しばらくしてからため息をついて、目をそらした。

「わかったわ。でも、あまり気乗りがしないのなら、正直に言ってちょうだい。いろいろ考えているうちに、あなたが行くかどうかなんてどうでもよくなってきたの。わたしは自分で行きたいの。自分で片をつけたいのよ」

「わたしが行くと言ってるじゃないか。今日、夕方の五時すぎに。これで決まりだ。この話は終わりにしよう」

リリーが何か言うまえに、わたしは立ち去った。そして、車で郡庁舎へ向かい、自分のオフィスに入った。

午前中は仕事に忙殺された。まずは次回の選挙のことでシャイブリー判事と長い打ちあわせをしなければならなかった。そのあと、ジェイムスン保安官が法的な懸案事項があるとのことで訪ねてきて、それでまた時間をとられた。これはあまり知られてないことだと思うが、保安官の給料には服役囚に供する食事代が含まれていて、この郡では一食分が五十セントと決まっている。そこで、一日二回分を一回にまとめて供した場合、一ドルの食費として計上できるかどうかを知りたいというのだ。

まあ、それだって法的な懸案事項にはちがいない。どちらでもいいようなことだが、どちらかに決めなければならない。それで、わたしは二回分の食事を一回にまとめて供するのはいかがなものかと言い、その上で、食事という言葉はいかようにも解釈できると指摘した。ボウル一杯の豆でも食事だし、一皿のフライドポテトでも、さらには数きれのパンだけでも、食事にはちがいない。

ジェイムスンが満足げに帰っていったのは十一時すぎだった。できれば一息つき、それから何人かの有権者宅を訪ねたいと思っていたが、そうは問屋がおろしてくれなかった。ようやく手があいたと思ったら、今度は秘書のネリー・オーティスが手間仕事を持ちこんできたのだ。もっとも、そんなにいやな気はしなかった。ネリーは若くて魅力的な女性であり、秘書としても有能で、その親類縁者の十二票も期待できる。それに、何かをしてやったときには、いつでも本当に嬉しそうな顔をしてくれる。

わたしがタイプライターの絡まったリボンをほどこうとしているあいだ、ネリーはずっと立ったまま見つめていた。もちろんわたしに頼むまえに自分でもやってみたが、どこをどうしたらいいのかさっぱりわからず、リボンの絡まりは逆にひどくなっていくばかりらしい。何もむずかしく考えることはない、とわたしは答えた。大事なのはトラブルの根っ子を探りあてることで、それはどんな問題にでも当てはまる。

そう言って安請けあいをしたが、このときはてこずった。これまでのなかで今回のがいちばんやっかいだった。それは何かを暗示していたのかもしれない。終わったときには大きな疲労感が残っていた。時間は十二時五分すぎで、午前が終わり、ランチタイムになっていた。

洗面台から顔をあげ、なんの気なしに窓の外に目をやった。そして、しばらくそのままの姿勢で、次は何が起きるのかと考えていた。

次に出てきたのは、おかしな二人組だった。コスメイヤーとグーフィー・ガンダーだ。ややこしい男がややこしい男と話をしている。類は友を呼ぶってやつだ。

言っておくが、コスメイヤーに恨みがあるわけではない。悪口を言ったこともない。でも、あのような男が利口だというなら、わたしは利口になりたくない。そう思うし、そう思うのは当然のことだ。

これは私見になるが、利口なら、どうして金持ちじゃないのか。利口だという証拠はどこにあるのか。まともな英語をしゃべれるかどうかさえ怪しいものなのだ。

それくらいのことは最初からわかっていた。コスメイヤーは法廷でわめいたり、嘆いたりしているだけの道化師だ。知っている法律の数は片手で足りる。これまでは単に運がよかっただけだ。事実とディテールを拠りどころとする者を向こうにまわしたら、運は早々に尽きる。

わたしは昼食をとりにいった。

午後からは午前中より忙しかった。

机の上に積みあげられている書類の山を見ていると、その処理のために長い時間がかかるのは避けられず、今夜ルアン・デヴォアに会いにいくのはむずかしいような気がしてきた。だが、今朝の姉の言動を考えると、仕事が立てこんでいようがいまいが、なんとしても会いにいくしかない。

郡庁舎を出ようとしたとき、ジェイムスン保安官から電話があって、オフィスに来てほしいと言われた。行ってみると、被疑者の証拠品を押収したので、それを法廷に持ちこむまえに、意見を聞いておきたいとのことだった。わたしは証拠品をチェックし、これなら最高裁判所にでも提出できると答えた。ジェイムスンは笑って、わたしにウイスキーのボトルを一本持たせてくれた。

五時少しすぎに車に乗りこみ、町のはずれへ向かった。デヴォア家の敷地の手前で三叉路を右へ曲がると、そこから先は坂道になる。この近辺の土地はあまりいい状態ではない。土は痩せている。表土が流されてなくなっているところもある。農場にはもう誰も住んでいない。わたしが生まれ育った家も同様だ。

わたしは自分の生家へ続く細い道に入り、いまは雑草が生い茂っている庭に車をとめ、周囲を見まわした。家畜小屋兼干し草置き場は片側が崩れ落ちている。家の窓ガラスはすべて割れ、台所のドアはひとつだけ残った蝶番《ちょうつがい》によってかろうじて支えられて、きしきしという音を立てている。煙突は倒れ、腐って割れた屋根板の上に煉瓦が散らばっている。

もの悲しい。金曜日の午後に学校で何度か朗読したオリヴァー・ゴールドスミスの詩《廃村》がふと頭に浮かぶ。もの悲しいが、不愉快ではない。すべてが朽ち果てようとしているが、わたしの心のなかのものはちがう。わたしの心のなかでは、何も変わっていない。すべてが以前のままだ。ここで過ごした日々は最良であり、最高だった。

あのころ怖いものは何もなかった。面倒なことを言ってくる者はひとりもいなかった。何をしたらよくて、何をしたらいけないのかは、つねにはっきりわかっていた。失敗しても問題はなかった。いまはちがう。間違ったことはしていないつもりでも、実際にどうなのか確信を持つことはできない。苦言を呈し、戒めてくれる者もいない。

いまはちがう。どんなに悔やんでも、誰もわかってくれない。悔やむことしかできないということも、誰もわかってくれない。みなそんなことはどうだっていいと思っている。

わたしはウイスキーを大きく一飲みした。ルアン・デヴォアのところに行かなければならないことはわかっているが、ここにいると本当に心が安らぐ。夜はまだ早い。それで車からおり、台所のほうへ歩いていった。

台所には、古い大きなコンロがあった。こんなものを町へ持っていくなんて頭がどうかしている、とリリーは言った。それで、それは置いていくことにし、その結果、威風堂々とした調理器具は錆ついた単なるガラクタになってしまった。それはたしかにただのガラクタにしか見えない。でも、わたしの心のなかでは、元のままの状態を保っている。あのころ、わたしは子供で、父も母もまだ生きていた。

あのころ、コンロの掃除をするのはわたしの仕事だった。毎週土曜日、朝食がすむと、すぐにみんなを台所から追いだして、いつもひとりで掃除をした。まずコンロ全体にワイヤと毛のブラシをかける。次に磨き粉でこすり、黒い靴墨を布で塗りつける。それがすんだら、指でこすっても何もつかなくなるまで丁寧に乾拭きする。それから、焚きつけ用の木切れの先端で靴墨を細かい傷にすりこんでいく。

土曜日、野良仕事は休みだが、乳しぼりと家畜への餌やりは別だ。わたしがそのふたつをやりおえて、裏口から居間に戻ると、そこへパパとママとリリーがやってくる。

ママはコンロを見て、両手をあげ、〝自分の目が信じられないわ。知らなかったら、コンロを買いかえたんじゃないかと思ったはずよ〟と言う。パパは首を振りながら、〝だまされないぞ。それは新しいコンロだ。間違いない〟と言う。たしかにどこかから別のコンロを持ってきていたとしても、そのちがいに気づく者は誰もいないだろう。だから、わたしはこれはいままであったものと同じものなんだと説明しなければならない。

そのあいだ、リリーは何も言わなかった。

どうしてなのか不思議でならなかったが、気がひけて、訊くことはできなかった。あのころ、わたしはコンロを掃除するたびにお小遣いをもらっていた。一回につき五セントだが、使わずに貯めるとそれなりの金額になったので、あるとき全額はたいて、リリーのために赤い大きなリボンを買った。そして、それを上着の下に隠して家に帰ると、そのことは誰にも話さず、その夜リリーがひとりで皿を洗っているときに手渡した。リリーはリボンを見て、それから微笑んでいるわたしのほうを向いた。と、そのリボンを食器の洗い水のなかに突っこみ、そして、汚物入れに放り投げた。リボンが汚物の浮いた水の下に沈んでいくのを見ながら、わたしはどうしていいかわからずおろおろしていた。何を言えばいいかもわからなかった。微笑む気持ちはもうなくなっていたが、それでも微笑むのをやめるわけにはいかなかった。怖かったのだ。パパとママから教わったとおりだとすれば、ひとによくしたら、自分もよくしてもらえるはずだった。今回はいつにも増していいことをしたつもりだ。としたら、パパとママの言ったことが間違っているのか。それとも、何がいいことで、何がいいことでないのか、自分がわかっていないのか。それなら、何がいいことで、何が悪いことなのか。しばらくのあいだ、わたしは怯え、困惑し、途方に暮れていた。するとそのとき、リリーがとつぜん腕をのばして、わたしを抱きしめ、キスをし、そして言った。冗談よ。混乱し、頭がぼうっとなっていて、自分が何をしているのかわかってなかったの。

ということで……一応その場はそれで一件落着となった。

そのことは父にも母にも言わなかった。貯めていた金をどうしたのかと母に訊かれたときも、なくしてしまったと嘘をついた。記憶にあるかぎり、母に叱られたのも、父に説教されたのも、このときだけだ。それでもわたしは何も言わなかった。リリーがしたことを知ったら、ひどく戸惑い、悲しむだろうと思ったから、だんまりを決めこんだのだ。いま思いかえすと、笑い話だが——いや、そんなことはない。何もおかしくはない。いったい全体どうしてあんなことになってしまったのか。

どうしてひとは感情と逆のことをするのか。どうして真逆のことをするのか。どうして普通に振るまえないのか。どうして普通に振るまってもらえないのか。ひとつ屋根の下で暮らしているのに、どうしていがみあわなければならないのか。ひとはひと、自分は自分でなんの問題もないはずなのに。

ウイスキーをちびちび飲み、考え、ときに幸せに、ときに悲しみに浸りながら、わたしは家のなかを歩きまわった。自分の部屋は二階の屋根裏にあった。宵闇が迫り、影は濃い。当時の部屋がどんなだったかは、目を閉じなくても思いだせる。鮮やかに脳裏によみがえる。

チェック柄の更紗のカーテン。擦り切れた丸い敷物。果物箱でつくった本棚。キルトをかけた高いベッド。この壁に掛けられた絵。〝最愛の女性〟というタイトルで、ひとりの男の子と母親が描かれている。小さなロッキング・チェア……

ロッキング・チェアはまだそこにあった。リリーが持っていこうと言わなかったし、わたしも持っていこうと思わなかった。ちよっと考えてから、そこに腰かけてみることにした。

サイズが小さいのは、七歳のときにサンタ——いや、両親から贈られたものだからだ。身体をくねらせて無理やり押しこむと、肘かけが壊れたが、なんとか座面まで沈みこむことができた。座面もかなり小さかったが、なんとかすわることもできた。慎重にやれば揺することもできそうだ。それで、揺すってみると、顎が膝に当たりそうになった。そうこうしているうちに、いつしか時間は昔に戻り、自分も昔に戻っていた。

ネズミが屋根裏を走りまわる音で、われにかえった。ため息をついて、立ちあがると、ぼんやりと窓の外をながめながら、これからどうしたらいいか思案をめぐらした。

困ったものだ。そもそも、ルアンになんと言えばいいのか。わたしが口を開いた途端、わめいたり、叫んだりされて、リリーが言ったとおり、結局は何もできないかもしれない。ルアンに謝罪を求めても無駄なことはわかっている。そもそも、自分にそれだけの説得力があるとは思えない。それに、ルアンはわたしにできることは何もないということを知っている。裁判沙汰にできないということも知っている。裁判には金がかかる。有権者はどうしても必要な場合以外の出費を望んでいない。今回もそうだろう。この町には、ルアンのことを快く思っていない者が大勢いる。こらしめたほうがいいと思っている者も少なからずいる。でも、そのために郡の金を使うことには同意しないはずだ。いずれにせよ、裁判沙汰にはできない。わたし自身あえてそうするつもりはない。

ルアンにはコスメイヤーがついている。ルアンに対する個人的な感情のいかんにかかわらず、依頼人のためには労を惜しまず徹底的に闘うはずだ。相手は知る者ぞ知る名物弁護士だ。わたしを証言台に立たせ、わたしの物まねをし、法廷を沸かせ、わたしの頭では追いつけないような速さで質問を繰りだし、そして——

酒を一口飲む。それからつづけざまに二口飲む。そうしているうちに背筋がのび、コスメイヤーがいくらのものかと思えるようになってきた。あんなやつ、いくらのものでもない。

また一口。さらに一口。げっぷが出る。

実際のところ、あの男は何も知らない。ただ単に口数が多いだけだ。弁護士というより、むしろ役者か道化師に近い。法廷の外では、小細工を弄することもできない。法廷から一歩外へ出たら、取り柄は何もない。

そこでは、正面から事実と向かいあわなければならない。それはコスメイヤーの得意とするところではない。しかるべき事実を突きつけたら、それで勝負はつく。そのときには、コスメイヤーの無能ぶりがハンク・ウィリアムズによって暴かれたことが郡じゅうに、いや、州じゅうに知れわたることになる。

うまくいけば……

とにかく、ルアンと話をすることはできない。話しても、聞く耳を持っていない。としたら、無理やり聞かすよりほかかない。そうしても、ルアンは何もできない。コスメイヤーも何もできない。言い逃れはいくらでもできる。わたしは何食わぬ顔で微笑み、なんらかの間違いがあったにちがいないと言えばいいだけだ。あの哀れな女は頭がどうかしているにちがいない。そう。わたしは夜じゅう姉といっしょに家にいた。姉はそれを裏づける証言をしてくれるだろう。

よそう。いったいわたしは何を考えているのか。そんなことができるわけがない。ひとを傷つけることを考えるくらいなら、人力で空を飛ぶことを考えたほうがいい。

でも、連中はわたしを傷つけつづける。わたしを放っておいてはくれない。

そして、今夜、自分が何もしなかったら、リリーになんと言えばいいのか。嘘をついてごまかすことはできるだろうか。もっともらしい話をして、信じさせることができたら、それで少しは時間を稼ぐことができる。そのあいだにどうすればいいか考えればいい。もしかしたら、何もせずにすむようになるかもしれない。そう、ものごととはそういうものだ。どんなやっかいな問題でも、しばらく棚上げしておけば、たいていは自然に解決する。

それにしても、リリーに嘘をつくのは気が重い。今朝の彼女の言動を思えば、そういったことを考えるだけでも身体に震えがくる。

でも、どうしてそんなことをしなければならないのか。絶対に安全とわかっていれば、どうしてそっちの手を使わないのか。

くそっ。どうしたらいいかわからない。どうすべきかも、どうしたいかもわかっているが、それを実行に移せるかどうかはまた別問題だ。

ウイスキーのボトルに目をやると、あと三分の一ほどしか残っていない。それを口もとに持っていって、大きく三口飲み、息をするために数秒おいて、また三口飲んだ。むせ、足がふらつき、手からボトルが滑りおちた。

ボトルは空《から》だ。まぶたがひくひくし、それからぱっと開いた。全身がぶるっと震えた。肩が聳えたち、背骨があったところに固い芯棒をぶちこまれたような気がした。

わたしはボトルを蹴飛ばした。笑い、拳《こぶし》で空を突いた。

そして、階段をおり、車に乗りこみ、そのまま走り去った。

家に着いたのは九時十五分くらいだった。リリーが玄関口で待ち構えていて、いきなり何か言おうとしたので、わたしは機先を制した。

「ちょっと待ってくれ。まずはこっちの話を聞いてくれ、質問があるなら、そのあとで訊けばいい。言ってあったように――」

「へ、ヘンリー。ヘンリー！　わたしは――わたしは――」

「本当のところ、ルアンのところに行くのは気がすすまなかったんだ。検事という地位にある者として、問題がありすぎる。でも、どうしてもってことだったので――」

「へ、ヘンリー……あなたは――あなたはルアンに会ったの？」

「もちろん。一晩中どこに行っていたと思ってたんだい。でも、結局は無駄骨に終わった。結果は最悪と言っていい。だから、このことは誰にも言わないように……どうかしたのかい」

リリーは一歩あとずさりし、口の前で手を振った。

「お酒を飲んでたのね。あなたは自分の置かれた立場というものを――」

「ああ、飲んだよ。でも、二口か三口だけだ。文句を言われる筋合いはない。そんなことまで――」

「やめなさい！」リリーの声はとつぜん鞭のように鋭くなった。「聞いてちょうだい、ヘンリー。数分前に保安官から電話があったのよ。もしかしたら、あなたが外でバカなことをしでかしたのかもしれないと思って、留守だとは言わずに、お風呂に入っているところだって答えておいたわ。だから、折りかえし電話をしてちょうだい。いますぐに」

「でも、どうして?」胃が沈んでいき、靴のなかに入りこんでしまったような気がした。「いったい何が——」

「何もかもわかってるはずよ。あなたは酔っぱらって、ルアンの家へ行き、そして——そして、ルアンを殺した。そうなんでしょ。ルアンを殺したんでしょ」

わたしのすぐあとにドクター・ジム・アシュトンがデヴォア宅に到着し、ふたりでなかに入った。ジムはやつれ、病人のような顔をしていた。自分はといえば、驚くべきことに——もしかしたら驚くべきことではないかもしれないが、これまでになかったほど気分がよく、自信に満ちていた。一瞬、それでいいのかと思ったが、すぐに開きなおった。心の霧が晴れ、それとともに昔からの漠然とした不安も拭い去られている。緊張し、昂ぶってはいるが、同時に心底からほっとしている。

家のなかにはジェイムスン保安官とふたりの部下がいた。ジェイムスンに声をかけ、それから居間に行き、ラルフ・デヴォアから話を聞いた。ラルフは呆然としていたが、それほど取り乱してはおらず、わたしのどの質問にも即座にはきはきと答えた。そして、これはぜひ言っておかなければならないが、少なからず束縛を解かれたように見えた。わたしは肩を叩いて、お悔やみの言葉を述べ、それから何も心配することはないと言った。そして、玄関の間に戻った。

ルアン・デヴォアは階段の下にナイトガウン姿で倒れていた。うつぶせになっているが、脚は両方とも階段にかかっている。首は大きくねじれ、顔は上を向いている。唇は腫れあがり、乾きかけた血がついている。顔にはほかにもひどい傷が複数あり、当然のことながら、首の骨は折れている。

ジムが死体の検分を終えると、われわれは話をするために台所へ行った。そこで、わたしはラルフがやったのではないと思う理由を話した。それを聞いて、ジムは意外そうな顔をしたが（その証拠となるものを見たとき、わたしも同じような顔をしたにちがいない）、しばらくして肩をすくめ、こくりとうなずいた。

「としたら、やっぱり事故だろうね。階段のてっぺんからだと、けっこうな距離になる。そこから落ちたとしたら、もっとひどい傷ができていてもおかしくない。生きているあいだじゅう熱い火花を散らしつづけてきた者が、凍傷で死ぬとは誰も思わないかもしれないが……」

わたしは笑った。そして言った。殺す動機を持つ者が大勢いるのに、事故死とはちょっと考えにくい。でも、やはり事故死だ。ちがうかい。ジムは同意した。わたしは間違いないと言った。ジェイムスンも同意した。それで決まりだった。これは事故だ。そうでないという証明をするのはむずかしい。

わたしはまた笑った。すると、ジムは訝るような目でわたしを見つめた。もしかしたら、笑い声が大きすぎたのかもしれない。わたしは戸惑い、それから、何か思うところがあるのかと訊いた。

「い、いや、べつに」ジムは眉を寄せた。「きみは……今夜、保安官がきみの家に電話をかけたそうだが」

「ああ。それがどうかしたのかい」

「べつに。そのとき、リリーはきみといっしょに家にいたんだね」ジムは首を振った。「それはそれでいい。何よりだ。ボビーはパヴロフの娘と出かけていた。それもそれでいい。でも……」

「ははーん」ジムが言いたいことにここではじめて気がついたかのように、わたしは一呼吸おいて言った。「いいかい、ジム。勘違いしないでもらいたいんだが、今夜きみはどこに――」

「待ってくれ。いまはその話をしたくないんだ」

「でも、いいかい。死亡時刻はおおよそのところしかわからない。きみがどこにいたとしても――」

「いまはその話をしたくないと言っただろ！　十五分後に郡庁舎の前に来てくれないか」

「いいとも。もっと早く行けると思う。でも――」

「わかった。だったら、そうしてくれ」

ジムは去った。わたしは玄関の間に戻った。

いちばん近い葬儀屋はここから三十マイルほど離れているので、ルアンの遺体を運びだしてもらうまでに少し時間があった。ジェイムスンはそれまでここにいると言った。そして、今夜一晩のラルフの面倒は保安官事務所でみるので、その所持品の一部を一時的に預かってもらいたいとわたしに頼んだ。ジェイムスンの部下がそれをわたしの車に積みこむと、わたしはすぐに町へ向かった。

郡庁舎の前にはジム・アシュトンの車がとまっていた。わたしが近づくと、車から出てきて、わたしが車からおりるまえに、話しはじめた。

「死亡時刻のことだが、ハンク、答えはこうだ。今回のように死亡した直後に遺体が発見された場合、死亡時刻はかなりの精度で特定することができる。分単位や秒単位とまではいかないが、とにかく誤差はひじょうに小さい。問題は、ハンク、今回の件で、わたしにはその時間帯のアリバイがないってことなんだよ」

「でも、あれは事故だったんだ。いずれにせよ、アリバイがないのはきみだけじゃ——」

「ほかに誰がいるんだ。わたしの息子はちがう。きみとリリーもちがう。ラルフもちがう。としたら、ラルフと付きあっている娘もちがう。少なくとも、わたしよりはずっと疑われにくい。さっきコテージを——いや、そんなことはどうでもいい。とにかく、ルアンの死亡時刻はかなりのところまで絞られ、わたし以外の者はみな——」

わたしはジムの腕をつかんだ。「ちょっと待て。落ちつけよ、ジム。ルアンの遺体を調べた者はきみしかいない。きみのアリバイがあるときに死亡したということにしても、ケチをつける者は誰もいない」

ジムはきょとんとした顔をしていた。ジムは頭のいい男だと思われているし、わたしもそう思っている。だが、今日はあきらかにわたしの話についてくることができないようだった。当然だろう。

「なるほど」ジムはようやく言った。「そりゃそうだ。たしかに」

「そうとも」わたしはウインクし、ジムの身体を肘で突ついた。「ケチをつける者は誰もいない」

ジムは安堵の笑みを浮かべた。それから、わたしの肩ごしに何かを見て、笑みを消し、険しい顔つきでそっちのほうに顎をしゃくった。わたしは振り向いた。

「ほら。ケチをつける者があそこにいる」

コスメイヤーに連絡がいくことは最初からわかっていたし、コスメイヤーがそれを受けて迅速に動くこともわかっていた。だが、こんなに早いとは思わなかった。もうすでになんらかの手を打ってあるのか、これから打とうとしているのかはわからないが、いずれにせよ、こっちはまだなんの準備もできていない。

コスメイヤーの車はオープントップで、通りの反対側のブロックのなかばあたりを走っている。ちょうど街路灯の下を通りすぎたところだ。コスメイヤーの姿は昼間と同じくらいはっきり見える。同乗者がいるのもわかる。町の外からときどきやってくる医者だ。

車は少し行ったところでデヴォアの家に向かう道に入った。ジムはため息をつき、まずいなとつぶやいた。

わたしは何も心配することはないと言ったが、なんの気休めにもならなかったみたいだった。ジムは苦虫を嚙みつぶしたような顔をして車を出し、走り去った。わたしは自分の車から預かった荷物を取りだして、オフィスへ運んだ。

自分自身もひどく気落ちしていた。誰かから胃にパンチをもらったような感じだ。ジムのことを心配していたからではない。ジムはルアンを殺していない。それは間違いない。自白でもしないかぎり（いかにコスメイヤーでも自白に追いこむことはできないだろう）、有罪にはならない。ただ、たとえ無罪になったとしても、有罪になったのと同じくらいつらい思いをしなければならないだろう。

仕方がない。自業自得だ。あまりも不用意で、不運で、愚かすぎた。でなければ、コスメイヤーを石垣に叩きつけてやることができたはずなのに。身の程を思い知らせて、ぐうの音も出ないようにさせてやれたはずなのに。

わたしは毒づき、屑かごを蹴った。それから、事態を少しでも好転させるためにあちこちに電話をかけはじめた。それから三十分ほどたち、話が終わって受話器を置いた途端、電話が鳴った。ジムからだった。ルアンの死亡時刻に現場にいなかったことを証明できるようになったとのことだった。ダニー・リーのおかげだ。おたがいがおたがいのアリバイになるという。

話を聞いたとき、わたしは思わず鬨《とき》の声をあげそうになった。そのとき、コスメイヤーがこっちへ向かって歩いてくるのが窓ごしに見えなかったら、実際に声を出していたかもしれない。

わたしは電話を切った。これで万事うまくいく。完璧だ。いや、完璧以上だ。

わたしはほくそ笑み、階段をあがって廊下を歩いてくるコスメイヤーの足音に耳を傾けた。そして足音がドアの前まで来ると、笑みを消して、立ちあがった。

わたしはうやうやしく出迎えた。ちょっとやりすぎかなと思うくらいに。いわく、わざわざお運びいただき恐悦至極。お手伝いできることがあればなんなりと。

コスメイヤーは驚き、当惑した。それから、机の反対側の椅子に腰をおろし、照れくさそうに笑った。「気を悪くしないでくれ。おたがいの手のうちはよくわかっているはずだ。外部の医師に来てもらうというのはよくあることで――」

「どうぞどうぞ。まったくなんの問題もない。ところで、きみは今回の一件に強い関心を抱いているようだが――」

「強い関心？　弁護士がクライアントの死に強い関心を抱くのがおかしいかい」

「悪いが、話を遮らないでもらえるかな。そのほうが話を先に進めやすい。ここに約五万七千ドルの金が入った布の袋がある。ラルフ・デヴォアのものだ。証拠となる帳簿もある。同意してもらえると思うが、ということは――」

コスメイヤーはこともなげにうなずいた。「もちろんだよ。もちろん同意する。ラルフは罪をおかしていない。ルアンにはラルフをつなぎとめておくものが何もなかった。したがって、金のために殺したという仮説は成り立たなくなる。ラルフは死亡推定時刻に現場にいただけで――

おっと、検事殿、また話の腰を折ってしまった。先を続けてくれ」

先を続ける？　くそっ。この先などない。さっきの話はそれだけで充分な衝撃力を持っているはずだった。計画は万全のはずだった。コスメイヤーがどんな顔をするかも、なんと答えるかも、そしてわたしがなんと言うかも。そのすべてをあの能なし保安官かその部下が台無しにしてしまったのだ。

「ええっと」わたしは言った。「すでに聞いているとしたら――」

「本当なら、聞かされるまえに、わかってなきゃいけなかったんだ」コスメイヤーは首を振った。「そのくらいは察してしかるべきだったんだ。それでも、デヴォア家にそんな金があると誰が考えるだろう。しかも半端な額じゃない」

「だからどうだって言うんだね。それはラルフの金だ。自分の金を手に入れるためにルアンを殺す必要などまったくない」

「ああ。たしかに殺す必要はない。ラルフが殺したと考える根拠は何もない。同じ伝で、ほかの者が殺したと考える根拠もない」

「つまり――つまり、誰も殺してないってことかね。あれは事故だってことかね」

「もちろん」コスメイヤーは肩をすくめた。「ちがうかい。たしかに電話は不通になっていた。でも、だからどうだというんだね。そう。どう考えても、あれは事故だ。間違いない」

コスメイヤーは眉を寄せて、わたしを見つめた。わたしは顔が赤くなるのを感じながら、机に視線を落とした。次に何をすべきかも、何を言うべきかもわからない。何もかも台無しになってしまった。言うことはあらかじめ考えてあった。なのに——なのに、なんにも言えなくなってしまった。いまできるのは、ぼんやりと椅子にすわっていることだけだ。バカみたいに。コスメイヤーにバカと思われていることを知りながら。

コスメイヤーは咳払いをし、それから言った。検事というのは本当に大変な仕事だ。立場が逆でなくてよかったよ。

「じつは、わたしも昔あんたと同じことをしていたんだよ。法廷弁護士になるまえに検事職についていた者は多い。いろいろ経験できるし、その期間が長ければ長いほど多くのことを学ぶことができる。わたしがよく言うセリフをお教えしよう、郡検事殿。相手が百戦錬磨の検事なら、こっちは海千山千の弁護士」

わたしは何も言わなかった。顔をあげることさえできなかった。

コスメイヤーはまた咳払いをした。「思案中に何度も口をはさんで申しわけないが、さしつかえなければ、例のリストを見せてもらえないだろうか」

わたしはリストをさしだした。そこには、ルアンを殺害する動機のある者と、死亡推定時間にいっしょにいた者の名前が、二段組で記されている。コスメイヤーはリストに目を通しながら、ひとりごちるようにつぶやいていたが、実際のところは、わたしに言って聞かせていたにちがいない。

「ボビー・アシュトンとマイラ・パヴロフ……リリーとヘンリー・クレイ・ウィリアムズ……これはこれは。わたしのためを思ってわざわざ書いたのでなきゃいいんだが……ドクター・アシュトンとダニー・リー。なるほどなるほど。でも、だからどうだっていうんだね」

コスメイヤーはリストを机の上に戻した。短時間のうちによくここまで調べたものだと言い、それから長く不愉快な沈黙のあと、とつぜん笑いだした。

親しみと温もりのこもった笑いだったので、知らんぷりをしているわけにもいかず、わたしは顔をあげた。

「聞いてくれ、郡検事殿。わたしは自分が西部劇の主人公じゃないかと思うときがよくある。タフガイという誇張された噂のために、帽子に手をかけて挨拶をしようとしただけで、拳銃を抜こうとしていると思われてしまうんだ。もちろんクライアントは大事にする。大事にしすぎるきらいさえあるかもしれない。でも、トラブルを追い求めているわけじゃない。トラブルはごめんだと思っている。すでに掃いて捨てるほどあるんだ。これ以上は必要ない」

コスメイヤーはまた笑い、横目でわたしを見た。同じように笑うことを求めているのだろう。わたしは冷ややかな目で見つめかえした。コスメイヤーをうろたえさせ、さっきのおかえしに、今度はコスメイヤーにバカを見させるために。

「さて――」コスメイヤーは戸惑いながら立ちあがった。「そろそろおいとましたほうがよさそうだ。じゃ、また。あんたの調査の徹底ぶりには本当に感服したよ」

コスメイヤーは会釈をし、ドアのほうへ歩きはじめた。半分ほど行ったところで、わたしは声をかけた。

「ちょっと待ってくれないか」

コスメイヤーは振り向いた。「何か?」

「戻ってきてくれ。用はすんだとは言っていない」

「ほう?」コスメイヤーは笑いながら眉を寄せた。「どうかしたのかい」

わたしは黙っていた。コスメイヤーはゆっくり戻ってきて、机の反対側の椅子にまた腰をおろした。

「きみはわたしの調査の徹底ぶりを褒めてくれたね」わたしは言った。「それで気がついたんだが、徹底性という点ではかならずしも充分じゃなかった。ルアン・デヴォアが死亡した時刻に、きみはどこにいたんだね」

「どこって? ということは――」

「ルアンはずいぶんきみの悪口を言っていた。本当かどうかはわからないが――」

「そういうことなら質問に答えたほうがよさそうだな。その時間は妻といっしょにいた」

「ほう? 奥さんといっしょに?」わたしは首を振り、にんまりと笑った。「奥さんだけかい。ほかに誰かいないのかい」

「いない。ひとりだけだ。だから、あんたのリストに載っている者たちと条件は同じってことになる。つまり、あんたとも条件は同じってわけだ」

「ああ」わたしは肩をすくめた。「それは認めざるをえない。だからと言って、疑惑が晴れたわけじゃない」

コスメイヤーの顔は青ざめていた。日に焼けた顔から色が逃げだし、眼光鋭い黒い瞳に集まっているように見える。

「どうして晴れないいんだね。わたしや妻の言葉には、ほかの者たちの言葉ほど信憑性がないと言うのかね」

その声は低く、かすかに震えている。張りつめ、こわばっている。ふたたび口を開き、同じ質問を繰りかえしたとき、声の震えはさらに大きくなっていた。張りつめ、こわばった感じは、全身に広がったように思える。

わたしは一抹の不安を覚えたが、ここでやめるわけにはいかない。あんな目をして、あんなふうに話しているのだ。それは脅し以外の何ものでもない。笑うか、微笑むかしてくれたら、いやいや、もちろん冗談だよと言ってやれただろうに。

コスメイヤーは言った。「今日のあんたの物言いは棘だらけだな。まあ、それはよしとしよう。でも、最後の言葉だけはいただけない。妻の言葉に信憑性がないと言うのなら、わたしと妻がほかの者とちがって正直でも誠実でもないと言うのなら、それはそれでかまわない。でも、だとしたら、あんたも自分のことを説明しなきゃならない。しらばっくれちゃいけない。もしあんたが――」

「待ってくれ。わ、わたしは何も――」

「何を隠そうとしているんだ、ウィリアムズ。なぜ無理やり事故ということにしたがるんだ。そうしなきゃならない事情があるからじゃないのか。どこかにやましいところがあるからじゃないのか。あんたはあれが事故じゃなくて、殺人事件だってことを知っている。誰がやったのかも知っている。そうだろ、ウィリアムズ。答えろ。あんたは誰がルアン・デヴォアを殺したのか知っている。わたしも知っている。あんたは自分で認めている。自分で自分を指さしている。あんたは――」

「ちがう。それはちがう。わたしは姉といっしょにいたんだ。わたしは――」

「わたしが彼女と話をしたと言ったら？　彼女があんたといっしょじゃなかったと言ったとしたら？　今日わたしがここに来たのは、アリバイを証明できる人物がひとりしかいないという話を持ちだして、あんたを窮地に追いこむためだったと言ったら？　さらには――」

その声はもう張りつめていない。こわばってもいない。わたしのすぐ前で、コスメイヤーは身を乗りだし、拳で机を叩いている。そこにすわっているのに、背後にも、横にも、上にもいるような気がする。わたしを取り囲んで、ほかのすべてのものを締めだし、徐々に距離を詰めつつあるように思える。わたしは逃げだし、暗い迷路のようなところへ入りこむが、コスメイヤーの声はどこまでも追いかけてくる。もう何も考えられない。わたしは――わたしは――

わたしは思った。おかしな話だ。何かを強く感じたとき、ひとはなぜそれとは逆の行動をするのか。

わたしは思った。姉は何も言わなかった。パパとママはわたしを褒めてくれた。姉にはそれが面白くなかった。姉はわたしを嫌っていた。ずっとずっと——

「姉がやったんだ」気がついたら、わたしは叫んでいた。「やると言っていた。わたしが家にいなかったと姉が言ったのは、自分も家にいなかったからだ。姉は——姉は——」

「じゃ、アリバイはないってことだね。あんたは自分が家にいたことを証明できない。実際のところ、家にはいなかった。そうじゃないのかね、ウィリアムズ。あんたはデヴォアの家にいたんじゃないのかね、ウィリアムズ。あんたがルアンを殺したんじゃないのかね、ウィリアムズ？殺して、偽装工作を——」

「ち、ちがう！　ちがうと言ったらちがう！　わたしじゃない。わたしにはひとを傷つけることなんてできない。本当だ。わたしはそんな人間じゃない。疑わしいかもしれないが、わたしじゃない。わたしにはあんなことはできない。わたしじゃない。わたしじゃない。わたしじゃ……」

コスメイヤーは手を動かして、わたしを制した。その顔はもう青白くなく、赤みがさしかけている。自分を恥じ、困惑し、どことなく気まずげな顔をしている。

「すまない。あんたがルアンを殺したなんて本当は思っちゃいないんだ。ついかっとなって——」

戸口から声が聞こえた。「彼はやってない。やった本人がそう言ってるんだから間違いない」

11　マイラ・パヴロフ

パパがお昼に家に帰ってきたとき、わたしは死にそうなくらい怖かった。パパの態度や言葉が普段とちがってたってことじゃない。というか、実際のところ、どこもちがってなかったと思う。でも、パパは間違いなくボビーとのことを知っている。だから、わざと普段どおりにしていたのかもしれない。そんなわけで、わたしはいたたまれなくなり、とつぜん席を立って、二階の自分の部屋に駆けこんだの。

ベッドの端に腰かけているうちに、ほんとに怖くて怖くてたまらなくなってきた。そう。あれは失敗だった。たとえそれまでは何も気づいてなかったとしても、これでパパは何かおかしいと思ったはず。寒気がして、身体がぶるぶる震えだす。胃がむかむかする。つわりだろう。少しまえに始まったのだ。でも、バスルームに行く勇気はない。パパがその音を聞きつけて、上にあがってくるかもしれないから。でなかったら、ママに根掘り葉掘り尋ねるにちがいない。そうなったら、もうおしまい。ママはわたし以上にパパを恐れている。

ふたりともパパのことをすごく恐れてるんだけど、それってちょっと理屈にあわないかも。だって、恐れなきゃならない理由がないんだもの。どちらも殴られたりしたことはない。怖い思いをさせられたり、怒鳴りつけられたこともない。世のゲス野郎が家族にするようなことは何ひとつしていない。それなのに、ママもわたしもずっとパパを恐れていた。覚えているかぎり、ずっと。

少ししてから、ママも席を立ち、二階にあがってきて、わたしの部屋の入口で立ちどまった。わたしが手で口を覆ってみせると、ママはそれがどういうことなのかすぐにわかってくれて、わたしの靴を指さした。わたしは靴を脱ぎ、廊下に出ると、ママのあとについてバスルームに向かった。なかに入って、ようやく人心地がついた。

洗面台に吐いているあいだ、ママは水を流してその音を掻き消してくれた。ほんとに助かった。それから、部屋へ戻った。ママは靴の音を立てながら。わたしはストッキングで音をくぐもらせて。ベッドにすわると、ママはわたしの身体に腕をまわして抱きしめてくれた。なんだかぎこちなかったけど。うちの家族はキスとかハグとか、そういったことはあんまりしないから。それでも、やっぱり嬉しかった。

少しして（わたしには何時間にも思えた）パパは出ていった。ママは手を離し、わたしたちはふうっと大きなため息をついた。それから、くすくす笑いあった。だって、おかしかったんだもの。「気分はどう、お嬢ちゃん」ママは言った。〝お嬢ちゃん〟っていうのは、ママがわたしにつけた愛称のようなものよ。

わたしはだいぶよくなったと答えた。

「立って見せてみなさい」

わたしは立ちあがって、ワンピースの裾を腰までたくしあげた。ママはわたしのお腹を見つめ、それから、すわるようにという身振りをした。

「目立ちはしないわ。見ただけじゃまったくわからない。もちろん、見てわからなくても、話を聞いたとしたら——」

「ママはどう思う?」身体が小さく震えだした。「パパは聞いたと思う? 思わないよね」

「もちろん。聞いたとは思わないわ。聞いてたら、黙っちゃいないはずよ」

「でも——でも、どこか変じゃなかった?」

「意地悪な感じがしたってことね。でも、これまで意地悪な感じがしなかったことがあった?」

ママはベッドに腰かけて、膝の上に置いた手をじっと見つめていた。肌は荒れて赤らみ、太く青い血管が浮きでている。むきだしの脚もやはり荒れて赤らんでいて、静脈瘤のつぶれたところが痣《あざ》のように見える。顔から足まで、どこも荒れて赤らんでいる。わたしはふいに泣きだしてしまった。

「さあさあ、お嬢ちゃん」ママは言いながら、わたしの肩を遠慮がちに軽く叩いた。「何か食べるものを持ってきてあげようか」

わたしは首を振った。「いらない」

ママは言った。何か口に入れたほうがいい。昼食にはほとんど手をつけなかったでしょ。パイくらいならすぐにできる。おいしいのをつくってあげる。

「ママったら」わたしは涙を拭いて、急ににこっと微笑んだ。「いつもそればっかり。脚の骨を折ったとしても、何か食べさせようとする」

「そうね」ママは照れくさげに笑った。「そうするかもしれないわね」

「だったら、今朝のクルーラーをもらおうかな。ふたつほど。あと濃いコーヒーも。急にお腹がすいてきちゃった」

「じつは、わたしもなの。ここで待っててちょうだい。すぐに持ってくるから」

しばらくしてママが食べ物を持って戻ってきた。クルーラー六つ、分厚いローストビーフのサンドイッチふたつ、それにコーヒー。食べ終わると、お腹いっぱいになった。少なくともわたしはもう何も食べられなかった。それで、すっかりくつろいだ気分になった。わかるでしょ。お腹がいっぱいのときの、あの感じ。くつろぐというか、けだるいというか。

ハエが網戸の向こうで羽音を立てている。心地いい微風がアルファアルファの花の香りを運んでくる。アルファアルファほどいい香りがするものはない。あるとしたら、焼きたてのパンくらいかな。それにしても、今日はどうしてパンを焼いてくれなかったんだろう。日曜日の夜に生地をこね、月曜日にパンを焼くのは、ほとんど決まりのようになっているのに。

そのことを尋ねると、ママは言った。「そんな気にならなかったのよ。こんな暑い日にパンを焼いたら、家が冷めるまでに一週間はかかるわ」

「ガスなら、そんなことにならないのに。パパに言ってガスを引いてもらったら」

ママは渋い顔をして、パパに指図できるひとなんてどこにもいないと言った。それから一呼吸おいて、こう付け加えた。「たとえパパがそうしたいと思っていたとしても、いまは無理だと思うわ。いまでも石炭を使ってるのは、近所の人たちへの嫌がらせのためだけじゃないのよ」

わかってる、とわたしは言った。うちの台所事情は知っている。「ねえ、ママ。ママはどうしてパパと結婚したの？　パパがどんなひとか、わかってたんでしょ。少なくとも兆候のようなものは、そのときからあったんでしょ」

ママはおでこにかかった髪を後ろに掻きあげた。「そうね……理由は何十回となく話したはずよ。あのひとはわたしより年上だったから、わたしより先に孤児院を出たの。そのあと、お金を稼ぐようになりだすと、ときどき孤児院にやってきて……」

「パパと結婚したのは、孤児院から出るためだけじゃなかったんでしょ。それだけの理由じゃなかったんでしょ」

「もちろん、それだけじゃなかったわ」

「パパはいまみたいじゃなかったの？　そのときはパパを愛してたの？」

ママはまた膝に視線を落とし、手をこすりあわせはじめた。〝愛〟っていう言葉を聞くと、ママはいつもおろおろする。顔は少し赤らんでいる。

「もちろん、それだけのために結婚したんじゃない。孤児院から出るためだけじゃない。パパのほうはそんなふうに思ってたかもしれないけど……でも、こんな話はやめましょ。そんなことは考えないほうがいい。パパはとても敏感だから、考えてるだけで、勘づかれてしまうわ。そうしたら——」

「パパが悪いのよ。どんなふうに言われても仕方がないわ」

ママは首を振った。けれども、何も言いはしなかった。

「ママ、さっき言ってたでしょ。パパがうちにガスを引きたくても、いまは無理だって。それって、どういう意味? そんなお金の余裕がないってこと?」

「な、なにを言ってるの。そんなことはない。べつに深い意味はないのよ。さっきは別のことを考えていたので、ついあんなふうに言っちゃっただけ」ママはあたふたとした口調で言った。

「うちにお金がないなんてよそで言っちゃ駄目よ、絶対に」

わかってる、とわたしは答えた。ばかばかしい。そんな嘘をついてどうするの? そんな話をパパが聞いたら、どんな騒ぎになるかわからない。

「うちにお金があっても、わたしには——」わたしはまたわっと泣きだしてしまった。本当にとつぜんで、なんの前触れもなしに。「もう耐えられない! もうこんな怖い思いはしたくない……ねえ、ママ、パパからお金もらってもらえないかしら。そのお金で、わたしはボビーといっしょに——」

最後まで言えなかった。あまりにも馬鹿げている。こんなに怖い思いをしていなかったら、言いだすことさえできなかっただろう。

「どうしてパパはわたしたちにこんなにつらく当たるの? なのにどうして——どうしてルアン・

デヴォアになんにもしないの？　全部あの女のせいなのに！」

「落ち着きなさい、お嬢ちゃん。あなたがとやかく言うことじゃ――」

「ねえ、どうしてなの？　どうしてパパはなんにもしないで黙ってるの？」

「何かをしなきゃいけない理由はないと思ってるからよ。だから……」

眉間に皺が寄り、声は尻すぼみになった。わたしは言い募った。こんなのフェアじゃない。もう我慢できない。でも、返事はなかった。

いらいらが募り、大声を出しそうになったとき、ママはため息をついて、首を振った。

「やっぱり……やっぱり無理だわ。もしかしたらお金を工面できるかもしれないと思ったんだけど、やっぱりそんなことはできない」

「わたしならできるかも。ボビーといっしょなら。でも、いったい誰から……」

「やめなさい！　そんなことができるとしても、あなたの手にはとうてい負えないわ。ママが自分ならなんとかできるかもしれないと思ったのは、わたしがパパの妻だからよ。だから、多少なら工面できるかもしれないと思ったのよ。でも――」

「ダメモトでやってみるわ。お願い、ママ！　誰のことか教えてちょうだい。そうしたら――」

「言ったでしょ、あなたには無理だって。やっても何も得られない。面倒なことになるだけよ。それがパパの耳に入ったらどうなるかわかるでしょ」

「そうね。たぶんママの言うとおりなんだと思う。ママにできないことが、わたしにできるわけないわよね。それって、パパがそのひとにお金を貸したか何かしたってこと?」

ママは半分だけ肯定した。そうとも言えるし、そうじゃないとも言える。とにかく強制的に返済させる方法はない。

「そもそも返済能力があるかどうかもわからないのよ。パパはあると思ってるみたいだけど。はっきりそう言ったわけじゃないけど、そんなふうに感じられるの。でも、パパの性格は知ってるでしょ。なにしろ旋毛《つむじ》曲がりだから、誰かがシロと言ったら、どうしてもクロと答えなきゃいられないのよ」

「借金を踏み倒されて、パパが黙ってるなんて、ちょっと考えにくいかも」

「言ったでしょ。返済義務はないって。本当は返済しなきゃいけないいんだけど——」

「誰なのか教えて、ママ。お願い。お願いだから、ママ。どうしても……どうしても何もしないってわけにはいかないの。何をしたって、これ以上悪くなりようはないんだから。ママが何もしてくれないのは仕方がないと思う。けど、わたしを助けることくらいは——」

ママは唇を噛んだ。「駄目よ。わかってるでしょ」

「駄目って、何が? わたしを助けられないってこと? それとも、わたしが自分でなんとかしちゃいけないってこと?」

「ママは——わたしはただ……」ママは立ちあがって、お皿をトレーに戻しはじめた。気を悪くして、すねたような顔をしている。「これはあなたのためを思って言うことなんだけど、ボビー・

アシュトンとはしばらく会わないほうがいいんじゃないかしら。向こうが結婚する気になるまでじらすのよ」

また涙が出てきたので、わたしは両手に顔をうずめた。そして言った。そんなことをしてなんになるの。ボビーはきっと怒りまくるわ。ほかのひとのところに行っちゃうかもしれない。それに、もしパパがわたしたちのことを知ったら、そんなことをしてもなんの意味もない。

涙がとまらない。「そのとおりだってことは、ママもわかってるでしょ。このままじゃ、わたしたちは殺される。パパに殺される。なのに、誰にも助けを求めることはできない。ママは手をさしのべてくれるどころか、わたしを自由にさせてくれもしない。ただおろおろして、もごもご言って、何か食べたくないかって訊くだけで――」

トレーの上でお皿が音を立てた。カップのひとつが倒れたのだろう。ママは振り向いて、ドアのほうに歩いていった。

「わかったわ、お嬢ちゃん。今夜わたしがなんとかやってみる」

「マ、ママ――」わたしは顔から手を離した。「さっき言ったことは本心じゃないのよ、ママ」

「いいのよ。あなたが言ったことは何も間違っちゃいないんだから」

「でも、わたしは……それより、いったい何をするつもりなの、ママ」

「今晩そのひとに会ってみる。無駄骨かもしれないけど、たぶん無駄骨だと思うけど、とにかくやってみる」

ママは部屋から出て、階段をおりていった。わたしはベッドにすわったまま、身を乗りだし、化粧台の鏡を見つめた。われながら、ひどい顔だ。目は充血し、鼻はサツマイモみたいに腫れあがり、肌は涙でまだらになっている。昨日の夜から髪もとかしていない。暑さと汗のせいで、艶を失い、雑巾のような色になっている。

バスルームに行って、冷たい水に顔をひたし、化粧水《アストリンゼン》をつけて軽く叩いた。それから髪をあげ、バスタブにぬるめのお湯を張り、ゆっくりつかった。

わたしは間違ったことを何も言ってない。ママはこれまでわたしのためにほとんど何もしてくれなかった。してくれて当然のことなのに。それくらいのことは自明の理よ。わざわざ自分に言い聞かせるまでもない。でも、やっぱりすごく申しわけなくて、すごく恥ずかしかった。ママはいつもわたしのためにできるかぎりのことをしてくれた。そのたびごとにパパにやりこめられていたけど、それはママのせいじゃない。

去年の春、わたしが高校を卒業したときもそうだ。ママは危険を承知でわたしを助けてくれた。というか、助けてくれようとした。わたしは絶対にパパを卒業式に来させないでとママに言ってあった。もし来たら、わたし、生きちゃいけない。ただでさえ除《の》け者にされてるのに、もしパパが来たら、その十倍もひどい仕打ちを受けることになる。

「わかるでしょ、ママ」わたしは泣きながら駄々をこねた。「パパがまともな恰好をして来てくれるとは思えない。来たら、みんなをバカにして鼻で笑い、憎まれ口をきいてまわるに決まってる。

むちゃくちゃなことをするに決まってる。パパが来るんなら、わたし、行かない！　顔から火が出るような恥ずかしい思いをしたくないから！」

　ママは口のなかで何かつぶやきながら、困り果てたように手をこすりあわせた。それから言った。パパのこと、そんなふうに言うのはよくないわ。ことをわけて頼んだら、ちゃんとした服装をして来てくれ、お行儀よくしていてくれるはずよ。

「ほかにどうすればいいというの？　パパが行くつもりでいるとしたら、それをとめるのは――」

「だから言ったでしょ。ママが病気のふりをして、家にひとりでいるのはいやだと言えばいいのよ。それくらいできるでしょ。べつにむずかしいことじゃないはずよ」

　ママはまたもごもご言って、また手をこすりあわせた。そして、できなくはないけど、そんなことはしたくないと言った。「パパはとても残念がるわ。表には出さないでしょうけど、ママにはわかるの」

「そりゃ残念でしょうよ！　娘を困らせたり、恥入らせたりする絶好のチャンスを逃すんだから、残念に決まってる。とにかく、パパが来るなんて、わたし、とても耐えられない」

「でも、パパにとってはとても意味のあることなのよ。ママもそうだけど、パパはそれ以上に学校に行ってないでしょ。自分の娘が高校を卒業するっていうのは――」

「そんなこと知らないよ。パパが来るんなら、わたし、絶対に行かないからね！　家出してやる！　それで――それで、自殺してやる！　わたしは……」

わたしは大声でわめきちらした。ひどくいらだち、取り乱していた。ちょうどそのころボビー・アシュトンと付きあいはじめたばかりで、ボビーはいまみたいに優しくなくて……いや、そんなことはどうだっていい。ずっとまえのことだし、いまさら思いだしたいことでもない。だから、話を元に戻すわね。わたしはとにかくパパには絶対に卒業式に来てもらいたくないと言い張り、わめきちらし、泣きまくって、とうとうママを降参させた。

それで、パパを家につなぎとめておくため、ママが病気のふりをすることになった。

その日の夕方、パパが帰ってきたとき、ママは二階の部屋でベッドに横たわっていた。わたしは台所で夕食の支度をしていた。パパは居間とダイニングルームを通り抜けてやってきて、台所の戸口で立ちどまった。わたしは首筋にパパの視線を痛いくらい感じた。パパは何も言わない。そこに立って、じっとわたしを見ているだけ。そのときのわたしはちょっとびくびくしすぎていたのかもしれない。スプーンを床に落としてしまい、それを拾うために後ろを振り向かなきゃならなくなった。パパと面と向かわきゃならなくなった。

そこにいるのが誰か一瞬わからなかった。本当にわからなかった。ダンスホールで服を着替えてきていて、見違えるようになっていたのよ。まさかパパにこんな恰好ができるとは思わなかった。こんな格好をしているのを見たのはこのときがはじめてだった——あとにも先にも、このとき一回こっきりだった。

新しいブルーの洒落たスーツ。新しいグレーの中折れ帽。新しい黒のドレスシューズ。こんな靴、いままで一度もはいたことはないにちがいない。それに、新しい真っ白なシャツ、スーツと同系色のネクタイ。びしっと決まっていて、一分の隙もない。だから、本当に別人のように見えた。びっくりしすぎて、怖さを忘れそうになったくらい。

「ど、どうして――どうしてなの、パパ。どうして――どこで――」

パパは苦笑いし、ぶっきらぼうに答えた。「在庫一掃セールをやっててな。ついでにこれも買ってきた」

パパは小さな包みをさしだした。包み紙を取ると、ベルベットの箱が出てきた。そのなかに腕時計が入っていた。プラチナのケースにダイヤモンドがあしらわれている。

わたしはそれをじっと見つめ、ありがとうと言った――と思う。でも、わたしにもうちょっと気持ちの強さがあったら、別のことを言ってたと思う。腕時計をパパに投げつけてたかもしれない。そう。わたしは何カ月もまえから腕時計がほしいと言っていた。相手がパパだから、はっきりとは言えず、ほのめかす程度だったけど。案の定、鼻であしらわれ、笑いとばされた。そして、こんなふうに言われた。なんのために腕時計なんか必要なんだ。おまえに必要なのは目覚まし時計だ。何が腕時計か。そんなものを持っていても、ただのゴミにしかならん。

そんなことを言っていながら、実際は買ってやろうとずっと思ってたのだ。

服も新調して、見違えさせてやろうとずっと思ってたのだ。

「これもやる」そう言ってパパは、薄葉紙《グラシン》に包まれた箱をテーブルの上に放り投げた。なかにはランの花が入っていた。「墓場から盗んできたんだ」

また、ありがとうと言った——と思う。混乱し、何がなんだかわけがわからなかった。申しわけないという気持ちと、驚きと、怯えのせいで、なんと言ったのか覚えていない。そもそも何か言ったかどうかもわからない。

「母さんはどこにいるんだ。ゴミといっしょに掃きだされたんじゃないだろうな」

「マ、ママなら二階よ。二階でベッドに——」

「ベッドに？ ベッドで何をしてるんだ」パパは笑った。それから少しして、笑いはとつぜん途絶えた。「どうしたんだ。黙ってちゃわからないじゃないか。病気なのか」

わたしはうなずいて、病気だと答えた。それは一日中ずっと心のなかで繰りかえしてきた言葉だったので、呑みこむまえに口をついて出てしまったのだ。

でも、ほかにどう言えばよかったのか。もう仮病を使わなくていい、むしろ使わないでほしいとわたしが思ってることを、ママが知るよしはない。もしわたしがここで勝手に筋書きを変えたら、あとでどんなことになるかわからない。ママだけじゃなく、わたしもただじゃすまなくなる。

わたしは青くなり、おろおろしていたにちがいない。パパはそれがママの病気のせいだと思ったみたいで、同じように少し青ざめ、悪態をついた。

「どこが悪いんだ。いつからだ。どうしてパパに電話しなかったんだ。医者はなんて言ってるんだ」

「な、なんにも。ママの具合、そんなに悪いわけじゃないと思うの」

「思う？　医者を呼んでないってことなのか。母親が病気で寝こんでるっていうのに。冗談じゃない」

　パパは走って廊下に出て、ドクター・アシュトンに電話をかけ、至急来てくれと頼んだ。それから急いで、でもどことなく覚つかない足どりで二階にあがっていった。

　ドクターがやってくると、パパは下におりてきた。そして、わたしがいた台所にやってくると、悪態をつき、ぶつくさ言いながら、部屋のなかをいらだたしげに行ったり来たりしはじめた。

「やれやれ。どうしてパパに電話してこなかったんだ。どうしてすぐにドクターを呼ばなかったんだ。いったい全体――」

「ねえ、パパ。ママの具合はそんなに悪くないんじゃないかしら。わたしにはわかるの」

「どうしてわかるんだ。くそっ。なんでこんなときに病気にならなきゃいけないんだ。この二十年、一度も病気になったことはなかったのに。よりによってどうしてこんな日に――」

「パパ……」

「たいしたことがなきゃいいんだが。まったくもって困ったやつだ。症状によっては入院させなきゃな。完全によくなるまで退院はさせない。ちゃんとした医者に診てもらい、それで……どうした？　何か言いたいことがあるのか」

　わたしは本当のことを話そうとした。でも、最後まで話すことはできなかった。ママは病気じゃないと言うと、パパは悪態をついて遮り、汚い言葉でわたしを罵りはじめたが、途中でふいに口をつぐみ、それからこう言った。たぶん、おまえの言うとおりだ。ママは病気じゃないんだろう。

「たぶん、ただの食いすぎ。でなかったら、働きすぎ。まあ、そんなところだろう。ちがうか、マイラ。結局なんともないってことなんだろ」

「そうよ、パパ。さっきからずっと言ってるように――」

「そう。そうなんだ。ふたりして、いや、おまえがひとりで大騒ぎしているだけだ。落ち着け。あわてなきゃならないことは何もない。だいじょうぶだ。ドクターにまかしておけば、ママはすぐによくなる。よくなったら、みんなで卒業式に行こう。みんなで――おい、いつまで泣いてるんだ。嵐の日の子牛じゃあるまいに」

「パ、パパ」わたしはしゃくりあげた。「ああ、パパ。わたし――わたし、本当に悪いことを――」

「いいから、やめろ。気にすることはない。ママはすぐに元気になり、みんなで――」

ドクター・アシュトンが階段をおりてきた。パパは息をのみ、それから階段のほうへ歩いていった。

「どうだった、ドクター？　症状は――？」

「どこも悪くない。あの年にしては申しぶんのない健康体だ。馬みたいに元気ってやつだね」

パパは低いうなり声をあげた。目に薄い膜ができたような気がする。怒ったときはいつもそうなるのだ。「何を言ってるんだ。それでも医者か。家内は――」

「どこも悪くない。そう。どこも悪くなかったんだよ」

わたしは思った。なんて意地悪な言い方なの！　ドクターは事情を察し、パパのことが嫌いだから、鬼の首を取ったような気になっているのだ。

「ずいぶんめかしこんでるじゃないか、パヴロフ。娘さんの卒業式に出るつもりかい」

「ああ。当然だろ。だからどうだって――」

「みんなびっくりするにちがいない」ドクターは玄関の網戸をあけて、ポーチに出た。「そりゃ、びっくりするのも無理はなかろう。もちろん、あんたが卒業式に行こうと思ってるってことじゃなくて、その服装のことだよ」

「いいか、よく聞け。ふざけたことばかり言ってやがると――」それから、パパは言った。たった一言、ゆっくりと、どちらかというと間の抜けた感じで。「まさか……」

「そういうことだ。もちろん、卒業式に行っちゃいけない理由は何もない。何も。それでもまだ行きたいと言うのならね」

ドクターはくすっと笑うと、車に乗りこんで、走り去った。それからしばらくたっても、ドクターの笑い声がまだ聞こえるような気がした。

わたしは台所に棒立ちになって待っていた。身体がぶるぶる震える以外はまったく動けない。息をすることすらままならない。

パパは玄関の間から戻ってこなかった。やはり動けないのだろう。わたしと同じように棒立ちになっているのだろう。

爆発の前触れだ。頭のなかに罵りの言葉をいっぱいためこんで、わたしとママに雨あられと浴びせかけるつもりにちがいない。わかってる。これまでもそうだったから。じらしているのだ。いつ爆発するかわからないので、わたしたちはびくびくしながら待ち、そのうちに居ても立ってもいられなくなってくる。そこへドカンと来るのだ。

早く来て、終わりになってほしい。待つのがつらいからじゃない。そうしてくれたら、少しは罪滅ぼしになると思ったから。そして、パパがいまとはちがった気持ちになると思ったから。

それって変かな。いいえ、べつに変じゃないと思う。パパの気持ちがどうかなんて考えたことはいままで一度もなかった。そもそもパパに感情があると思ったことさえなかった。ましてや、パパが傷つくなんて。いつものパパを見てたら、そんなことは思いもよらないはずよ。他人にどう思われようが、何をされようがいっこうに気にしていないって態度をいつもとりつづけていたから……

ママが言ったとおりかもしれない。パパと結婚したとき、ママはびっくりするくらい可愛らしかった。でも、パパのほうはいまと同じようにずんぐりむっくりで、顔は泥壁のレベルだった。ママは自分の気持ちを表に出すのがあんまり得意じゃなく、いつもぶっきら棒で、引っこみ思案で、愛やら何やらの言葉が出てくると、すっかりまごついてしまう。だから、ママは孤児院から出たかったから結婚したと、パパが考えるのも無理はない。実際のところ、理由の一部ではあったのはたしかだと思うけど。

うーん、よくわかんない。いまとなっては、そんなこと、どうだっていい。少なくとも、いまのパパはわたしのことなどなんとも思ってない。かつてはそうじゃなかったかもしれないけど。決まってる。パパにあのことを気づかれたら、わたしは本当に殺されてしまう。

ボビーは思いちがいだって言う。パパがそんなことをするのは、わたしのことをすごく気にかけてるからだと言う。でも、それって、筋が通ってなくない？　ボビーみたいな利口な人間でも、ときにはトンチンカンなことを言うってことね。

まあいい。とにかく、あの夜のことに戻るわね。

パパの反応は予想したものとちがっていた。最初は台所のほうへ歩きだしたけど、二、三歩で足をとめ、今度は階段のほうに歩いていき、また二、三歩で足をとめた。次に玄関へ向かい、網戸をあけて、片足を外に出したところで動きをとめた。

「仕事に戻らないといけない。晩メシはいらん。卒業式には行けない。ママといっしょに楽しんでこい。途中、リスを轢かないように気をつけるんだぞ」

「パ、パパ――待ってちょうだい！」わたしは大声で言ったが、網戸がばたんと閉まって、わたしの声を掻き消した。

わたしが戸口に行ったとき、パパはすでに通りの一ブロック先にいた。

パパがこのときの服を着ることは二度となかった。ある日グーフィー・ガンダーがグレーの中折れ帽をかぶっているのを見かけたので、たぶんパパはグーフィーに全部あげちゃって、グーフィーは帽子以外のものを全部お酒にかえちゃったんだと思う。

そういうわけで、少なくともあのとき、ママは本当にわたしを助けてくれようとした。だから、まったくあてにできないと言うのはフェアじゃない。それに、いま言おうとしてたんだけど、また何かママにやってもらおうというのは、ちょっと酷だなと思う。あとでパパに何をされるかわからないから。パパはわたしの分までママに当り散らす。ママはこのまえの誕生日で四十六歳になった。年をとってくると、耐える力はだんだん弱くなってくる。

それに、たぶんうまくいかない。何をしようとしているにせよ、ママがそれをうまくやってのけられるとは思えない。普段からおどおど、びくびくしているのだから、ドジを踏んで、にっちもさっちもいかなくなるのは目に見えている。結局のところ、わたしにとっても、何もいいことはない。

それで……それで、わたしは髪をまとめて、自分の部屋に戻ると、ガウンをはおって、下におり、さっきはあんなこと言ってごめんねとママに謝った。

ママは何も答えずに、顔をそむけた。あきらかに気を悪くしていた。そして、すねていた。その身体に腕をまわして、キスをし、背中を優しく撫でてあげると、ママは顔を赤らめ、照れくさそうにしていたけど、それでその場の空気は緩んだ。

「気にしなくていいのよ、お嬢ちゃん。怒るのも無理はないと思うけど、やるべきことはちゃんとやるつもりよ」

「いいんだってば、ママ。そんなことはしてほしくない。ほんとよ。ママが自分で言ってたじゃない、うまくいくはずはないって。うまくいくはずがないことを、どうしてしなきゃいけないの」

「そうね。たぶんうまくいかないと思う。あのひとにお金を出させることはたぶんできない。でも……」ママはそこで口をつぐんだ。話のなりゆきにほっとしつつも、何か怪しいって感じたみたい。「ねえ。もしかしたら、あなた、おかしなことを考えてるんじゃ……」

わたしは笑った。「おかしなことって何よ？　わたしに何ができるっていうの？　銀行強盗？」

実際のところ、何も考えてはいなかった。考えたのは、そのあと自分の部屋に戻ってから。こんな状況なんだから、もっとまえに思いついてもよかったと思うけど、よく考えたら、べつに不思議なことじゃない。要するに、いままではそこまで切羽つまってなかったってことね。

「ねえ、ママ。もう全部忘れようよ。とにかく、今夜はおとなしくしていてちょうだい。何日かあとに、何も変わっていないようだったら、そのときにあらためて――」

「でも、今夜じゃなきゃいけないの！　やるんだったら、今夜しかないのよ」

「どうして？　これまで何年も待ってたんでしょ。どうしてもう少し待てないの？」

「待てないから待てないのよ。電話が……電話が――」

ママはふいに話をやめて、振り向き、コンロの火にかけているものを掻きまぜた。「大変大変！　おしゃべりに気をとられて火事になるところだったわ」

「ねえ、ママ、電話がどうしたの。何を言おうとしたの」

「なんでもない。わたしがそんなこと知るわけないでしょ。もう、なんて一日なの。おたおたしちゃって、自分でも何を言ってるんだかわからなくなってきちゃった」

わたしは笑いながら言った。だったら、気にしないことにする。さっき言ってたひとには本当に会わなくていいからね。そんなことをしたら絶対に駄目よ。

ママはうなずいて、口のなかでぼそぼそ言い、それでこの話はおしまいになった。

わたしは自分の部屋に戻った。ガウンを脱いで、下着を取りかえると、ベッドに横になった。涼しくて気持ちがいい。ドアはあけっぱなしになっている。窓からアルファアルファの香りをのせた微風が入ってくる。

目を閉じると、この日はじめて心からリラックスできた。一瞬、心のなかが完全に空っぽになり、世界から何もかも消え去ったような気がした。それからまたいろんなことが映像となって頭をよぎりはじめた。

ママ……パパ……ボビー……ダンスホール……わたし……わたしはダンスホールに入る。チケット売り場の鍵をあける。パパのオフィスに入って、金庫をあける。そこから現金箱を取りだし――

目が開き、わたしはあわてて上体を起こした。そして、思いだした。今日は月曜日で、ダンスホールの定休日。仕事に行く必要はない。

ため息をついて、また横になりかけた。

でも、また起きあがった。今度はゆっくりと。目が大きく開いていくのがわかる。胃がぎゅっと縮まり、それから少しずつ緩んでいくのがわかる。

化粧台の上に置いてあったハンドバッグを取る。そこから、キーホルダーを取りだして、ひとしきり見つめ、それからまたハンドバッグに戻す。

もうすぐ四時。さっきまとめたばかりの髪をほどいて、服を着る。

お化粧をしていると、ママが階段をあがってきた。自分の部屋に行こうとしていたようだけど、わたしが着替えてお化粧をしてるのを見て、立ちどまり、部屋に入ってきた。そして、こんな時間にどこへ行くつもりなのかと訊いた。

「今夜、町でボビーに会うことになってるのよ。うちに来てもらうよりいいでしょ。噂はすでに立ってるんだから」

「夜までまだだいぶあるわ。夕食もとってないのよ。どうして――」

「夕食はいらない。いやね。さっき食べたばかりじゃない。早く出かけたいのは、ほんとはパパと顔をあわせたくないからよ。お昼にあんな調子だったんだから、ちょっと間隔を置きたいの」

ママはおろおろしながら言った。夕食のときにあなたがいなかったら、パパはどうしたんだろうと思うはずよ。訊かれたら、どんなふうに答えたらいいの。

わたしは鏡から目を離して、ママのほうを向いた。たぶんとてもいらだっているように見えたと思う。実際にいらだっていたから。

「何よ、もう！　ほんとのことを言えばいいだけじゃない。お昼が遅かったから夕食はいらないと言って、町に行ったたって。ボビーに会うまでの時間は、どんなふうにでも過ごせる。お散歩をしたり、モルテッド・ミルクを買って飲んだり。なんか問題ある？　いちいち説明したり、言い訳したりしないと、町に行くこともできないわけ？」

「何をそんなにむきになってるの」ママは訝しげにわたしを見つめた。「何か隠してるんじゃないの」

わたしは深く息を吸って、ママを睨みつけ、それから鏡のほうに向きなおった。

「わかってちょうだい、お嬢ちゃん。ママはただ心配なだけなの。もし何か隠してるのなら……それが何かはわからないけど——」

「これ以上言われたら、わたし、キレちゃうかも」

「でも、もし——」

「もういい、ママ。もうたくさん。話さなきゃならないことは全部話したつもりよ。これ以上は何も言わない。一言だってしゃべらない。どうして早く家を出たいかって話もしたし、今夜はパパと顔をあわせたくないって話もしたでしょ。いやなの。とにかくいやなのよ、ママ。そんなにいやなことをしなきゃいけない理由がどこにあるっていうの。我慢なんて、できっこない。とにかく、これ以上は話すつもりもないし、聞くつもりもないからね」

ママはもじもじして、手をこすりあわせた。こんなふうにいつも手をこすっていなければ、ここまで赤くなったり、静脈が浮きでていたりしていなかっただろう。まだ何か言いたそうだったけど、あんまりしつこいと泣くからねって言うと、すぐに口をつぐんだ。

「わかったわ。それなら、せめてコーヒーくらい飲んでいきなさい。出かけるまえに、何か温かいものをお腹に入れていったほうがいいわ」

「もう、ママったら」わたしはため息をついた。「だったら、急いでちょうだい。口紅を塗ったら、飲めないから」

ママは急いで階段をおり、すぐにコーヒーを持ってきてくれた。わたしはそれを飲んで、口紅を塗りはじめた。

ママはもじもじし、手をこすりあわせながら、わたしをじっと見ていた。鏡ごしに目があったので、わたしが睨みつけると、あわてて目をそらした。そして、お化粧がすむまで、わたしのほうへ目を向けようとはしなかった。

「そろそろ行かなきゃ。ぐずぐずしていたら、パパが帰ってくる」

「わかったわ、お嬢ちゃん」ママはすわっていたベッドから立ちあがった。「気をつけるのよ。あんまり遅くならないようにね」

ママはお別れのキスをしようとした。なんだか変な感じだった。というのも、ほら、ママは普段キスなんてほとんどしないから。わたしは何も気づかないふりをして首をひねり、顔を汚されないようにした。

だって、お化粧をなおす時間なんかないもの。それに、キスするんだったら、なにもこんなに急いでて、出かける直前でなくてもいいじゃん。

「ねえ、お嬢ちゃん」ママは不安そうに言った。「気を悪くしないでほしいんだけど……お願いだから約束して。おかしなことはしないって」

「いやね、ママ。さっき約束したでしょ。何度も言ったじゃない。もう話すことはなんにもないって。いい加減にしてちょうだい」

「やっぱり行かないで。ママが行くから。ママがなんとかする。なんとかしてみせる」

「やめて！　お願いだからやめてちょうだい！」

わたしはハンドバッグをひっつかんで、部屋を出た。

後ろからママの声が聞こえたけど、わたしは足をとめずに階段をおりて、外に出た。家の前のゲートを抜けようとしたとき、また声が聞こえた。二階の窓から手を振っている。それで、わたしは微笑み、手を振りかえした。

本当はそんなに怒ってたわけじゃない。もちろん、ママを困らせようという気があったわけでもない。ただ頭のなかがいっぱいになっていて、あれ以上は付きあいきれなかっただけ。

五時十五分ごろ、町の中心地に着いた。ダンスホールに行くのはパパが確実にそこを出たあとでなきゃならないから、しばらくのあいだどこかで時間をつぶす必要がある。あと四十五分。ダンスホールまで歩いていくための時間を考えると、そこから十分さしひいて、三十五分。

郡庁舎前の広場を何周かし、お店のショーウィンドウを覗いてまわる。宝石店の前では、展示された商品に興味があるふりをしながら、その後ろにある大きなパネル・ミラーに映る自分の姿を見つめた。

いろいろあったにしては、悪くない。悪くないどころか、正直とってもいい感じ。白いカシミヤのセーター。二週間前に買ったものだけど、季節的に早すぎるということはないと思う。新しいブルーのフランネルのスカートと、極薄のストッキング。ほぼ新品といっていいハンドメイドのスエード・シューズ。

鏡のなかの自分を見ながら、パパのことを考えた。そりゃ言いたいことは山ほどあるけど、ケチだとは絶対に言えない。ママもわたしもほしいものはたいていなんでも買えたし、そのことに対して文句を言われたことは一度もない。守らなきゃならなかったのはただひとつ、支払いは現金でってことだけ。

ママはいつも百ドルを現金で持ち歩いていた。思いだせないくらいずっとまえから。何か買うと、そのつどパパに報告して、また百ドルになるように補充してもらってたのよ。

でも、わたしたちは——というか、わたしは今年の夏までほとんどお金を使わなかった。お店に行くのが怖かったから。店員さんが裏で笑ったり、陰口を叩いたりしてるんじゃないかと思って。

ママはわたしよりひどかった。だから、ふたりともどうしても必要なもの以外は何も買わなかった。そして、どうしても必要なものでも、これ以上先のばしにできないところまで待ち、いよいよそのときが来たら、店員さんが最初に出してきたものを買って、いつも逃げるようにしてお店を出ていた。

わたしたちはパパからいつも糞みそにこきおろされていた。そのうちのいくつかの言葉は永遠に忘れられないと思う。たとえば、案山子《かかし》でカラスを追っぱらえないときは、ママを農家に貸しだせばいいとか。わたしの身なりは、穴だらけで、まっすぐ立てることもできない糠の袋みたいだとか。

でも、わたしがボビーと付きあうようになってからは、そんなふうに言われなきゃならない理由はなくなった。ボビーと会うときは服装にも気をつかわなきゃならないから、最初は仕方なしに買い物に出かけていたけど、徐々にへっちゃらになってきて、いつのまにかショッピングって楽しいと思うようになった。それからは買いまくっている。

最近は町に出たら、何も買わずに帰ってくることはほとんどない。

でも、べつにいいでしょ。パパはたくさんお金を持ってるんだから。いつもまともに扱ってもらえないんだから、せめて格好だけでもまともにしなきゃ。

腕時計を見ると、もうすぐ六時だった。わたしはダンスホールに向かって早足に歩きだした。そこの金庫のなかにはいくらくらい入ってるんだろうって考えながら。

いままで金庫に手を触れたことは一度もない。チケット売り場で働いてるんだから当然のことで、だからそこにどれくらいのお金が入っているのかは知らない。でも、はした金でないのはたしかだ。パパはどうしても必要なとき以外は銀行を利用しない。〝現金一括払い〟がモットーで、ほとんどいつもそうしている。あれだけ手広く商売をしているのだから、手もとに置いている現金もそれなりにあるはず。

たしかにダンスホールは客足が遠のいているし、ほかの商売もそんなにはうまくいってない。でも、だからどうだっていうの。パパがどれだけ多くの不動産を持ってるかわかる？　商売がうまくいってたときに、どれだけのお金を稼いでたかわかる？　これから何年も赤字が続いたとしても、貯えは充分にある。町のひともみなそう言っている。昔ほどではないにしても、金庫にはまだたくさんのお金が入ってるはず。少なく見積もっても、二千ドルか三千ドル。

ダンスホールまであと半ブロックというところで、ラルフ・デヴォアが裏口から出てきて、空調室に入っていくのが見えた。

わたしはその場で足をとめた。まずい。どうしてラルフのことを忘れてたんだろう。だいたいどうしてこんな時間まで働いてるわけ？　出鼻をくじかれて、一瞬、吐き気がした。でも、すぐに気をとりなおして、また歩きはじめた。考えてみれば、ラルフがそこにいても、別段さしさわりがあるわけじゃない。たぶん、見られることはないと思うけど、かりに見られたとしても、かまうことはない。

わたしがパパのオフィスに入ったって、どこもおかしくない。なんたって、わたしはオーナーの娘なんだから。とめられたり、何をしてるのかと訊かれたりすることはないはず。もちろん、あとで金庫のなかのお金がなくなったとわかったら、ラルフはわたしを見たってことをパパに話すだろうけど、気にすることはない。そのときには、ボビーもわたしもどっか遠くへ行っていて、ここには二度と戻ってこないんだから。

建物のなかに入り、ダンスフロアを横ぎろうとしたとき、膝が少し震えた。ラルフは空調室のなかで何かを叩いている。どうやらハンマーで何かを打ちつけてるらしく、その音がダンスホールの換気口から漏れてきて、わたしの歩調とシンクロしはじめる。

足どりがだんだん重くなってくる。ハンマーの音が不快でならない。お葬式の列か何かに並んで歩いてるみたいな気分。その音はずっと鳴りつづけていて、鳴らなくなったあとも聞こえていた。どういうことかっていうと、ラルフが何かを叩いていたんじゃなく、それはわたしの心臓の音だったから。

わたしは深呼吸をした。しっかりしなきゃ。びくついていちゃ駄目。

ボビーもわたしも一時間後にはここから遠く離れたところに行っている。パパはわたしがお金を盗んだことに気づく。気づいてくれたほうがいい。でも、追いかけてくることはできないし、警察に通報するとも思えない。プライドが高すぎるので、娘にお金を持ち逃げされたなんてことは誰にも知られたくないはず。

オフィスのドアの前まで来た。ハンドバッグをあけて、キーホルダーを取りだし、部屋の鍵を見つけだす。

ドアをあける。部屋に入って、ドアを閉め、電気のスイッチを入れる。そして、悲鳴をあげた。

パパがいたから。

机の上に腕を置き、そこに顔をうずめている。その前には、半分空になったウイスキーのボトルがある。

わたしが悲鳴をあげたので、パパははっとしたように顔をあげた。そして、立ちあがり、悪態をつき、何をしにきたんだとかなんとか言いはじめた。わたしがあんぐり口をあけて、突っ立ったままでいると、パパはゆっくりと椅子にすわり、わたしを睨みつけた。

ラルフが走ってやってきた。オフィスの前で立ちどまり、どうかしたのかと尋ねたが、パパは何も答えず、振り向きもしない。

「い、いや……お邪魔だったようだね」とラルフは言って、歩き去った。

パパはまだわたしを睨んでいる。

わたしがなぜここにいるのかを尋ねる必要はない。パパは知っている。百万ドル賭けたっていい。これは最初から仕組まれていたことだ。わたしが怯え、切羽つまったらどうするか、最初からお見通しだったのだ。わたしが今回のことを思いつき、そこにしか希望はないと信じて……ああ。パパは全部知っていて、こうなるように仕向けたのだ。そうじゃなかったら、どうしてここにいるのか。どうしていつもどおり夕食の時間に家に帰っていないのか。

わたしはドアのほうにあとずさりした。パパなんて大嫌い！　ほんとよ。虫唾が走る。嫌い、嫌い、大嫌い！　と心のなかで叫びながら。

パパはうなずいた。「ああ、わかってるよ。みんなにそう思われている」

わたしは振り向いて、走りだした。

そのときは気がつかなかったけど、わたしは心のなかにあったことを口に出していたのかもしれない。その言葉をパパに向かって投げつけていたのかもしれない。

12 ピート・パヴロフ

先週、ドクター・アシュトンから手紙が来た。無視したら、月曜日に電話がかかってきた。おれは糞食らえと言って、電話を切った。

おれの流儀だと、そうするしかない。正しかろうが、間違っていようが、あくまで自分の流儀で押し通すしかない。そうやって、チャンスをつかむのだ。それがいちばん手っとりばやい。尻を蹴る必要があるときには、それが誰の尻であるかはいつだってわかっている。

三列式の古いタイプライターを使って、何通かの手紙を書き、郵便局へ持っていった。昔のタイプライターはいまのものとは出来がちがう。パンから嚙み煙草まで、なんだって今と昔じゃ作り方がちがう。いまでは誰も昔のようにモノをつくらなくなった。笑える話だが、おれ自身もご多分にもれない。昔のようにモノをつくらなくなったのは、作り手がいなくなったからだ。みんな愚痴を並べるだけで、やる気も何もない老いぼればかりになっちまった。

おれも落ちたものだ。いまのおれが郵便局を建てたころのおれだったら……たぶん、いまよりずっとうまくやれていただろう。こんな苦境に立たされることはなかっただろうし、厄介者の数もこんなに多くはなっていなかっただろう。

そう、おれはこの町の郵便局を建てた。ルアン・デヴォアの親父のストイフェサント准将から請け負った仕事だ。四階建てで、いまでも町でいちばんでかい。当時としてはなかなかしゃれた建物だった。二階から上はオフィスで、各部屋にトイレと洗面所が付いていて、給排水のパイプは外から見えないような仕様になっていた。

工事がほとんど終わり、あとは内装を残すばかりというとき、とんでもないことが判明した。あの日のことは決して忘れないだろう。そのとき、おれは四階にいた。嚙み煙草を口から出して、トイレに投げ捨て、水を流した。それから、洗面所へ行って、グラスに水を入れ、飲もうとしたとき、何かが混じっていることに気がついた。茶色い何かのごく小さいかけらだ。

おれは悪態をついて、水を捨てた。空き缶にゴミを入れ、それを一階から四階までの全部のトイレに流し、洗面所の蛇口をひねってまわった。どれも同じだった。配管の設計ミスだ。目をこらしてよく見なければわからないが、間違いなくゴミがまじっている。トイレの下水が洗面台の蛇口から出ているのだ。

ということは……便器の内部の構造くらいは、誰でも知ってると思う。給水口があり、そこからは水が出てくる。そして、排水口からは汚物が排出される。給水口と排水口はすぐ近くにあり、水は同時に入ってきたり出ていったりする。だから、配管の設計施工にはよほど注意を払わないと、汚水が給水管に浸入し、飲み水や顔を洗う水にまじってしまうことになる。

そのとき最初にしたのは、本管のバルブを締めて、建物の水を全部とめてしまうことだった。作業員には、だらだらと仕事をしているとイチャモンをつけ、これからはここで顔を洗うのも水を飲むのも禁止すると言いわたした。そのせいでずいぶん反感を買うはめになった。でも、仕方がない。本当のことを言うわけにはいかない。言ったら、話はすぐに町じゅうに広まる。悪評はいつまでも残る。修理して、もうだいじょうぶだと太鼓判をおしても、不信感は決して払拭されない。

その日はそれから丸一日かけて設計図のチェックをし、何マイル分もの配管の位置を一フィート単位で丁寧に見ていった。その結果、どこに問題があったのかようやくわかった。それは間違いなく設計上のミスであり、施工上のミスではなかった。

おれは図面を持って、ストイフェサントの家へ行った。居間にはルアンもいた。話を聞いて、ふたりとも青い顔になった。おれはそんなに気にすることはないと言った。

「建築家の責任だ。配管を隠すというアイデアは斬新だが、建物の構造はそれに見あっていない。パイプをこんな急角度で取りつけたんじゃ、内部に真空状態が生じてもおかしくない——えっ、なんだって？」

「わしのせいだと言ったんだ」ストイフェサントは死人のような声で答えた。「建築家の責任じゃない。その設計図はわしの概略図にもとづいて描かれたんだ。建築家は反対した。でも、わしがどうしても原案どおりにやれと言って、無理やり押し切ったんだ。念書まである」

おれは訊いた。なんでそんなことをしたのか。金を払って専門家を雇っておきながら、なんで彼らの意見に耳を貸さなかったのか。

ストイフェサントは顔をしかめ、いまにも泣きそうになっていた。「建築家が設計料を釣りあげようとしているると思ったんだよ、ピート。建築家の取り分はどうしても工費全体の六パーセントにおさめなきゃならなかった。わかるな。わしは疑り深い人間で——」ここで言葉を切り、また顔をしかめた。「もちろん信じられる者もいる。たとえば、きみとか。きみほどの正直者はいないと思ってるよ、ピート」

「それはどうも、准将。いずれにせよ、こうなったからには——」

「このことはほかの誰にも話してないんだな。作業員は何も知らないんだな。それで、もしその不具合をなおさなかったら——その、なんというか、深刻な事態になるんだろうか」

「さあ、それはわからないね。まったく何も起きないかもしれない。しばらくしてから、何か起きるかもしれない。病気になる者が出るかもしれないし、死者が出るかもしれない。それはわからない。でも、確実にわかることがひとつだけある。おれは自分では絶対に汚水を飲まないし、ほかの誰にも飲ませないってことだ。つまり——」

おれは口を閉ざした。ストイフェサントが大きなショックを受け、途方にくれているように見えたからだ。おれは辛らつにすぎたかもしれないと思って謝った。そう、なんとこのおれが謝ったんだ！

「気にすることはないよ、ピート。公衆衛生に気を配るのは当然のことだ。それより、さしあたっての問題だが、どうしたらいいと思う？」

おれは言った。配管工事を一からやりなおさなきゃならない。パイプ自体は使いまわしができる。

でも、それをすべて壁の内側から出して、外に取りつけなきゃならない。つまり内壁の施工は二度手間になるということだ。

ストイフェサントは唇を噛んだ。「なるほど。それで、作業員は？　作業員にはどう説明すればいい？」

「そうだな……」おれは肩をすくめた。「作業員には、おれのミスだ、もちろん手間賃は余計に払う、と言っておく。そう言ったからといって、おれの腹は少しも痛まない。作業員はおれの話を額面どおりに受けとるはずだ」

「なるほど。ピート――いいかい、ピート。きみにこんなことを言うのはどうかと思うが、わしはあの建物に身代のすべてを注ぎこんだんだ。身代のすべてを！　もうこれ以上借金はできない。これ以上借金をしようとしたら、建物の地下から屋上まで建物のすべてを抵当に入れなきゃならなくなる。もちろん、建物ができあがれば、問題はすべて解決する。一階には郵便局が入るし、上階のオフィスもほとんど借り手がついている。でも、わたしひとりの手ではこれ以上どうにもならない。もちろん、きみに頼めた義理じゃないことはわかっているが――」

ルアンはすすり泣いていた。ストイフェサントはすまなさそうな目をおれに向けて、娘の肩に腕をまわした。ルアンはすぐに振り向いて、父の肩に腕をまわした。なんとも哀れを誘う光景じゃないか。おれは手帳を取りだして、金の計算をした。

おれにも自由に使える金はなかったが、信用度の格づけはトップクラスだ。それをめいっぱい使えば、必要な再工事の費用はなんとか捻出できる。多く見積もって八千ドルといったところだろう。

なんとかしようと言うと、ストイフェサントはおれの手を痛いほど強く握りしめた。ルアンはキスをしようとするんじゃないかと一瞬思ったほどだ。ストイフェサントは一万ドル（八千ドルじゃなく一万ドル）の借用書をさしだして、こう言った。文字どおり命拾いした。二千ドルを上乗せしたくらいで、恩をかえすことはできないと思っている。

これ以上言う必要はないと思うが、おれと同じぐらい間抜けな者のために先を続けよう。ストイフェサントはおれが再工事の費用をたてかえたことを否定した。つまり、配管のミスはおれが自分で作業員に話したとおりというわけだ。おれが建築家の意見に従わなかったことに対して訴訟を起こす用意があるとまで言った。

「もちろん、そんなことはしたくない」ストイフェサントは鼻で笑いながら、悪びれる様子もなく言った。「ただでさえ、きみはいろいろなトラブルを抱えているようだからね」

そりゃそうかもしれないが、こっちには一万ドルの借用書がある。それがあれば金を取り戻せる。ストイフェサントは笑いながら首を振った。「あいにくだな、パヴロフ。わしから取れるものは何もない。全財産を娘のルアンに譲ったんだよ」

ルアンはあまり嬉しそうな顔をしていなかった。おれがそっちのほうへ顔を向けると、目を伏せ、それからとつぜん父親のほうを向いた。

「こんなこと、しないでほしい。わたしのためだっていうのはわかるけど――」

ストイフェサントはうなずいた。「ああ。だったら、おまえの好きにすればいい。わしの考えでは、手に職がなく働くこともできず、かといって結婚することもできない女であれば、金はいくらあってもいいと思うがね。もちろん、それとちがう考えを持っているのなら……」

ストイフェサントは両手を左右に広げ、また嘲るような笑みを浮かべた。

ルアンは立ちあがり、部屋から出ていった。

おれも立ち去り、二度とそこには戻らなかった。そんなことをしてもなんにもならないことはよくわかっていた。ルアンからは何も取ることができない。ストイフェサントには取れるものがない。老いぼれもいいところなので、叩きのめして気を晴らすこともできない。

と、まあ、そういうわけだ。〝昔気質の紳士〟だの〝上流の人士〟だの〝町の名士〟だのと、どう付きあえばいいかはこのときに学んだ。

借金を払い終えるまでには、昼も夜も働きづめに働いて五年かかった。


ダンスホールに顔を出したときには、ラルフがフロアを掃除していた。ひとしきり軽口を叩きあったあと、おれは浜辺へ散歩に出かけた。自分がつくった建物を見ながら歩くのは、いい気分だった。ほかの者にはこれだけ手のこんだものはつくれなかっただろう。だが、見方を変えると、それはかならずしも褒められたことじゃない。見ているうちに、気が立ってきた。少しくらい手を抜いていても、儲けはそんなに変わらなかった。そうしていれば、いまのような窮地に追いこまれることはなかったはずだ。

いったい何を考えて、一年のうち一シーズンしか使わない建物にあれだけの大金を注ぎこんだのか。たぶん、何も考えていなかったのだろう。ごく自然にそうした。そういうやり方しかできなかったから。

浜辺でラグズのバンドのヴォーカルのダニー・リーとひょっこり出くわした。水着姿で日光浴をしていた。隣にすわって話をしたが、長居はしないことにした。早々に切りあげないと、ろくなことにならない。そのうちに、世間話だけじゃすまなくなる。それ以上のことをしたくなってくる。そんじょそこらにいるようなアマっこじゃない。おれの好みなのだ。

ダニー・リー——誰かといい仲になったら、とことんのめりこむタイプの女だ。惚れた男のためなら、人殺しでもするだろう。返り討ちにあうかもしれないとわかっていたとしても。見ればわかる。少なくとも、おれにはわかる。それはとてもきれいなパッケージに包まれている。

もっとも、おれのタイプではあっても、向こうのタイプではない。たとえラルフ・デヴォアにぞっこんじゃなかったとしても、おれのような太鼓腹のオヤジはまったくお呼びじゃない。笑いものになるようなことをしたり言ったりしないうちに、尻っぽを巻いて退散だ。

ダンスホールに戻ったとき、ラグズから電話がかかってきた。おれはコテージへ出向いていき、そこでラグズといっしょにコーヒーを飲んだ。

資金繰りはどうだと訊かれたので、おれはドツボにはまったままだと答えた。ラグズのほうもかつてないくらい厳しい状態だという。

「どうしたらいいかさっぱりわからないよ、ピート。ここの仕事が終わったら、バンドは解散する。そのあと、ひとりでやっていく気にはとてもなれない。それなりの稼ぎになるなら話は別だが、おれが巡業に出て、ジェイニーが息子たちといっしょにニューヨークにいるんじゃ、赤字を出さないほうがむずかしい」

「なるほどね」おれは言って、床を見つめた。いつもそうだが、ラグズの子供の話にはどうしても歩調をあわすことができない。「だったら、ええっと、たとえばレコーディングはどうなんだ。それでなんとかならないのか」

ラグズは舌打ちし、罵りの言葉を並べたてた。自分の好きなように演奏できるんでなかったら、お断りだという。つまり、自分でレコード会社をつくらないかぎり、レコードは永遠に出ないということだ。

「それは残念だな。こっちの懐具合がもうちょっとよければ、なんとか——」

ラグズは遮った。「いいや、気にしないでくれ、ピート。レコードを出したいのは山々だが、世のなかにはできることとできないことがある」

ラグズはコーヒーを飲みほすと、そのカップにウイスキーを注いだ。それを一飲みすると、唇を嘗め、ぶるっと身体を震わせた。それから少し間を置いて、ダニーとラルフ・デヴォアの関係をどう思うかと訊いてきた。

「結局どうなるんだろうな。あのふたりはどこに行き着くと思う?」

おれは肩をすくめて、あまり考えたことはないと言った。

ラグズは眉を寄せた。「おれはまえから考えていた。あのふたりの仲は本物だ。でも、どちらも――特にラルフは、恋煩いをしているガキんちょじゃない。それなりの成算がなきゃ、危ない橋を渡りはしないだろう」

「ああ。それはおれもそう思う」

「そうなんだ。これもまえから考えていたことだが、ふたりを引きあわせたとき、おれはダニー・リーにラルフは金持ちだと言った。最近になって、それは嘘じゃないかもしれないと思うようになってきた。もしも……」

「なんだい?」

「いや、なんでもない。くだらないことだ」ラグズは笑った。「考えるだけでも、おぞましい」

「じゃ、おれはこれで失礼するよ。そろそろ昼メシの時間だ」

おれは後戻りし、町の反対側に向かった。そして、家の近くの教会にさしかかったところで足をとめ、数歩あともどりして、教会と牧師館のあいだの空き地の前で立ちどまった。

そこで、興味深げに思案しているふりをして、空き地を見つめ、少ししてからポケットに手を突っこみ、メジャーを取りだして、土地の寸法を測りはじめた。

牧師館の窓のひとつでカーテンが動いた。おれは手帳を取りだして、そこにいくつかの数字を書きこみ、計算をしているふりをした。

この空き地にはずいぶん楽しませてもらった。大麻草が生えているのを見つけたと言いふらしたこともあるし、ここを買いとって射的場にしたいという作り話をしたこともある。そんなふうにあの手この手を使って、おれは何年ものあいだ牧師へのいやがらせを続けた。いまその牧師がカーテンの隙間から様子をうかがっていることはわかっている。おれを観察し、思案をめぐらしながら、新しい呪文をひねりだそうとしているにちがいない。

しばらくしてようやく外に出てきた。出たくないが、出てこないわけにはいかない。

おれは気がつかないふりをして測量と計算を続けた。牧師は庭で少しためらい、それからフェンスの手前までやってきた。

「なんでしょう。どうかしたんですか、パヴロフさん」

「やあ、牧師さん。この土地のことなんだが、ちょうどいいと思ってね」

「ちょうどいい?」牧師は言った。もう涙目になり、唇をわなわなと震わせはじめている。「どういうことでしょう、パヴロフさん。わたしはもう年寄りなので――」

「でも、若かったころのことは覚えてるはずだ。よーく覚えてるはずだ。まあいい。じつはここにクリーニング店をつくりたいと思ってね。それで、あんたにも一肌脱いでもらいたいんだ」

おれの話がどこに向かおうとしているか、牧師はもちろん知っている。当然だろう。何年ものあいだ同じことを繰りかえしているのだから。牧師は涙目でおれを見つめ、口を開いたり閉じたりしている。おれはベッドシーツを専門に扱いたいという話をした。

「こんなふうにしようと思ってる。あんたが友だちに声をかけて、ベッドシーツを持ってこさせる。ついでに、ショットガンの弾穴があいた服なんかを持ってきてもらってもいい。おれがただで繕ってやる。それくらいのことはしなきゃね。その穴をあけたのは、おれかもしれないんだから」

「パ、パヴロフさん。もうその話は――」

「ここのところ教会はがら空きだったんじゃないかい。みんな、のんびりすわっていられる気分じゃないんだと思うよ。牛追い用の鞭を持って自宅に押しかけられたりしちゃたまらないからね」

おれはにやりと笑って、ウインクをした。牧師はフェンスに寄りかかり、唇を震わせながら、支柱を握ったり放したりしている。

「パヴロフさん、あれは――あれはずいぶん昔のことです」

「おれにはそんなふうに思えない。まるで昨日のことのようによく覚えているよ」

「わたしがどれだけ申しわけなく思っているか、何度、神に赦しを請うたことか……」

「本当に？　まあいい。そろそろ行かないといけない。こんなところに長居したら、食欲がなくなっちまう」

おれの家は隣のブロックにある。大きな二階建てで、広い敷地のなかに建っている。たぶんこの町でいちばんの豪邸だが、そうは見えない。むしろお化け屋敷だ。

建てたのは十五年前だが、そのころは多忙をきわめていた。請負仕事を四つも五つも同時に抱えていて、前払い金ももらっていた。だから、まずはそっちを片づけなきゃならなかった。自分の家の手入れはいつでもできる。

それで、家はだんだん荒れていった。そうしたら、近所の連中が苦情の申立書を持ってやってきやがった。おれはそれを破って、投げつけてやった。すると、今度は訴訟ってわけだ。おれは闘い、訴えは棄却された。それにしても、連中はどうしておれを放っておいてくれないのか。生活環境をよくしたいという気持ちはやつらの専売特許じゃない。なのに、どうしても放っておいてくれない。いつも横車を押そうとする。そんなことをさせてたまるもんか。

いままで塗装は一度もしていない。庭は荒れ放題で、材木の切れ端や木挽台や煉瓦などが散乱している。錆びてぼろぼろになった古い一輪車が二台と、セメントのこびりついた大きな舟形の容器が置きっぱなしになっている。それから――

いや、もういい。

本当にお化け屋敷だ。これからも変わることはない。少なくとも、いま以上にきれいになることはない。おれが生きているあいだは。

家に帰ったときには十二時を少しまわっていた。テーブルには昼食が用意されていて、マイラと妻のグレッチェンが椅子のそばに立って待っていた。

おれが挨拶をすると、ふたりは小声で返事をし、軽く頭をさげた。おれは言った。さあ、食べよう。それで、全員が食卓を囲んだ。

おれは料理を三人の皿に取りわけた。ビーフとポテト・ダンプリングだ。それを二口ほど食べてから、ふたりにドクター・アシュトンから聞いた話を伝えた。

「アトランティック・センターでビル建設の請負仕事があるらしい。どうだ、四、五カ月あっちで暮らしてみる気はないか」

グレッチェンは顔をあげなかったが、横目でちらっとマイラの様子をうかがうのが見えた。マイラの顔は赤みを帯び、フォークを持つ手は震えている。

フォークが口に届くまえに指から滑り落ち、皿の上にカチャンと音を立てて落ちた。マイラとグレッチェンは身体をびくっとさせた。おれは笑った。

「心配するな。行かないよ。最初からそんな気はさらさらなかった。ただ訊いてみただけだ」

おれは料理を口に入れ、嚙みながらふたりを見つめた。マイラの顔は先ほどよりもさらに赤くなっている。と、とつぜん立ちあがり、走って部屋から出ていった。

おれはまた笑った。あまり笑いたくなかったが、それでも笑った。グレッチェンがしばらくしてようやく顔をあげた。

「どうしてあの子をそっとしておいてやらないの」いつもとちがって、口のなかでもぐもぐ言っているのでも、あわあわ言っているのでもない。「あの子は怯えているのよ。これくらいじゃ足りないと言うの？　犬を鞭打つみたいに、あの子をいじめつづけるつもりなの？　かわいそうに、あなたはあの子をいじめて、いじめて、いじめぬいて——」

「いいや。そんなつもりはない。いじめぬくつもりはない」

「それって——それって、どういう意味なの？」

おれは肩をすくめた。グレッチェンは立ちあがり、振り向いて、階段のほうへ歩き始めた。マイラの部屋へ行くのだろう。

パン切れで皿を拭いて食べおえると、爪楊枝で歯の掃除をし、それから嚙み煙草の大きなかたまりを口に入れた。腕時計を見ると、一時二分前。腕時計を見ながら待ち、針が一時ちょうどをさしたとき、玄関口のラックから帽子を取って家を出た。

おれはどんなこともいつもどおりにやってきた。そうしないほうがいいと思うときもあるが、やり方はいつも決まっている。いまもそうだ。正しくても正しくなくても、それがおれの流儀だ。それでいいと思っている。

怯えている？　ふざけるな。怯えさせないよう、おれは精いっぱいのことをしているつもりだ。ふたりが頭をあげ、誇りを持って生きていけるよう、必要なものはなんでも与えてきたはずだ。おれはすべてを無からつくりだしてきた。頼れるのはおのれの頭と二本の手だけだった。そのあいだ、誰かに頭をさげたことは一度もない。おれを叩きのめそうとしたやつは大勢いたが、おれは負けなかったし、怯えもしなかった。おれの苦労をグレッチェンとマイラが半分でも嘗めたら——

オフィスに戻ると、嚙み煙草を吐き捨てて、ウイスキーをあおった。そして、苦笑いしながら考えた。やれやれ。おまえはこれまで他人に自慢できる何を手に入れたというんだ、ピーテル・パヴロフスキー。妻？　グレッチェンが妻と言えるのか？　娘のマイラ？　あの蓮っ葉娘がおまえの娘か？　ほかには何がある。建物以外に。いや、建物はもうおまえのものじゃない。いままでなんとか踏んばってきたが……

ウイスキーをもう一飲みし、また笑おうとした。どう考えても、これはたちの悪いジョークとしか思えない。けれど、どうしても笑えなかった。このダンスホールも、ホテルも、レストランも、コテージも、何もかも失おうとしているのだ。また無一物になろうとしているのだ。

考えることさえ容易ではないのに、笑えるわけがない。

机の引出しから拳銃を取りだす。それを一通りチェックして、また引出しに戻す。

誰のせいなのか。あの女か。あの男か。あいつらか。それともおれ自身か。あるいは、この忌々しい世のなかか。いいや、誰のせいでもない。そういう運命だったのだ。運命を変えるためにしなきゃならないことはひとつしかない。

九時半ごろ、ボビー・アシュトンがオフィスにやってきた。酒を飲んでいたせいもあり、顔をあげて戸口にボビーの姿を認めたときには、むかっとしたが、それでも追いかえしはせずに、

「元気にしてるかい、ボビー」と訊いた。ボビーは微笑んで、椅子に腰かけた。

今夜はマイラとデートだと思っていたが、とおれは言った。

ボビーはうなずいた。「そうだよ。いまもいっしょにいる。ここにはちょっと寄っただけだ」

「ほう？　あいつと出かける許可をもらいにきたわけじゃあるまい」

「そうじゃない。頼みたいことがあってね。ルアン・デヴォアが死んだという話は聞いたかい」

「ああ」おれは椅子の上で少し身体を起こした。「ラルフから電話がかかってきた。それがどうかしたのか」

「べつに。それより……」

ボビーはポケットから白い封筒を取りだして、机の上に置き、それから立ちあがった。口もとには冷たい奇妙な笑みが浮かんでいる。

「これを読んでほしいんだ。何かの役に立つかもしれない。たとえば、無実の罪を着せられそうになった者を救うためとか。この言葉をどう受けとってもかまわないけど、とにかくそういったときのために使ってもらいたいんだ」

「使ってもらいたい？　いったいどういうことだ。なんで自分でそうしないんだ」

ボビーはさらに大きな微笑みを浮かべて、ゆっくり首を振った。そして、おれが口を開くまえに出ていった。

おれは封を切って、手紙を読んだ。

それは手書きの告白文だった。ルアン・デヴォアを殺したのは自分だという。ラルフが大金を貯めこんでいるにちがいないと踏み、その金を奪おうとしたらしい。どうやって殺したかという記述もあった。

覆面がわりにハンカチを使った。声を聞かれたら誰かわかってしまうので、一言もしゃべらず、忍び足で二階へあがっていった。危害を加えるつもりはなかった。突き飛ばすか、一発お見舞いするかしたら、用は足りると思っていた。奪った金はいつかかえすつもりだった。かえせるようになったら匿名で送りかえすつもりだった。だが、思惑は見事にはずれ、計画は総崩れした。

ルアンが階段の上で待ちかまえていたのだ。いきなり突進してきたので、それをかわそうとした。そして次に見たのは、階段の下に横たわって死んでいるルアンの姿だった。

金のことなどすっかり忘れて、あわてて逃げだした。ひどく怯えていたので、逃げる以外には何もできなかった。

手紙を二度読みかえしたとき、おれはある種の感動を覚えていた。これが本当のことでないとしたら、よくこれだけ本当のことらしく書けるものだ。難点はひとつしかない。〝ひどく怯えていた〟というところだ。いったいどんな目にあわせれば、あの男を怯えさせることができるというのか。

またウイスキーを一飲みすると、マッチを擦って、手紙に火をつけ、痰つぼに捨てた。そんなものがあってもなくても何も変わりはしない。ボビーがルアン殺害の罪で罰せられることはない。そのことは本人もよくわかっている。

だから、この手紙を書いたのだ。たぶん間違いない。ボビーは死ぬつもりでいる。だとしたら、どんなことを告白しても、傷つくことはない。その告白によって誰かを助けることができるかもしれない。

おれは拳銃を引出しから取りだして、尻のポケットに突っこんだ。それから明かりを消して、車へ向かった。

ボビーとマイラを見つけだすのは簡単だった。少し行ったところで車を降り、曲がりくねった小道をしばらく歩くだけでいい。自分がボビーならどこへ行くかということを考えたら、すぐにわかる。おれが行くと思う場所に、ボビーはマイラを連れてきているはずだ。

ふたりは樹木のあいだの開けた砂地《すなち》に横たわり、固く抱きあっていた。だが、実際のところ、マイラの姿は見えていなかった。見えているのはボビーだけだった。困ったことに、おれの頭のなかにあるのはボビーのことだけだった。

ボビーがなぜ、どうやってマイラに近づいたのかはわからない。考えたくもない。考えると、ボビーを許そうとするかもしれないから。そんなことはできない。ボビーもそんなことを望んではいないだろう。だが、いずれにせよこれはそんなに簡単なことじゃない。

おれたちはよく似ている。同じように考えることができる。だから、おれがやったことを、さも自分がやったかのように告白することもできる。事実関係に関する部分はほぼ完璧といっていい。そう、ルアンを殺したのはおれだ。

おれはルアンを拳銃で脅して金を奪うつもりだった。ハンカチで顔を隠し、二階からルアンに声をかけられても、返事をしなかった。自分が誰だか知られたくなかったからだ。けれども、途中で気が変わった。そんな小細工をするのがいやになったのだ。おれは自分の人生のなかで一度も卑怯なことをした覚えはない。このときだって同じだ。それに、そんな細工をしなきゃならない理由もない。

ルアンには貸しがある。一万ドルと二十五年分の利子だ。おれは顔からハンカチを取ると、拳銃をポケットに入れ、金をかえしてもらいにきたと言った。

ルアンが甲高い声でまくしたてはじめたので、おれは言った。「ないとは言わせないぞ。ラルフが稼いだ金があるはずだ。ラルフは金を使わない。持ってもいない。あんたが持ってるんだ。ラルフを縛りつけておくために。ラルフがその金を持っていたら、とうの昔に娘といっしょに行方をくらましてるはずだ」

おれはルアンから目を離さず、ゆっくりと階段をのぼっていった。ルアンは命乞いをし、それから脅し文句を並べはじめた。こんなことをして許されると思ってるのか。あんたは警察に逮捕される。お金を持って逃げることはできない。刑務所送りになるのは間違いない。

「かもしれない。でも、おれはそう思わない。おれはしこたま金を貯めこんでいると誰もが思っている。どんなにおれを嫌っているやつでも、おれが人さまの金を奪ったりするとは思わないはずだ。だから、警察につかまることはない。おまえとおまえの親父がおれに一杯食わせたのと同じくらい簡単なことさ」

それで観念したのだろうと、一瞬おれは思った。そのときには、怒鳴るのをやめ、おれを通そうとするかのように、壁に身体を寄せていた。が、おれが階段をのぼりきった次の瞬間、叫びながら突進してきた。

おれは身構え、とっさに腕を振りあげた。その腕が身体に当たって、ルアンはバランスを崩し、頭から階段の下に落ちていった。

おれは階段をおりて、ルアンには一瞥をくれただけで、すぐに家から出た。もう金どころではなかった。

……おれはため息をついた。そして、ポケットから拳銃を取りだし、ボビーとマイラがいるところに目をこらした。

そこに石を投げつけるべきかどうか迷った。一度ぐらいはチャンスをやってもいいのではないか。狩りに出て、身をこわばらせているウサギを見つけたときのように。

だが、ふたりはウサギではない。少なくとも、ボビーはそうじゃない。いまやらないとしても、いつかはやる。そして、おれにはもう〝いつか〟などない。明日からはこんなふうに自由に動きまわれない。それで、拳銃を構えて、狙いを定めた。

一秒待ち、二秒待ち、三秒待った。ボビーがとつぜん首をまわして、マイラにキスをした。その瞬間、おれは引き金を引いた。

ふたりは幸せに死んだと思う。

銃口の煙を吹きはらうと、おれは車に戻り、郡庁舎へ向かった。そして、そこで三人の殺害を認めた。

裁判ではコスメイヤーが弁護人になってくれた。だが、弁護士にできることは何もなかった。おれのほうからも何も頼まなかった。それで、すべてが終わった——というか、もうすぐ終わろうとしている。そして、いまは考えている。

おれは本当にルアン・デヴォアを殺したのだろうか。

あのババアはけっこうしぶとい。階段から落ちたときは気絶しただけで、あとからやってきた誰かがとどめを刺したのではないだろうか。おれがあそこにいたとき、家のなかに誰かが潜んでいたのではないだろうか。

そうだとしたら、それは完全犯罪になる。人殺しをして、おれに全部の罪をおっかぶらせることができる。そいつはおれのことを知っていて、おれならそうするとわかっていた。

それはいったい誰なのか。おれじゃないとすれば。

いかにも疑わしげな者とか、動機が見え見えの者とかではないはずだ。ルアンの死を願う明白な理由があり、みんなそれを知っていたとすれば、そのためにルアンを殺すことはできなくなる。そんなことをしたら、真っ先に疑いの目を向けられる。

さらに言うなら、ダニー・リー以外の主要な容疑者は、みな身過ぎ世過ぎに汲々としていて、ひとを殺すことにまで考えが及ぶとは思えない。そのことは何年もまえから本人たちによって幾度となく証明されつづけている。それはおのおのの生き方を見ればわかる。日々平穏無事に生きていくためなら、信念を曲げることも厭わず、名を惜しむこともしない。何を手放してもいいと思っている。現状が維持できればそれでいいと思っている。そういった連中に殺人などというリスクがおかせるわけはない。

わかっていると思うが、おれはちがう。流儀を曲げるくらいなら、死んだほうがましだ。現にそうなろうとしている。とどのつまり、おれにはたったひとつの生きがいしかなかった。それを失うことになれば、いや、実際に失ったいまとなっては……

話の流れはそろそろ見えてきたと思う。ルアンを殺したのが誰にせよ、それはひとつの生きがいしか持たない者だ。さらに付け加えるなら、動機を持たないように思える者であり、決して疑われる可能性のない者だ。この条件に当てはまる者は、おれの知っているかぎりひとりしかいない。頭がよくて、有能なのに、何年ものあいだ退屈でくだらない仕事をこつこつとこなしている女。絵のように美しく、気立てもいいが、まだ結婚していない女。

ずっとひとつの仕事にしがみついているのも、結婚していないのも同じ理由だ。上司に惚れているからだ。自分の気持ちを普通に表に出すことはない。言い寄りもしない。そんなことをするような女じゃない。いっしょに出歩いたりもしない。ゴシップの種になりそうなことは何もしていない。だが、胸のうちは一目瞭然だ。少なくとも、おれにはわかる。その男にへつらったり、気づかったりしているのを見るたびに、おれはいつも小首をかしげていた。どうしてそんなことをするのか。あれほどの女なら、仕事も男も選りどり見どりだろうに。もちろん理由はひとつしかない。

相手が口八丁手八丁のいい加減な男であることは百も承知なんだろう。結婚などということは望めない。あんな自己中心的な男が結婚するわけがない。たとえ本人が結婚を望んだとしても、姉が許さないだろう。でも、だからといって、何かが変わるわけではない。むしろそうであるからこそ、愛は逆に募るばかりなんだろう。女とはそういうものだ。熱病にかかったようになっている。間違いない。愛する男を傷つける者がいたら、殺すことも厭わない。そして、その男は実際に傷つけられていた。そして、その結果、仕事を失うはめになりかけていた。それだけが男の唯一すがれるものなのに。そうなったら、ふたりの接点は失われ――

そう、そのとおり。おれが言っているのは、郡検事ヘンリー・クレイ・ウィリアムズの秘書のネリー・オーティスのことだ。

ルアンを殺したのはネリーだと思う――おれでなければ。でも、もちろんたしかなことはわからない。そんなことはどうだっていいという気もする。

ちょっと疑問に思ったから、考えただけだ。これで気がすんだ。あとは知ったことか。

解説

原罪と失楽園の世界

中条省平（フランス文学）

ジム・トンプスンの代表作はほぼ邦訳されたのだろうと勝手に思っていた私は、文遊社によるトンプスンの新たな作品紹介によってかなり大きな衝撃を受けました。

第一弾『天国の南』は、トンプスンにとって珍しい労働者小説ともいうべきジャンルの作品でした。物語の要素として犯罪を含んではいますが、いかにもトンプスンらしく悪を人間の条件として前面に押しだすノワール小説ではありません。ちょっと唐突かもしれませんが、私は前世紀ヨーロッパの厳しい炭鉱労働を描いたゾラの『ジェルミナル』を、さらに過酷なアメリカの石油パイプラインの工事現場に移した新時代の労働者小説のように感じました。

つづいて第二弾『ドクター・マーフィー』は、アルコール依存の更生施設を舞台にした小説です。そこではもはや犯罪は物語の構成要件ですらなく、悠揚迫らざるタッチで風刺的な人間ドラマが展開しています。

つまり、一見、両者ともいわゆるトンプスン・タッチの暗黒小説からは逸脱した作風に見えるのですが、前者の苛酷な労働現場と、後者のアルコール依存からの更生の模様は、トンプスン自身の実生活の経験を色濃く反映しています。その意味で、単なるフィクションというより、もっと生々しい人生の記録として読めるのです。まだまだトンプスンという小説家の実像はそう簡単には分からないぞと思わせる奥の深さがあり、あらためてトンプスンの作品世界の端倪すべからざる広がりに打たれたのでした。

そして、第三弾の本作『殺意』を読んで、いま申しあげた「端倪すべからざる」という感嘆の気持ちはいっそう深まりました。この小説はきわめて多面的な読みどころと面白さを湛えており、『おれの中の殺し屋』や『ポップ1280』のようなぎりぎりまで劇的緊張を高めていく小説作法の密度こそ欠けていますが、多彩な登場人物の描写をとおして、トンプスン小説のさまざまな主題を包含する物語の器の大きさが感じられます。以下の解説では、そうした点についてお話ししたいと思います。

まず、本作は小説の話法において、トンプスンの諸作のなかでもきわめて斬新な試みをおこなった長編小説といえるでしょう。全十二章からなっていて、すべての章に異なった登場人物の名前が付され、その名の登場人物がそれぞれ一人称で物語を語るのです。

物語そのものは大きな連続性をもっているのですが、語りはまるで輪舞のように次々に異なった人物へとバトンタッチされていくので、連鎖的群像劇とでもいうべきドラマトゥルギーが働き、通常の一人称や三人称のように安定した物語の運びは犠牲にされるものの、つねに物語の視角の変化が読者をゆさぶり、意外性に富んだストーリー展開が続きます。
この複数化される一人称、重層化されていく語りの手法は、小説の展開に意外性を導入する仕掛けである以上に、トンプスンの小説世界の本質と深く結びついています。それは、それぞれの一人称の語りから安定した世界観を奪い、〈私〉という存在を相対化する機能を帯びているということです。つまり、この小説の語り手たちは自分の見たものや自分の考えを語っていますが、それが絶対的な真実である保証などどこにもないのです。
たとえば、登場人物のひとりにハティという女性がいます。医師アシュトンとのあいだにボビーという息子をもうけますが、黒人女性であることからアシュトンとの夫婦生活を隠蔽せざるをえず、ボビーの乳母として息子にも自分の素性を隠して生きることを余儀なくされています。第7章の語り手はこのハティで、彼女は最初から自分の世界のあり方をこう宣言しています。

「これ以上考えるのはよします。ちゃんと考えずに、カギあなからのぞく程度にしときます。［…］ものすごく広い部屋にいたら、ぜんたいを見わたすことはかんたんじゃないでしょ。でも、カギあなからそこをしばらくのぞいてたら、広すぎるとは思わないようになる。／つまり、見えすぎないところから見りゃいいってことです」

世界をありのままに見ることが耐えがたいので、初めから狭窄を起こしたような視界で世界をとらえ、自分に都合よく収縮し、欠損した世界を受けいれるということです。

これはハティに限ったことではなく、『殺意』の登場人物たちは多かれ少なかれ、この視野狭窄の世界を生きています。自分に都合のいい世界だけを見て、そうでない世界は見えないことにする。いちばん極端な例は、バンドマスターのラグズで、彼は自動車事故で自分のふたりの息子が死に、妻が重傷を負ったことを否定して、この事故のことを聞く人々には、それは同姓同名の別人に起こった出来事なのだと説明しています。そう聞かされるわれわれ読者も、そのことが本当なのか嘘なのか、真相は結局のところ明らかになりません。なぜなら、この小説には絶対的に正しい三人称で語る神様のような語り手は存在しないからです。

ハティの息子であるボビーは、マイラという娘に麻薬を投与し、自分の自由にしています。第4章のボビーの語りのなかで、マイラはほとんど人間性を欠いたでくのぼうのような存在として描かれ、扱われているのですが、第11章でマイラ自身が語り手になって描く彼女の日常生活のなかでは、マイラはしごく真っ当な道徳観と繊細すぎる感受性をもった年頃の娘として造形されています。つまり、ボビーの語りにおけるロボットのように非人間的なマイラの姿は、ボビーの見ているいちじるしく視野の欠損した世界におけるマイラにすぎず、ことほどさように、それぞれの登場人物の描きだす人間と世界のありようは、彼らの視野狭窄や世界の欠損を反映した歪んだ像にほかならないのです。その意味で、彼らは、程度の差こそあれ、ミステリーでいう「信用できない語り手」たちなのです。

これが、『殺意』の、重層化され、相対化される一人称の語りの生みだす本質的な物語的効果といえるでしょう。

さて、『殺意』の舞台は、ニューヨークから電車で数時間とされる海辺のリゾート地、マンドゥウォクです。時代は、この小説が発表されたのとほぼ同じころに設定されていると考えれば、一九五〇年代後半となるでしょう。古き良きアメリカが失われゆく土地と時代というのがこの小説の舞台であり、そこに醸しだされる雰囲気の基調になっています。

第1章の語り手、弁護士のコスメイヤーは冒頭近くで、古き良きアメリカの美徳を残す家の風景に、「のどかさとゆとり」、「愛しみと丹精の証し」、「静かな誇り」を見ながら、こう述懐します。

「いまではほとんど見なくなってしまった類いの誇りだ。どんなにありふれた地味な仕事にでも全力で取り組もうとする者は、もういくらもいない。[…]無能で、怠惰で、無気力で、小生意気なだけで、自分に与えられた仕事をまともにこなせもしないくせに」

小説の始まりに記されたこのコスメイヤーの言葉が、本書の底にある疲労と苛立ちを包み隠さず語っています。この感覚は、二四〇ページ先で、建築請負業者のピート・パヴロフが最後の語り手になっても、まったく変わりません。

「いまでは誰も昔のようにモノをつくらなくなった。笑える話だが、おれ自身もご多分にもれない。[…]みんな愚痴を並べるだけで、やる気も何もない老いぼればかりになっちまった」

しかし、この感覚はたんに「昔はよかったね」式の、古き良き時代を懐かしむノスタルジックな郷愁ではありません。トンプスンの世界を支配しているのは、大事なものはとうの昔に決定的に失われてしまったという取り返しのつかない絶望感なのです。

マンドゥウォクで法の番人たる郡検察官を務めるハンクは、いまは廃墟となった生家を訪れ、こう語ります。

「ここで過ごした日々は最良であり、最高だった。[…]いまはちがう。間違ったことはしていないつもりでも、実際にどうなのか確信を持つことはできない。[…]どんなに悔やんでも、誰もわかってくれない。悔やむことしかできないということも、誰もわかってくれない」

ここでハンクが語っているのは、すべての人間がかつて存在したはずの楽園を失い、追放された者だという悔恨です。

『殺意』のなかでもっとも露骨に人間への殺意と世界への破壊衝動をさらけだす人物は、先にも言及した医師アシュトンの息子ボビーです。ボビーは母親ハティに向かって、こう叫びます。

「あんたたちには地獄の業火でも熱すぎないはずだ。焼かれるのは、あんたたちだけじゃない。この家も燃やす。町じゅうを燃やす。〔…〕この町の住民全員が焼け死ぬんだ。赤ん坊も、子供も、母親も、父親も、ジイさんも、バアさんも、ひいジイさんも、ひいバアさんも。全員が折り重なって焼け死ぬんだ」

ほとんど旧約聖書に出てくるソドムとゴモラの殲滅か（本書の原題は *The Kill-Off* ですが、そういえば「キル・オフ」とは「殲滅・みな殺し」のことです）、もしくは黙示録のような恐るべき世界破壊のヴィジョンをぶちまけていますが、ボビーのこの絶望的憤怒もまた、母の「溢れんばかりの愛情と、心やすらぐ芳しい温もり」が「とつぜん失われ、永遠に戻らないものとなってしまった」という楽園喪失の経験によって引き起こされているのです。

そのようにして、理由なく楽園を追放された結果、人間はすがるべきあらゆる道徳的根拠を失い、善悪の彼岸にさまよいこんでしまいます。郡検察官のハンクは、まるで迷子になった幼児のように、こう続けます。

「パパとママから教わったとおりだとすれば、ひとによくしたら、自分もよくしてもらえるはずだった。今回はいつにも増していいことをしたつもりだ。としたら、パパとママの言ったことが間違っているのか。それとも、何がいいことで、何がいいことでないのか、自分がわかっていないのか。それなら、何がいいことで、何が悪いことなのか」

この言葉を語っているのはたまたまハンクですが、『殺意』に登場するすべての語り手が、このハンクと同じく、善悪の彼岸に追放されているといって過言ではありません。ですから、本作は犯罪小説として、ラストで殺人犯が誰だったかという謎解きをいちおう行ってはいますが、誰が殺人犯であってもまったく不思議でないような、道徳的真空地帯の印象を作りだしているのです。ジム・トンプスンの小説に登場する人々の行動はアモラルですが、悔恨や罪悪感を逃れているわけではありません。そこに苦く澱んでいるのは、じつは宗教的感情でもあるのです。なぜ、われわれ人間は楽園を追放されたのか？　それは、人間が罪を犯したからです。すなわち、キリスト教信仰の根底にある原罪ということです。

『殺意』には十二人の語り手が登場しますが、そのなかで物語の進行といちばん関係が薄い傍系の人物が、アルコール依存の浮浪者グーフィーです。しかし、この人物は次のような決定的なひと言を口にする点で、痴愚のように見える聖人か預言者のような観を呈するのです。

「結局のところ、これっておれたちがみんな持っている原罪ってやつなんじゃないか。動機は自分の内側にあり、それを他人のせいにすることはできないんじゃないか」

そして、人間は自分を隠すためにみんな変装している。変装しなければ生きていくことができない。おれも変装していて、ほかのみんなが変装していることに気づいている。しかし、ほかの連中は気づいていない。自分が変装しているということに気づかないくらい、巧みに変装しているからだ……。グーフィーはそのように自分の考えをくり広げます。

原罪を抱えこんだ人間は、その罪悪感を隠そうとして自分に変装をさせます。しかし、変装した自分をとり繕おうとするあまり、自分が変装したことも忘れていくのです。そのようにして自分を忘れていく魂の抜け殻のような人間たちの悲劇、それが『殺意』です。

しかし、一方で、あらゆる罪悪感を帳消しにするような愛への希求もトンプスンの小説世界には描かれます。『殺意』でいえば、雑用係のラルフとバンドシンガーのダニーの関係、あるいは、ボビーとマイラの関係。しかし、それらは純粋な愛として現実に存在しているわけではなく、彼らの逢引きを覗き見る第三者の目をとおして、愛の幻影として描かれるだけなのです。そして、その第三者の反応は共通しています。これほど幸せな愛にふける恋人たちをそのまま殺してやろうと考えるのです。ラルフとダニーの濡れ場を見たボビーは、「いまここでふたりを殺さなきゃならない。これほどいい死に方と死に時はない」と涙を流しながらつぶやきますし、ボビーとマイラがキスする現場を目の当たりにしたピート・パヴロフも同じ反応を示します。『殺意』の世界にあっては、愛さえもが罪悪であり、死の宣告を受けねばならないかのごとくです。いや、罪悪にまみれたこの地上に純粋な愛など存在してはならない、ということでしょうか。

このような有罪性の世界には、端的にいって救済はありません。ただ、そのことを骨の髄にまで染みるほど悟った者たちは、もはやじたばたしません。むしろ、そこには、救済なき人間の本性をたじろぐことなく見つめうる者同士の、奇妙な精神の共振のようなものが生じるのです。その意味で、『殺意』で私がもっとも深く心を揺さぶられた場面は、アシュトン医師の語りのなかで、アシュトンと検察官のハンクが一瞬、心を通じあわせ、笑いあうところです。

「わたし［アシュトン］もいっしょに笑った。ふたりでいっしょに自分自身を笑った。部屋には笑いがあふれ、窓から転《まろ》びでて、こだまし、跳ねかえり、さざ波のように夜の闇のなかをどこまでも伝わっていった。［…］われわれは笑いつづけた。全世界が笑いつづけた。／あるいは、嘲笑いつづけた、というべきか」

しかし、こんなふうにふたりで腹を割って話ができなかったらどうなっていただろう、と問うハンクにたいして、アシュトンはこう冷たく答えるのです。

「何も変わってなかったはずだ。われわれのような者たちのあいだではね」

この「われわれのような者たち」という言葉は、『おれの中の殺し屋』のラストの「おれたちのようなやつら。おれたち、人間」「おれたち、みんな」という言葉と響きあっているはずです。罪悪の世界でがんじがらめになっていることを自覚し、虚ろな笑いのなかでそんな運命のなりゆきに自分をゆだねる人間。それがジム・トンプスン的な究極の人間の姿なのです。

訳者略歴

田村義進

1950年、大阪生まれ。金沢大学法文学部中退。日本ユニ・エージェンシー翻訳ワークショップ講師。訳書にミック・ヘロン『死んだライオン』、アガサ・クリスティー『ゴルフ場殺人事件』(早川書房)、スティーヴン・キング『書くことについて』(小学館)、ジェイムズ・エルロイ『アメリカン・タブロイド』(文藝春秋)など。

殺意

2018年4月1日初版第一刷発行

著者：ジム・トンプスン

訳者：田村義進

発行所：株式会社文遊社

東京都文京区本郷 4-9-1-402　〒113-0033

TEL: 03-3815-7740　FAX: 03-3815-8716

郵便振替：00170-6-173020

装幀：黒洲零

印刷：中央精版印刷

The Kill-Off by Jim Thompson

Originally published by Lion Books, 1957

　Printed in Japan.　ISBN 978-4-89257-143-5

SOUTH OF HEAVEN
JIM THOMPSON

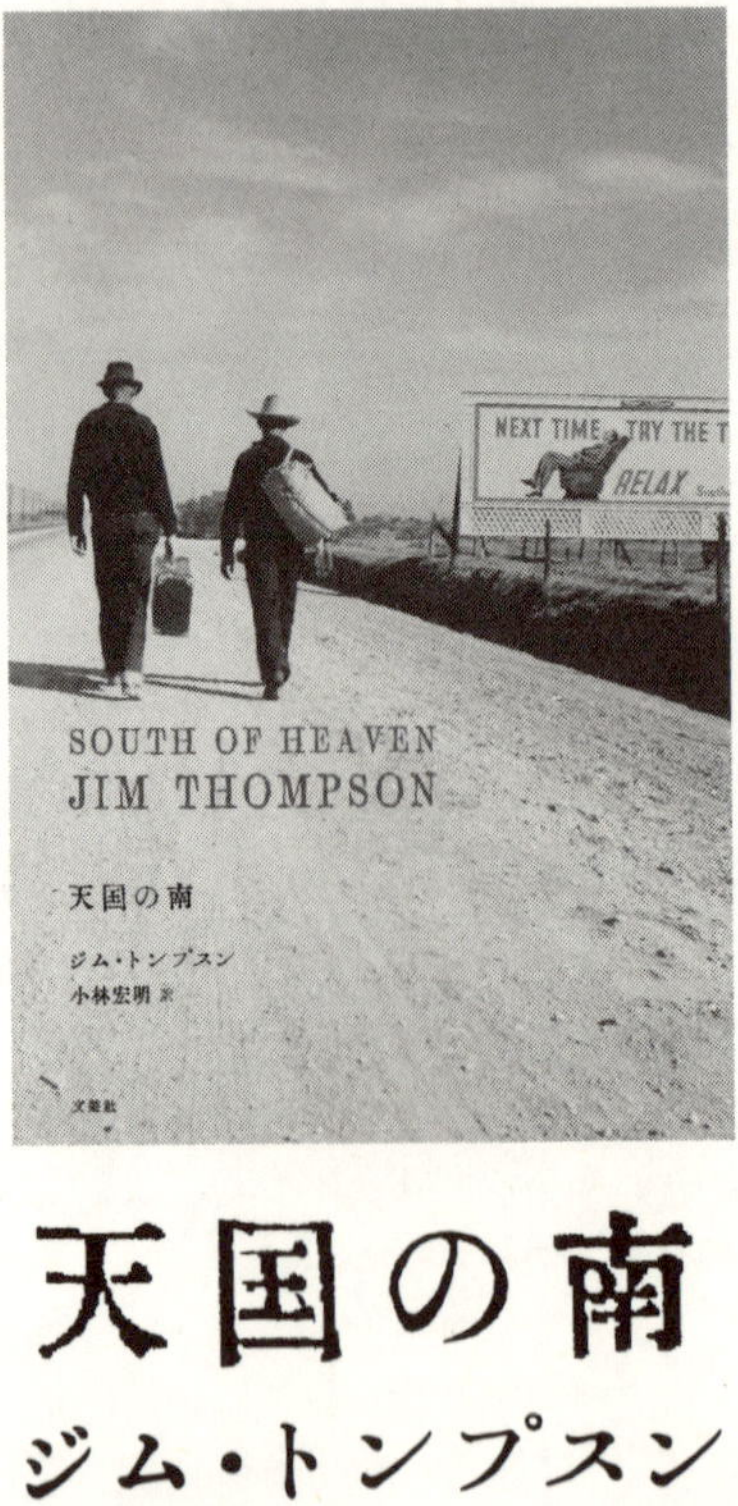

天国の南

ジム・トンプスン

小林宏明 訳　2,500円（税別）

’20年代のテキサスの西端は、
タフな世界だった――
パイプライン工事に流れ込む
放浪者、浮浪者、そして前科者……

本邦初訳　　解説 滝本誠

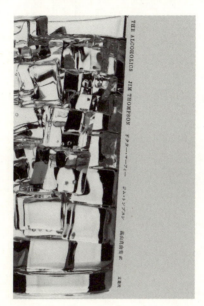